T0274109

La HUERFANA ROBADA

La HUÉRFANA ROBADA

STACEY HALLS

Traducción de Natalia Navarro Díaz

⬤ UMBRIEL

Argentina – Chile – Colombia – España
Estados Unidos – México – Perú – Uruguay

Título original: *The Foundling*
Editor original: Manilla Press
Traducción: Natalia Navarro Díaz

1.ª edición: agosto 2023

Reservados todos los derechos. Queda rigurosamente prohibida, sin la autorización escrita de los titulares del *copyright*, bajo las sanciones establecidas en las leyes, la reproducción parcial o total de esta obra por cualquier medio o procedimiento, incluidos la reprografía y el tratamiento informático, así como la distribución de ejemplares mediante alquiler o préstamo públicos.

© 2020 by Stacey Halls
All Rights Reserved
© de la traducción 2023 *by* Natalia Navarro Díaz
© 2023 *by* Urano World Spain, S.A.U.
Plaza de los Reyes Magos, 8, piso 1.º C y D – 28007 Madrid
www.umbrieleditores.com

ISBN: 978-84-16517-88-6
E-ISBN: 978-84-19251-14-5
Depósito legal: B-11.559-2023

Fotocomposición: Ediciones Urano, S.A.U.

Impreso por: Romanyà Valls, S.A. – Verdaguer, 1 – 08786 Capellades (Barcelona)

Impreso en España – *Printed in Spain*

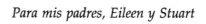

Para mis padres, Eileen y Stuart

«Estoy fuera con linternas, buscándome a mí misma».

EMILY DICKINSON

PRIMERA PARTE

BESS

Finales de noviembre, 1747

1

Todos los bebés estaban envueltos como si fueran regalos preparados para su entrega. Algunos vestían prendas elegantes, aunque sus madres no lo eran: diminutas mangas bordadas y mantones gruesos, pues había llegado el invierno y hacía una noche helada. Yo había cubierto a Clara con una manta vieja que habría que haber arreglado años atrás y que ya no se repararía nunca. Estábamos reunidas en la entrada con columnas, éramos treinta, y parecíamos moscas debajo de las antorchas encendidas; el corazón nos latía como si fueran alas de papel. No sabía que un hospital para bebés abandonados fuera un palacio con cien ventanas resplandecientes y un espacio para que aguardaran los carruajes. Había dos edificios amplios y espléndidos situados a ambos lados de un patio y una capilla los conectaba en el centro. En el extremo norte del ala este, una puerta abierta proyectaba luz en la piedra. La cancela parecía quedar mucho más atrás. Algunas saldríamos de aquí con los brazos vacíos; otras llevarían a sus hijos de nuevo al frío. Por este motivo no podíamos mirarnos y manteníamos la vista fija en el suelo.

Clara estaba agarrada a mi dedo, que encajaba perfectamente en su diminuta palma igual que una llave en una cerradura. La imaginé tendiendo la mano más tarde, buscándolo, cerrando el puño en el aire. La sostuve con más fuerza. Mi padre, a quien mi hermano Ned y yo llamábamos Abe porque nuestra madre lo llamaba así, estaba detrás de mí con el rostro en la sombra. Él no había tomado en brazos al bebé. La comadrona, una mujer corpulenta de un edificio vecino tan barato como discreta era ella, se lo ofreció mientras yo estaba tumbada en la cama, dolorida, y él negó con la cabeza, como si fuera una vendedora de un puesto ambulante ofreciéndole un melocotón.

Un hombre con peluca y piernas esbeltas nos hizo pasar por un vestíbulo diferente de cualquier otro que hubiera visto. En todas partes las superficies brillaban, desde la barandilla de madera de nogal hasta el reloj de pie. El único sonido era el susurro de nuestras faldas y zapatos en la piedra, un pequeño rebaño de mujeres hinchadas de leche que habían dado a luz a sus terneros. Era un lugar concebido para voces suaves, amables, no para las de vendedoras ambulantes como yo.

Nuestra pequeña procesión ascendió por las escaleras cubiertas de moqueta color burdeos hasta una habitación de techo alto. Por la puerta solo podíamos pasar de una en una, cada mujer con su bebé, así que hicimos una fila fuera, como las damas en un baile. La mujer que tenía delante era de piel oscura y el pelo negro se le rizaba debajo de la cofia. Su bebé estaba incómodo, hacía más ruido que el resto, y ella lo mecía con la misma falta de práctica que las demás. No sabía cuántas de ellas tenían a sus madres para que les enseñaran cómo sostener a un bebé, cómo alimentarlo. Yo pensé en la mía cincuenta veces ese día, más que el último año. La sentía en el crujido del suelo de madera y la calidez de la cama, pero ya no.

La habitación en la que entramos tenía papel pintado verde y elegantes molduras de yeso en el techo. La chimenea no estaba encendida, pero el ambiente era cálido y bien iluminado, con quinqués relucientes y cuadros con marcos dorados en las paredes. En el centro había un candelabro. Era la habitación más elegante que había pisado nunca y estaba llena de gente. Pensaba que estaríamos solas, tal vez con un grupo de enfermeras que se llevasen a los bebés elegidos, pero junto a las paredes se encontraba una veintena de rostros, la mayoría de mujeres, aunque no enfermeras, que se abanicaban y sonreían. Iban bien vestidas y tenían un aspecto interesante, también estaban interesadas en nosotras. Bien podrían haber emergido de las pinturas de la pared; centelleaban joyas en sus cuellos y vestían faldas con enaguas radiantes como tulipanes. Tenían el pelo recogido y empolvado. También había media docena de hombres con hebillas plateadas y barriga prominente, no como Abe, cuyo abrigo marrón parecía un saco de comida para caballos. Los hombres parecían más serios y muchos de ellos miraban a la joven mulata como si estuviera a la venta. Sostenían vasos en las manos enguantadas y comprendí que para ellos esto era una fiesta.

Yo estaba sangrando todavía. Clara había nacido esa mañana, antes del amanecer, y sentía mi interior destrozado. No llevaba ni un día como su madre, pero ya la conocía tan bien como a mí misma: su olor, el suave palpitar de su corazón, que había latido dentro de mí. Incluso antes de que la sacaran de mi cuerpo, roja y llorosa, sabía cómo la sentiría y cuánto pesaría en mis brazos. Deseé al mismo tiempo que se la llevaran y que no. Pensé en el rostro arrugado de Abe, su mirada fija en el suelo, las manos callosas sosteniéndome la puerta. Era el único padre en la habitación. La mayoría estaba sola, pero algunas habían traído a amigas, hermanas, madres que observaban con tristeza. Abe no me dirigía la mirada y tampoco había hablado mucho durante el paseo lento y triste desde Black and White Court, donde vivíamos en la ciudad, pero su presencia aquí era tan reconfortante como una mano en mi hombro. En casa, cuando fue a por el abrigo y dijo que era hora de que saliéramos, a punto estuve de llorar de alivio. No creí que fuera a acompañarme.

El silencio se apoderó de la habitación cuando empezó a hablar un hombre que había delante de la enorme chimenea. Tenía la voz tan elegante e intensa como las alfombras. Me quedé mirando el candelabro mientras él nos contaba cómo funcionaba el sorteo: una bola blanca suponía la admisión del bebé; una negra, no, y una roja significaba que tendríamos que esperar por si un bebé admitido suspendía el examen médico. Tuve que hacer acopio de toda mi energía para prestar atención.

—Hay veinte bolas blancas —decía el hombre—, cinco rojas y diez negras.

Me coloqué a Clara en el pecho. Los que estaban en los bordes de la habitación nos miraban ahora con más atrevimiento, preguntándose quiénes de nosotras seríamos las afortunadas y quiénes dejaríamos a nuestros bebés en la calle para que murieran. Quiénes estábamos solteras. Quiénes éramos prostitutas. Una enfermera empezó a moverse por la habitación con una bolsa de tela para que metiéramos la mano. Cuando se acercó a mí, el corazón me latía fuerte en el pecho y fingí indiferencia mientras cambiaba a Clara al otro brazo y metía la mano en la bolsa. Las bolas eran suaves y frías como huevos y tomé una tratando de percibir el color. La enfermera sacudió la bolsa con impaciencia y algo me dijo que soltara esa bola y tomara otra, así que fue eso lo que hice.

—¿Quiénes son las personas que observan? —le pregunté.

—Invitados —respondió con tono aburrido. Tomé otra bola, la solté y ella sacudió la bolsa una vez más.

—¿Para qué? —insistí en voz baja, consciente de la cantidad de pares de ojos que estaban fijos en mí. Pensé en sus hijos e hijas en sus enormes casas de Belgravia y Mayfair, acostados y tapados con mantas cálidas, peinados y aseados, y sin que les faltara leche. Tal vez fueran a las habitaciones de sus bebés antes de irse a la cama esa noche, sentirían empatía por nuestro apuro, besarían sus mejillas mientras dormían. Una mujer me miraba con determinación, como si deseara que me tocara un color en particular. Era corpulenta y llevaba un abanico en una mano y un vaso en la otra. Tenía una pluma azul en el pelo.

—Son benefactores —dijo. Sentí que no podía hacer más preguntas y sabía que tenía que elegir una bola, así que tomé otra y la sostuve en la palma. La saqué y la habitación se quedó en silencio.

La bola era roja. Tendría que esperar.

La enfermera avanzó hacia la siguiente mujer mientras el resto observaba sus movimientos por la habitación con expresiones tensas, tratando de adivinar quiénes serían escogidos y quiénes no. En la puerta nos habían dicho que nuestros bebés debían tener dos meses como mucho y gozar de buena salud. Muchas eran criaturas enfermizas y famélicas a las que sus madres habían intentado amamantar. Algunos tenían al menos seis meses y estaban tan tapados para parecer más pequeños que lloraban incómodos. Clara era la más menuda de todos y la de más corta edad. Llevaba con los ojos cerrados desde que llegamos. Ella no era consciente de que estos podían ser sus últimos minutos conmigo. Lo único que quería era acurrucarme como un gato en la cama con ella, dormirme y volver en un mes. Pensé en la vergüenza de Abe. Nuestras habitaciones en Black and White Court estaban cargadas de vergüenza, las manchaba como si fuera humo y pudría las vigas. Pensé en llevármela a Billingsgate, ponerla en el puesto de mi padre como si fuera un mascarón diminuto en la proa de un barco. Una sirena encontrada en el mar y exhibida para que todos la vieran en el puesto de camarones de Abraham Bright. Por un tiempo, me imaginé llevándola conmigo en las ventas, atada a mi pecho para tener las manos libres para sacar camarones del sombrero. Había visto a algunas vendedoras con sus bebés amarrados al cuerpo, pero ¿cómo hacerlo cuando no eran más grandes que una hogaza de pan?, ¿cuando eran cositas pequeñas y regordetas con puños y pies y hambre y bocas vacías?

Una mujer se puso a llorar con una bola negra en la mano. Su rostro y el de su bebé eran máscaras idénticas de desesperación.

—No puedo quedármelo —se lamentó—. Tienen que aceptarlo, por favor.

Los asistentes se acercaron para calmarla y el resto apartamos la mirada en favor de su dignidad. Bostecé con la boca tan abierta que pensé que se me iba a quebrar la cara. No había dormido más de una hora desde hacía dos noches, cuando Clara avisó que llegaba. Esta mañana, Ned se sentó con el bebé en brazos delante del fuego para que yo pudiera cerrar los ojos, pero estaba tan dolorida que no pude dormir. Seguían doliéndome todas las partes del cuerpo y a la mañana siguiente tendría que trabajar. No podía volver caminando a casa esta noche con Clara en mis brazos. No era posible. Pero tampoco podía dejarla en la puerta de una casa. Cuando era pequeña, vi a un bebé muerto junto a un montón de estiércol en el arcén de una carretera y me pasé meses soñando con él.

Había mucha claridad en la habitación y yo estaba muy cansada. De pronto me di cuenta de que me llevaban a otra habitación y me decían que me sentara a esperar. Abe me acompañó y cerró la puerta al entrar, ahogando así los sollozos y el tintineo de las copas. Me apetecía una taza de leche caliente o un poco de cerveza, no sabía cómo permanecer despierta.

Apareció una enfermera y me quitó a Clara de los brazos; yo no estaba preparada, era demasiado pronto, demasiado repentino. Me estaba diciendo que había un lugar para ella porque una mujer había traído a un bebé que tenía por lo menos seis meses, que era muy mayor, y ¿es que creía que no iban a ver la diferencia entre un bebé de dos meses y uno de seis? Pensé en la mujer y su bebé, y en qué les sucedería, pero entonces abandoné el pensamiento. La cofia con volantes de la enfermera desapareció de nuevo por la puerta y me sentí rara, demasiado ligera sin Clara en los brazos, como si una pluma pudiera derribarme.

—No tiene ni un día aún —dije a la enfermera, pero ya se había ido. Oí que Abe se movía detrás de mí y el suelo crujía.

Había un hombre sentado delante de mí ahora, escribiendo algo en una hoja con una pluma gruesa, y me esforcé por mantener los ojos abiertos y también las orejas, porque me estaba hablando.

—El doctor está examinándola por si hay signos de enfermedad.

Abrí con dificultad la boca.

—Nació a las cuatro y cuarto de la mañana.

—Si muestra signos de mala salud, denegarán su admisión. Está buscando signos de enfermedades venéreas, escrófula, lepra o infecciones.

Me quedé en silencio.

—¿Desea dejar un distintivo con la solicitud? —El hombre me miró por fin. Tenía los ojos oscuros y solemnes, no concordaban con las cejas que brotaban de su cabeza de un modo casi cómico.

Un distintivo, sí. Eso lo tenía preparado, pues había oído que inscribían a los bebés con una identificación que dejaban sus madres. Metí la mano en el bolsillo, saqué la mía y la dejé en la mesa pulcra que había entre los dos. Mi hermano Ned me había hablado del hospital de niños expósitos, un lugar para los bebés no deseados en las afueras de la ciudad. Conocía a una chica que había dejado allí a su bebé y que se cortó un trozo cuadrado del vestido para dejárselo.

—¿Y si no dejas nada y vuelves? —le pregunté—. ¿Pueden darte al bebé equivocado?

Él sonrió y me dijo que era posible, pero la idea me dejó helada. Me imaginé una habitación llena de distintivos y los imaginé lanzando el mío allí. El hombre lo aceptó entre los dedos pulgar e índice y lo examinó con el ceño fruncido.

—Es un corazón hecho de hueso de ballena. Bueno, medio corazón. Su padre tenía el otro.

Me ruboricé, las orejas se me tiñeron de color escarlata, consciente de que Abe seguía de pie detrás de mí, en silencio. Había una silla al lado de la mía, pero no se había sentado. Él no sabía nada del distintivo, hasta ahora. Era del tamaño de una corona, el lado derecho, suave por un borde y dentado por el otro. Tenía marcada una B y debajo, con una forma más brusca, una C. Bess y Clara.

—¿Para qué van a usarlo?

—Se preparará un informe por si desea reclamarla. En el libro de contabilidad aparecerá su número, el 627, con la fecha y una descripción del distintivo. —Mojó la pluma en tinta y comenzó a escribir.

—Pondrá que es la mitad de un corazón, ¿no? —pregunté. Veía cómo escribía palabras con la pluma, pero no las entendía—. Por si hay uno entero, para que no lo confundan.

—Anotaré que es la mitad de un corazón —afirmó y no lo hizo con tono desagradable.

Yo seguía sin saber dónde estaba mi bebé o si la volvería a ver antes de marcharme. Me daba miedo preguntar.

—Vendré a buscarla cuando sea mayor —anuncié, porque decirlo en voz alta lo convertía en verdad. Abe resopló detrás de mí y el suelo de madera crujió. Aún no habíamos hablado de esto, pero yo estaba muy segura. Me alisé la falda. La tenía manchada de barro y lluvia, el día de colada era del tono lechoso del caparazón de una ostra, y el resto del mes del gris sucio de una calle adoquinada.

Llegó la enfermera asintiendo. Tenía los brazos vacíos.

—Es apta.

—Se llama Clara —le informé. Sentí un gran alivio.

Unos meses antes, cuando aún tenía poca barriga, en una de las calles más refinadas junto a St. Paul con pisos que se extendían hasta el cielo y competían por el espacio con imprentas y librerías, vi a una mujer elegante con un vestido azul oscuro que relucía como una joya. Tenía el pelo dorado y brillante, y sostenía una mano pequeñita con un brazo rosado y regordete de una niña con sus mismos rizos rubios. Me quedé mirando a la pequeña que tiraba de su madre. La mujer se detuvo y se agachó, sin importarle que la falda barriera el suelo; acercó la oreja a los labios de la niña pequeña. En su rostro apareció una sonrisa.

«Clara, qué divertida eres», le dijo y volvió a tomarle la mano. Pasaron por mi lado, me acaricié el vientre y decidí que la llamaría Clara, porque yo sería como esa mujer.

El hombre se mostró impávido.

—Será bautizada y recibirá otro nombre a su debido tiempo.

Sería Clara para mí, pero para nadie más. Ni siquiera para ella misma. Me senté con la espalda rígida y abrí y cerré los puños.

—¿Y cómo sabrán quién es si cambia de nombre? Cuando yo regrese.

—A su llegada, cada niño tiene una etiqueta con un número con su registro de identificación.

—627, lo recordaré.

Me miró y frunció el ceño.

—Si sus circunstancias cambian y desea reclamar a su hija, tendrá que pagar la tarifa de sus cuidados.

Tragué saliva.

—¿Qué significa eso?

—Los gastos que asume el hospital por cuidar de ella.

Asentí. No tenía ni idea de qué gastos podían ser, pero no creí adecuado preguntar. Esperé. La pluma arañó el papel y en algún lugar de la habitación el reloj avanzaba paciente. La tinta era del mismo color que el cielo nocturno que se veía por la ventana que había detrás del hombre; no habían corrido las cortinas. La pluma danzaba como una criatura extraña, exótica. Me acordé de la mujer corpulenta que había fuera con una pluma azul en el pelo, y cómo se me quedó mirando.

—¿Quiénes son las personas de la habitación? —pregunté.

El hombre respondió sin levantar la mirada.

—Esposas y conocidos de reguladores. En la noche de la lotería se recaudan fondos para el hospital.

—Pero ¿tienen que ver cómo entregan a los bebés? —Sabía que mi voz no era la correcta en este lugar y el hombre suspiró.

—Conmueve mucho a las mujeres. Cuanto más sensibles se sientan, más donaciones hacen. —Llegó al final del papel y lo firmó con una floritura. Se sentó y esperó a que se secara la tinta.

—¿Qué le pasará cuando yo me vaya?

—Trasladan a todas las admisiones nuevas al campo y una ama de leche se ocupa allí de los bebés. Regresarán a la ciudad a la edad aproximada de cinco años y vivirán en el hospital de niños expósitos hasta que estén preparados para trabajar.

—¿De qué trabajan?

—Preparamos a las niñas para el servicio, las ponemos a tejer, bordar, remendar; tareas domésticas que las volverán atractivas para los empleadores. Los chicos trabajan en la soguería haciendo redes de pesca y cordeles con el fin de prepararlos para la vida naval.

—¿Dónde van a cuidar de Clara? ¿En qué lugar del campo?

—Eso depende de dónde haya un lugar para ella. Puede ser tan cerca como Hackney o tan lejos como Berkshire. No tenemos la libertad de revelar dónde la llevarán.

—¿Puedo despedirme?

El hombre dobló el papel encima del corazón, pero no lo selló.

—Es mejor evitar el sentimentalismo. Buenas tardes, señorita, y también a usted, señor.

Abe se acercó a mí y me ayudó a levantarme de la silla.

El hospital de niños expósitos estaba a las afueras de Londres, donde las bonitas plazas y las casas altas daban paso a carreteras abiertas y campos que se extendían oscuros en la distancia. Solo estaba a dos o tres kilómetros de Black and White Court, donde vivíamos a la sombra de la prisión de Fleet, aunque bien podrían ser doscientos, con sus granjas y vacas en el norte, y calles amplias y viviendas al sur. El humo del carbón ahogaba las avenidas y jardines a los que estaba acostumbrada, pero aquí había estrellas y el cielo parecía una cortina aterciopelada que lo cubría todo en silencio. La luna pálida iluminaba los pocos carruajes que quedaban de los invitados adinerados que nos habían visto entregar a nuestros hijos. Satisfechos por el entretenimiento de la tarde, estaban ahora en casa, en la cama.

—Querrás algo para comer, Bessie —me dijo Abe mientras caminábamos despacio hacia la verja. Era la primera vez que hablaba desde que habíamos llegado. Como no respondí, prosiguió—: Es posible que a Bill Farrow le quede algún pastel de carne.

Caminaba fatigado delante de mí; me fijé en la caída de sus hombros y en la rigidez con la que se movía. El pelo que escapaba de su sombrero había pasado del color del óxido al del hierro. Miraba el embarcadero con los ojos entrecerrados, los niños señalaban los barcos que venían de Leigh con camarones entre cientos que flotaban en el agua. Durante treinta años, mi padre había vendido camarones en un puesto del mercado de Londres. Los vendía en cestas a vendedores ambulantes y comerciantes, a mercaderes y pescaderos, junto a otros doscientos vendedores de camarones, desde las cinco de la mañana hasta las tres de la tarde, seis días a la semana. Cada mañana, yo llevaba una cesta a la marisquería del final de Oyster Row, me la ponía en la cabeza y vendía por las calles. No vendíamos bacalao; no vendíamos caballa, arenque, merlán, sardina ni espadín. No vendíamos rutilo, platija, eperlano, lenguado, salmón, sábalo, anguila, gobio ni cachuelo. Vendíamos camarones, cientos, miles de camarones cada día. Había mucho más pescado a la venta con mejor aspecto: salmón plateado, cangrejo rosado, rodaballo perlado. Pero nosotros nos ganábamos la vida así, pagábamos el alquiler con las criaturas más feas, parecían arrancadas del vientre de un insecto gigante, con negros ojos ciegos y patitas enroscadas. Vendíamos camarones, pero no los comíamos. En demasiadas ocasiones había olido ejemplares podridos, había rascado para quitarme patitas arácnidas del sombrero; tenían los ojos muy pegados, como huevas. Me habría gustado que mi padre hubiera sido vendedor en el mercado de Leadenhall y no en el de Billingsgate, y que yo fuera una vendedora de fresas que olía a prado, con los brazos manchados de jugo y no de salmuera.

Casi habíamos llegado a la alta verja y oímos a un gato maullar cerca. Estaba vacía por dentro, dolorida, y solo podía pensar en un pastel y en mi cama. No podía pensar en mi bebé, si habría encontrado confort al despertarse. Si pensaba en eso, caería de rodillas al suelo. El gato volvió a maullar y yo no me detuve.

—Es un bebé —comprendí, sorprendida, y lo dije en voz alta. Pero ¿dónde? Estaba oscuro y el sonido procedía de algún lugar a nuestra derecha. No había nadie allí. Me volví y vi a dos mujeres salir del edificio detrás de nosotros. Las verjas de delante estaban cerradas, atendidas por un puesto de piedra con una ventana con luz.

Abe se había parado y miraba en la oscuridad.

—Es un bebé —repetí cuando volvió a oírse el ruido. Antes de todo esto, antes de que me quedara embarazada y tuviera a Clara, nunca me había fijado en los niños que gritaban en la calle o lloraban en nuestro edificio. Pero ahora me resultaba imposible ignorar los pequeños maullidos, era como si alguien pronunciara mi nombre. Salí del camino para internarme en la oscuridad que rodeaba el terreno del hospital.

—Bess, ¿dónde vas?

Tras unas pocas zancadas lo vi: un pequeño bulto en la hierba, pegado al ladrillo húmedo, como buscando refugio. Estaba envuelto igual que Clara, solo se veía una diminuta cara con la piel oscura y unos mechones de pelo negro en las sienes. Me acordé de la mujer mulata. Seguramente se trataba de su bebé, ella debía de haber sacado una bola negra. Tomé al bebé y lo arrullé suavemente. Aún no me había bajado la leche, pero me dolían los pechos y me pregunté si el bebé tendría hambre, si debería de alimentarlo. Podía entregárselo al portero de la entrada, pero ¿lo aceptaría? Abe miró con la boca abierta el bulto que había en mis manos.

—¿Qué hago?

—No es problema tuyo, Bessie.

Oí un ruido procedente del otro lado del muro: gente corriendo y gritando, un caballo relinchando. A las afueras de la ciudad, todo era más oscuro y más ruidoso, como si estuviéramos en una tierra extraña en el mismísimo confín del mundo. Nunca antes había estado en el campo, nunca había salido de Londres. El bebé se había acomodado en mis brazos, tenía los rasgos arrugados, somnolientos. Abe y yo nos acercamos a la verja. Había gente agrupándose en la carretera, hombres corriendo con linternas hacia un carruaje de cuatro caballos, tratando de calmar a las bestias sudorosas y asustadas. Muchos rostros blancos y sorprendidos miraban hacia el suelo, y crucé la verja para observar más de cerca, todavía con el bebé en los brazos. Asomaban dos pies debajo de los postes. Vi una falda sucia y unas manos marrones elegantes. Oí un gemido gutural, como de un animal lastimado. Los dedos se movieron y de forma instintiva aparté de la vista el bebé.

—Ha aparecido de la nada —estaba diciendo el cochero—. Íbamos muy despacio y ella ha saltado en nuestro camino.

Me volví y recorrí la corta distancia hasta el puesto del portero, que se hallaba abierto y abandonado; seguramente el hombre estaría en el escenario del altercado. Dentro se estaba caliente, ardía un fuego bajo en una chimenea, y en la pequeña mesa titilaba una vela junto a una comida abandonada. Vi un abrigo beis en un perchero, envolví al bebé y lo dejé en la silla con la esperanza de que el portero entendiera de quién era y se apiadara de él.

En la distancia, muchas de las ventanas del hospital de niños expósitos estaban amarillas, pero la mayoría se encontraban negras. Dentro, tal vez en sus camitas, había cientos de niños. ¿Sabían que sus padres estaban fuera, pensando en ellos? ¿Tenían la esperanza de que volvieran o eran felices con sus uniformes, con las comidas calientes, las lecciones y los instrumentos? ¿Podían echar de menos a alguien que no conocían? Mi propia hija estaba allí dentro, sus dedos se cerraban en torno al aire. Yo tenía el corazón envuelto en papel. Solo la conocía desde hacía unas horas, y de toda la vida. La partera me la había entregado, pegajosa y con sangre, esa misma mañana, pero la Tierra había dado una vuelta entera y las cosas nunca serían lo mismo.

2

Si no me desperté con el sonido de mi hermano orinando en un balde fue porque no vino a casa. A la mañana siguiente, la cama de Ned se encontraba vacía y me acerqué para comprobar que no estuviera tumbado en el suelo, algo que hacía a veces cuando se caía enredado en las sábanas. La cama estaba hecha y el suelo vacío. Me di la vuelta en mi cama. Me sentía lastimada por dentro, fileteada, seguro que estaba morada y azul. Oí el suelo de madera crujir en la habitación de al lado por los pasos de Abe. Por la ventana se veía todavía negro, quedaban aún varias horas para el amanecer.

Me había salido leche del pecho durante la noche y tenía el camisón mojado, como si mi cuerpo llorara. La partera me había advertido de esto y me había dicho que pararía pronto. El pecho había sido siempre la parte de mi cuerpo en la que se fijaba primero la gente, a menudo la única. Me había dicho que lo cubriera de paños para que la leche no empapara la ropa, pero lo que tenía era un líquido acuoso, claro. La bomba de agua del patio me parecía demasiado lejana cuando estaba tan dolorida, pero era yo quien tenía que ir a buscar el agua. Suspiré y alcancé el cubo, oí a Ned entrando en casa de forma ruidosa. Nuestras

habitaciones en el número tres de Black and White Court estaban en la planta superior de un edificio de tres plantas y tenían
vistas a las profundidades turbias del patio asfaltado que teníamos debajo. Aquí nací yo y aquí había vivido los dieciocho años
de mi vida. Aprendí a gatear y luego a andar por el suelo inclinado, guarecidos como estábamos bajo el alero, que crujía y sus-
piraba como un barco viejo. No teníamos a nadie encima de
nosotros, solo pájaros que anidaban en el tejado y se cagaban en
las chimeneas, y unos chapiteles que apuñalaban el cielo. Me
gustaba estar en la cima de la casa: era un lugar tranquilo y privado, lejos de los gritos de los niños que jugaban abajo. Nuestra
madre también vivió aquí con nosotros los primeros ocho años
de mi vida, antes de dejarnos. Lloré cuando Abe abrió la ventana para dejar salir su espíritu; quería que se quedara, correr
para ver cómo volaba hacia el cielo. Ahora ya no creía en nada
de eso. Se llevaron su cuerpo y Abe vendió sus cosas, solo se
quedó con su camisón para que lo usara yo para dormir, algo
que hice hasta que dejó de oler a ella, a su pelo denso y oscuro
y su piel blanca. No la añoraba porque había pasado mucho
tiempo. Esperaba necesitarla menos cuanto mayor me hiciera,
pero cuando mi barriga se hinchó y empecé a pujar, me hubiera
gustado sostener su mano. Sentía envidia de las chicas con madres de la noche anterior, que llevaban su amor dibujado en el
rostro.

Ned entró tambaleándose en la habitación que compartíamos,
abrió la puerta de golpe y se tropezó con el balde que había dejado en el suelo, derramando mi orina por la madera.

—¡Eh, torpón! —grité—. Ten cuidado.

—Mierda. —Se agachó para recoger el balde.

En las dos habitaciones que Ned, Abe y yo llamábamos casa
no había una línea recta en ninguna parte. El tejado estaba inclinado y los tablones del suelo también. Ned no trastabilló cuando
dejó el balde bien colocado en el suelo. No estaba demasiado bebido, tan solo achispado. Yo no regresaba del mercado con los

pies lastimados y el cuello dolorido, para encontrarlo pálido, gruñendo en la cama y apestando a vómito.

Se tiró en la cama y se dispuso a quitarse el abrigo. Mi hermano era tres años mayor que yo, tenía la piel perlada, el pelo rojo y suficientes pecas por los dos. Se gastaba el poco dinero que ganaba como barrendero en casas de apuestas y locales de ginebra.

—¿Vas a trabajar hoy? —pregunté, aunque conocía la respuesta.

—¿Y tú? —replicó él—. Tuviste un bebé ayer. No te obligará a ir el viejo, ¿no?

—¿Estás de broma? ¿Crees que voy a quedarme en la cama con una taza de té?

Fui a la otra habitación y vi que, afortunadamente, Abe había ido a por el agua mientras yo dormía y la estaba calentando en una tetera. La habitación principal tenía pocos muebles, pero era acogedora. El catre de Abe estaba colocado contra una pared y la mecedora de madre junto al fuego. Enfrente había otro sillón y un par de banquetas, y todos los platos y ollas estaban apilados en estantes junto a la pequeña ventana. De pequeña pegaba dibujos en las paredes, reproducciones de niñas granjeras enclenques y edificios que conocíamos: St. Paul y la torre de Londres. No tenían marcos y con el tiempo se habían desteñido y se les habían rizado las esquinas. Mojé un paño y limpié el suelo del dormitorio, arrugando la nariz por el olor, pero no me dieron náuseas. Cuando estaba embarazada de Clara, al principio, en el mercado vomitaba con el olor de todo.

Cuando terminé y dejé el balde al lado de la puerta para bajar, Abe me pasó un vaso de cerveza y me senté frente a él todavía con el camisón puesto. No habíamos hablado de lo sucedido el día anterior. Sabía que tendríamos que hablar del tema algún día, pero durante mucho tiempo sería como escarcha entre los dos.

—¿Entonces aceptaron al bebé, Bess? —oí la voz de Ned en la habitación.

—No, lo dejé debajo de la cama.

Se quedó callado, pero habló un momento después.

—¿Y no vas a decirnos de quién es?

Miré a Abe, que estaba contemplando su vaso y se lo bebió de un trago.

Me recogí el pelo.

—Es mía.

Ned apareció en la puerta en mangas de camisa.

—Ya sé que es tuya, mema.

—Eh —se dirigió Abe a Ned—, ¿por qué te estás desvistiendo? ¿No vas a trabajar?

Ned lo fulminó con la mirada.

—Empiezo más tarde.

—¿Es que los jacos no cagan esta mañana?

—Sí, pero necesito un lugar por el que pasar la escoba, ¿conoces alguno?

—Voy a vestirme —anuncié.

—¿Vas a hacer que trabaje después de lo de ayer? —protestó Ned—. ¿Eres su padre o su jefe?

—No le teme al trabajo, no como alguien que vive bajo este techo.

—Eres un condenado esclavista. Deja que descanse una semana.

—Ned, cierra el pico y arréglate esa cara —espeté.

Lavé los vasos con el agua que había sobre el fuego y los coloqué en el estante, pasé después por al lado de Ned para vestirme, con una vela en las manos. Mi hermano maldijo y le dio una patada a la cama. Se sentó de espaldas a mí. Sabía que no estaría allí cuando regresáramos después a casa.

—Acuéstate, ¿vale? Deja de pincharle —le pedí. Me levanté, desnuda un momento, y me puse la ropa con una mueca de dolor.

—Mírate, deberías estar en la cama.

—No puedo. No trabajé ayer.

—¡Porque estabas pariendo un bebé!

—Ayer no te importaba eso, ¿no? ¿Dónde estabas?

—Como si quisiera quedarme a presenciarlo.

—Muy bien, pues cierra la boca. Mañana es día de alquiler.

—No pude reprimir el desdén de la voz—. ¿Tienes tu parte o vamos a tener que pagarla otra vez Abe y yo? Estaría bien que pagaras la renta de vez en cuando. Esto no es una pensión.

Soplé la vela y la dejé en la cómoda. Abe se había abotonado su viejo abrigo y me estaba esperando en la puerta.

La voz de Ned me llegó desde la habitación, dura y rencorosa.

—Y tú no eres la Virgen María. No te hagas la santurrona conmigo, putita.

Abe tenía los labios apretados, formando una línea tensa, y sus ojos claros se encontraron con los míos. Sin decir una palabra, me dio mi sombrero y me condujo al pasillo frío y vacío que siempre olía a pis y ginebra de la noche anterior. Cerramos la puerta al salir.

Al río. Cada mañana, cuando el reloj que colgaba de St. Martin marcaba las cuatro y media, Abe y yo ya habíamos salido de Black and White Court, dejábamos a nuestra derecha los altos muros de la prisión de Fleet y nos dirigíamos al sur por Bell Savage Yard, hacia la carretera de Ludgate Hill antes de desviarnos al este, hacia la cúpula blanca de St. Paul. La carretera era amplia y estaba concurrida incluso a esa hora: nos encontrábamos a barrenderos, carros de reparto, esposas somnolientas haciendo cola en las panaderías con sus panes para hornear y mensajeros moviéndose entre el río y las cafeterías con noticias desde el agua. El tráfico era más denso hacia el puente y los mástiles de los embarcaderos se balanceaban y mecían más allá de los cobertizos que atestaban la orilla del río. Los hombres que caminaban hacia los muelles bostezaban, todavía soñando a medias con sus camas y las mujeres cálidas que habían dejado allí. Estaba oscuro como la brea, tan solo unos pequeños candiles ardían encima de algunas puertas, pero con la niebla de noviembre parecían pequeños soles pálidos tras una nube espesa. No obstante, Abe y yo conocíamos el camino con los ojos cerrados.

Pasamos Butcher's Hall y bajamos hacia el río, que estaba bajo y refulgía delante de nosotros, ahogado ya con cientos de embarcaciones que traían pescado, té, seda, especias y azúcar a los diferentes muelles. La bajada era empinada y no resultaba sencilla en la oscuridad. Cuando el reloj marcó las cinco, unos minutos después de llegar, los porteadores empezaron a moverse, trasladando cestas de pescado de los barcos a la dársena y a los puestos. A partir de las seis, los pescaderos, vendedores ambulantes, posaderos, comerciantes de pescado frito y sirvientes empezaron a descender con carretillas y cestas para regatear el precio de tres docenas de eperlanos, una fanega de ostras o un magnífico esturión; los precios ascendían conforme llegaban los vendedores, que conseguían algo intermedio. El sol subió, suave y tenue, y también los gritos de los mercaderes: «¡Bacalao vivo!, ¡está vivo!» y «Aba-aba-aba-abadejo» y «Llevo eperlano, lenguado, sábalo, gobio, cachuelo» con énfasis en la última palabra. Los gritos ya no parecían incorpóreos, pertenecían a los mercaderes de mejillas sonrojadas y sus esposas. Cada grito era tan peculiar como el siguiente, y sabía sin necesidad de mirar quién lo profería. Había cierto aire de magnificencia en Billingsgate, en el sol matutino sobre los mástiles chirriantes de la dársena, los porteadores de cuello de hierro con cuatro, cinco, seis cestas sobre las cabezas, moviéndose entre la gente. Sobre las siete, el lugar era una masa revuelta de barro salpicado de espinas de pescado que parecían monedas brillantes. Los puestos eran un amasijo de chozas de madera con tejados inclinados de los que caía agua helada en invierno. Las cestas de sauce rebosaban de lenguados brillantes y cangrejos vivos, y en los carros gruñían cardúmenes relucientes.

En el embarcadero estaba Oyster Street, llamada así por la fila
de barcos atracados muy juntos, con pilas de caracolas grises y
arenosas. Si uno buscaba anguilas, tenía que encontrar a un
barquero que lo llevara en uno de los barcos de pesca holandeses por el Támesis, donde hombres de aspecto extraño con
sombreros de piel y anillos de valor se balanceaban sobre enormes soperas con criaturas parecidas a las serpientes que se re-
torcían y revolvían en su caldo turbio. Aun con los ojos
tapados, distinguiría una platija de una sardina, una caballa de
Norfolk de una de Sussex. A veces los pescadores atrapaban un
tiburón o una marsopa y las colgaban para que todos las viéra-
mos; en una ocasión, un porteador bromista le puso un vestido
a uno y lo llamó sirena. Luego estaban las esposas de Billingsgate, marsopas ellas mismas con sus enaguas, con las manos
regordetas y rojas y con los senos con forma de proa, sobresaliendo entre la multitud, chillando como gaviotas. Llevaban pe-
tacas de brandi para calentarse en los meses fríos y aros de oro
en las orejas. Yo decidí, a una edad temprana, que no me convertiría en una de ellas, que no me casaría con un joven de Billingsgate ni por todo el camarón de Leigh.

Vincent, el porteador, nos trajo las primeras tres cestas de camarones grises y Abe y yo las vertimos en las nuestras. Tuvimos
que trabajar rápido mientras los otros comerciantes de camarones
hacían lo mismo. Una vez que hubimos descargado, llevé la cesta
a la casa de calderas, donde una mujer de Kent llamada Martha
los cocinaría mientras yo iba a recoger mi sombrero del almacén.
Martha no era habladora, pero tampoco desagradable; hacía ya
mucho tiempo aceptamos, sin necesidad de palabras, que era demasiado temprano para una conversación y cuando los camarones estaban del mismo color que su cara roja, Martha los apilaba
en mi sombrero, humeantes. Ya estaba acostumbrada al peso, era
el agua caliente lo que me lastimaba, que caía por mi cuello que-
mándome, pero eso no era nada comparado con las manos rosas
y en carne viva de Martha, insensibles ya.

—¿Todo bien, pechugona? —Tommy, uno de los porteadores con marcas de viruela, se detuvo mientras hacía la entrega de eperlano—. ¿Nos vemos en el Darkhouse luego?

—Esta noche no, Tommy.

Era nuestro ritual de todos los días. Le decía siempre lo mismo y él respondía del mismo modo. A veces me preguntaba cuánto tiempo tendría que tomar parte en esta actuación, y me aliviaría no verlo. Me llamaba pechugona por mi pecho generoso. Una tarde, mucho tiempo atrás, Tommy me alcanzó cuando salía del Darkhouse, la taberna más hostil de la ribera norte, y me empujó contra una de las casetas, amasándome los pechos mientras se la meneaba con una mano e intentaba que yo lo tocara antes de descargar agradecido en mi falda.

—¿Y si nos buscamos nuestra propia casa oscura, pechugona?

—Hoy no, Tommy.

Me guiñó un ojo y siguió su camino hacia el puesto de Francis Costa. Yo me dispuse a ascender del río a la ciudad. Londres estaba despertando, bañada en la marejadilla de conserjes y empresarios que se dirigían a contadurías y cafeterías. Sus esposas y sirvientes solían prepararles el desayuno: caballa ahumada, huevos o gachas en boles de porcelana. Y yo podía contar con los dedos de una mano a los marineros y marinos que me habían comprado a mí, con el estómago revuelto de comer marisco. No, yo buscaba a los fabricantes de trampas para ratones, a los muchachos que limpiaban zapatos y a los yeseros que estaban haciendo una pausa para fumar, a los vendedores de lavanda y barrenderos que se detenían a estirar la espalda. Afiladores de cuchillos, vendedores de pelucas, horticultores que regresaban tras haber vendido sus productos. Madres con prisas que compraban un puñado para dárselo a sus hijos chillones; borrachos que aún no se habían acostado. Cuando había vaciado el sombrero, algo que solía llevarme de una a tres horas, regresaba a Billingsgate y repetía el proceso. El verano era la peor época, cuando la ciudad apestaba y yo con ella. Esos meses, para el mediodía, la mayor parte de nuestra mercadería solo era aceptable para los gatos. El invierno era terrible, pero al menos el producto se mantenía fresco hasta el anochecer, cuando cerraba el mercado.

Izquierda, derecha, izquierda, derecha; cada día seguía mi propio patrón, anunciando: «Camarones frescos, directos del barco, dos peniques un tercio para usted, señor, para usted, señora». Costaba competir con las campanas de la iglesia y las ruedas de los carruajes y el escándalo habitual de una mañana de invierno. Avancé por Fish Street, pasé junto a la columna pálida del Monumento y me interné en la ciudad, deteniéndome para frotarme las manos en la esquina de Throgmorton Street y dándole una patada a un perro para que se apartara de mi falda, pero solo un momento, porque pararme significaba helarme de frío y notar el peso de mi sombrero. Y ahí fue cuando vi las tiendas de huesos.

Había cuatro o cinco, suministraban huesos para todas las cinturas de Londres. Encima de la puerta de los negocios había unos símbolos: una ballena de madera, un ancla y el sol, una piña. Fuera estaban las cestas de mimbre llenas de esqueletos. Los huesos se abrían camino río abajo desde los almacenes de Rotherhithe, seleccionados por los comerciantes, cortados finos como briznas de hierba y envueltos en lino, seda o piel, o tallados con forma de cuernos o mangos. De corazones. Me llevé de forma instintiva una mano al vientre; mis corsés llevaban meses en un cajón y se quedarían ahí un tiempo hasta que pudiera volver a ponérmelos. Si en Billingsgate alguien había visto mi barriga redondeada, no lo había mencionado nunca y no lo haría ahora que desaparecía lentamente. Ni siquiera Vincent ni Tommy habían dicho nada. Pronto volvería a tenerla plana y me olvidaría de lo grande que había estado. No obstante, nunca olvidaría cómo se sentía ser el hogar de otra persona.

—¿Te has quedado pasmada o estás vendiendo?

Una mujer que no podía tener más de tres dientes se había parado delante de mí. Palpé a mi alrededor buscando la pequeña jarra de peltre, la llené y vacié el contenido en sus manos mugrientas. La mujer se los metió en la boca mellada y buscó en el bolsillo otra moneda.

—Me llevo otro puñado para mi hijo. Es aprendiz en una sombrerería. Seguro que tiene hambre, voy a llevárselos al trabajo.

Le eché otra jarra en la palma de la mano.

—Espero comprarle un sombrero algún día —dije.

—Tienes un bebé en casa, ¿no? —Me señaló el vientre abultado, presionándome el abrigo.

—Sí —mentí.

—¿Un pequeño querubín? ¿O un ángel querido?

—Una niña. Clara. Está con su padre antes de que se vaya a trabajar.

—Adorable. Cuídate —indicó la mujer y se alejó cojeando entre la multitud, aferrándose a los camarones.

Me volví para enfrentarme de nuevo a la mañana.

—Camarones frescos —anuncié mientras el sol ascendía despacio por el cielo—. Directos del barco.

3

Seis años más tarde
Enero, 1754

K eziah cumplió su promesa. Entró por la puerta con un saco en una mano, una botella de cerveza en la otra y una sonrisa de oreja a oreja. Quité una pila de colada del sillón de Abe, retiré las migas de una banqueta que usábamos de mesa y serví la cerveza en dos tazas descascarilladas. Le ofrecí una a mi amiga y me senté frente a ella.

—A ver qué tienes.

Exclamé encantada cuando comenzó a sacar fardos de prendas: lino de rayas rojas, azules y blancas, enaguas espumosas, mantas de lino y lana, chaquetas de franela, ropa interior, medias…

—¡Oh, Keziah! —fue lo único que pude pronunciar.

Mi amiga, que vendía ropa de segunda mano y otras trivialidades en el mercado Rag Fair al este de la ciudad, llevaba meses guardando cosas para Clara, las portaba a casa y las arreglaba, almacenándolas en un baúl para cuando yo pudiera ir a buscarla.

Llevaba seis años ahorrando y ahorrando, y por fin había añadido el último chelín a la caja de dominó de madera que guardaba debajo del colchón. Con el ahorro de dos libras, al fin tenía el salario de medio año para pagar la atención a Clara en el hospital de niños expósitos; sin ese dinero era posible que no me la dieran. A veces, cuando no tenía sueño, sacaba la caja y la agitaba para calmar mis pensamientos. La saqué ahora de su escondite y la agité, y Keziah sonrió y entrechocó la taza con la mía mientras nos reíamos a carcajadas como sirvientas.

Me senté en el suelo para rebuscar en su botín, emocionada. El sol entraba por las ventanas altas, que estaban abiertas para dejar pasar el aire fresco, y también llegaban los sonidos del jardín. Sábado por la tarde, era uno de esos días cegadoramente brillantes de invierno, había terminado de trabajar una hora antes y había regresado derecha a casa con tres bollos de pasas: uno para que lo compartiéramos Abe y yo, otro para Keziah y otro para Clara.

—Me encanta. Todo —señalé.

—La he lavado para ti —dijo Keziah y empezó a doblar la ropa—. ¿Dónde la dejo?

Tomé un abrigo rojo especialmente bonito, un poco desteñido por el uso, pero en buen estado. ¿Tendría mi hija el pelo como yo, castaño oscuro con destellos rojos? Si así era, le quedaría espléndido con el lino de tono escarlata. Sonreí al imaginar a una niña pequeña de aspecto solemne con su abrigo rojo.

—Tengo cofias también, de interior y de exterior... —comentó Keziah—. Casi me han entrado ganas de tener una niña al recopilar todo esto.

Había dejado en casa a sus dos hijos, Moses y Jonas, como siempre hacía, pues no le gustaba que estuvieran en la calle. No era por miedo a perderlos en una vida de crimen y vicios. Keziah era negra, como su esposo William. Aunque los Gibbons nacieron libres, sin dueños y capaces de trabajar en los oficios limitados disponibles para ellos, todos los días se perdían niños negros en

Londres. Podían arrancar a Moses y Jonas, de ocho y seis años, de la calle en cualquier momento, como si fueran frutas maduras, y llevarlos a las mansiones del Soho y Leicester Fields envueltos en turbantes y convertidos en mascotas. O eso decía Keziah. Yo no sabía que eso sucediera, pero ella era muy precavida; eran unos niños increíbles y preciosos, y muy deseables para muchos. Eso significaba que, hasta que fueran un poco mayores y Keziah estuviese segura de que ellos serían capaces de mantenerse alerta, pasaban prácticamente todo el tiempo confinados en las dos habitaciones de la planta baja de una casa en Houndsditch, en el East End de Londres, al cuidado de una viuda judía que vivía en la primera planta. Su marido William era violinista, había aprendido a tocar en la casa del patrón de su madre. Se ganaba la vida actuando con un grupo modesto de músicos en las mismas casas que enjaularían a sus hijos como pajarillos.

Conocí a Keziah una mañana fría de cinco años atrás, cuando estaba buscando unos zapatos nuevos (cambiaba de par cada seis meses por mi trabajo), y nos hicimos amigas rápido. Tenía veintiséis años, dos más que yo, y contaba con lo que más deseaba yo: un marido y dos hijos adorables que la trataban como si fuera una diosa y un ángel.

Metí la ropa en el dormitorio y me arrodillé en el suelo junto al baúl donde guardaba la mía. Empecé a doblarla con cuidado. Keziah estaba sentada a los pies de mi cama con la taza. Se quitó los zapatos y flexionó las piernas al lado del cuerpo.

—Ahora que Ned se ha ido de casa, ¿dormirá aquí contigo?

—Sí. —Alisé una falda del color del maíz con estampado de flores azules y la coloqué encima de las otras prendas.

—¿Estás emocionada? —Noté que ella lo estaba, sentía la emoción bullir dentro de ella.

—Sí.

—No pareces segura.

—¡Sí lo estoy!

La cama crujió cuando se movió.

—¿La conocerás al verla? Al ser su madre... ¿la reconocerías en una habitación llena de niñas?

—Eh...

Hubo un instante de silencio.

—¿Bess? ¿Tienes dudas?

Cerré la tapa del baúl con cuidado, era el baúl de mi madre, tallado con rosas. Era un trasto voluminoso y anticuado, pero no pensaba venderlo nunca. En el fondo estaba su camisón, con olor a rancio por el tiempo. La recordaba con él puesto cuando calentaba leche en el fuego y caminaba descalza por nuestras habitaciones, moviendo la colada. Murió con él puesto, pero también vivió con él, y cuando yo era más joven solía echármelo en la espalda como si fuera una capa y me envolvía con las mangas.

—¿Bess?

—¿Y si está muerta, Kiz? —dije con voz débil.

—Seguro que no. Allí cuidan bien a los bebés, tienen médicos, medicina, esas cosas. Tiene más oportunidades allí que aquí.

Tomé aliento.

—Supongo que mañana me enteraré. ¿Cuánto te debo por la ropa?

—Nada.

Le sonreí.

—Gracias.

Ella me guiñó un ojo.

—El placer es mío. ¿Por qué no vas ahora al hospital? Estás preparada, ¿no? Llevas seis años preparada.

—¿Ahora?

—¿A qué esperas? ¿Un carruaje? ¿Un martes? Tienes el dinero.

Noté el estómago como uno de esos tanques de anguilas de los holandeses, culebreando y enroscándose.

—No lo sé.

—¿Qué dice Abe?

Le di un sorbo a la cerveza.

—Pues no está muy desquiciado, pero me ha prometido ce-
ñirse a la historia: que es nuestra aprendiz, que ha venido a vivir
con nosotros y trabaja conmigo vendiendo. Es lo bastante mayor.

Keziah no dijo nada. Sabía que para ella seis años eran muy
pocos para trabajar, que ella mantendría en casa a sus hijos todo
el tiempo que pudiera. Pero ella tenía una familia de verdad y
yo no. Aun así, iba a intentar hacerlo lo mejor posible. Mañana,
después de recogerla, la llevaría a ver los leones de la torre de
Londres, igual que había hecho Abe con nosotros cuando éramos niños, cuando madre estaba enferma o cansada. Pero no
tenía intención de buscar en las calles un perro muerto para alimentar a los leones como pago, como habíamos hecho nosotros;
yo les daría una moneda y, bajo el sol brillante del invierno,
Clara me tomaría de la mano y temblaría de miedo y emoción
al vislumbrar las bestias doradas. Puede que soñara con ellos
por la noche, y yo le acariciaría el pelo y le diría que no tenía
que tener miedo. No, no iba a buscar un perro muerto, no era
ese el tipo de madre que quería ser.

—La traerás al mercado de ropa, ¿no? —preguntó Keziah, terminándose la cerveza.

Asentí y me sacudí la falda. Ojalá la sensación extraña en el
estómago fuera esperanza y no miedo. Pero si lo era, ¿por qué
tenía ganas de llorar? Me imaginé regresando a casa con un baúl
lleno de ropa sin usar y un bollo de pasas sin comer, y sentí muchos nervios.

—Bess. —Keziah se acercó a mí y se arrodilló en la alfombra—.
Estará allí y tú volverás a ser madre. Llevas mucho tiempo esperando esto y ahora no corre peligro. Ya no es un bebé. Está preparada para volver a casa y trabajar contigo, y para que la quieras.
Todo cuanto necesita está aquí.

Me vine abajo.

—Eso creía, Kiz. Pero ¿y si no es suficiente? —Intenté imaginarme viendo nuestras dos habitaciones tal y como lo haría
una niña por primera vez: las estanterías torcidas llenas de

objetos de hojalata abollados, las sábanas zurcidas, el techo inclinado y las alfombras raídas. Tendría que haberle comprado un juguete o una muñeca, ¿por qué no le había comprado una muñeca? Haberla dejado en su almohada para cuando ella llegara.

Keziah me tomó de las manos y me miró a los ojos con los suyos grandes y marrones.

—Bess —repitió—. Es más que suficiente.

Y había llegado el día, y el reloj estaba marcando las ocho afuera, y yo había desperdiciado otra hora con preocupaciones y limpieza. Abe se había marchado de casa por ello, diciendo que iba al muelle a escuchar la lectura del periódico. Puse los bollos de pasas, envueltos en un paño, en un estante más alto para que los ratones no llegaran. Eché un último vistazo a la habitación y cerré la puerta al salir con mano temblorosa.

—Hace una buena mañana, Bess. —Nancy Benson estaba en las escaleras. Ocupaba todo el espacio, por lo que no podía pasar sin hablar con ella. Las habitaciones de Nancy no estaban en nuestra planta, aunque no había zonas vedadas para ella; subía y bajaba como un ratón con sobrepeso.

—Así es, Nancy. Que tengas un buen día.

—Vas a la iglesia, ¿no? Con tu mejor vestido.

Me encontraba tres o cuatro pasos por encima de ella y esperé a que se moviera. Ella sabía que no iba a la iglesia.

—Voy a buscar a nuestra nueva aprendiz.

Nancy enarcó las cejas.

—¿Para el puesto de Abraham?

—No, para mí. Me va a ayudar a vender.

—Ah, ¿sí? ¿Una niña? Yo no lo haría. No se ven a muchas niñas aprendices.

—Tampoco se ven a muchos niños vendiendo comida de sus cabezas.

Me adelanté para pasar y ella apoyó su gran espalda contra la pared. El suelo de madera crujió cuando pasé por su lado. Nancy vivía en Black and White Court desde hacía diez años y llevaba siendo viuda la mayoría. Se dedicaba a hacer escobas y tenía las manos despellejadas y rojas por ello.

—¿Se quedará con vosotros? La niña.

—Sí. —Podía confiar en que Nancy barriera la noticia por el barrio, amontonándola en pequeños rincones para que se asentara. Ella sabía que tuve un bebé, fue imposible ocultar mi vientre. Se estremeció de alegría ante la vergüenza que suponía eso e intentó en muchas ocasiones engatusarme para que le contara quién era el padre, pero yo tenía los labios sellados y disfrutaba por la frustración que le generaba a ella.

—¿Qué tal Ned?

Me detuve a los pies de la escalera, sujeta al pomo de la barandilla que a Ned siempre le gustaba quitar y tirar al suelo. Seguía estando suelta y empecé a darle vueltas.

—Está bien.

—¿Y Catherine y los pequeños?

—Todos bien, gracias, Nancy.

—Estupendo. —Estaba decepcionada.

Siempre sintió un afecto especial por Ned, aunque él la trataba como a un chucho tonto. Fue útil para mi hermano antes de que llegaran las leyes de la ginebra; cuando ella reparó en su debilidad, abrió una tienda en su habitación y se dedicó a destilar el grano y venderla. Ned fue su cliente más leal y reconocido. Hubo una época en la que pasaba más tiempo en su vivienda que en la nuestra. Notaba cuando se echaba en la cama a mi lado y empezaba a roncar, apestando a aguarrás, y sabía que en la planta de abajo Nancy estaba dando vueltas y suspirando en su cama. Por su forma de mirarme, sabía que le había preguntado a Ned por Clara, sabía que había intentado sonsacarle la historia de mi vergüenza como si tirara del pañuelo de seda de un bolsillo. El olor de sus mezclas sulfúricas hacía que lagrimearan los ojos, pero no había nada que pudiera con Ned. Madame Geneva, la llamaba, y yo odiaba que lo hiciera, parecía algo exótico, fragante. Cuando Ned conoció a Catherine, pensé que su vida tomaría el camino correcto. Era la hija de un carnicero de Smithfield, flaca como una astilla y con la lengua lo bastante afilada para enderezarlo. Pero una familia no lo consiguió. Primero llegó su hija Mary, después dos bebés que murieron, seguidos por su hijo Edmund, hacía unos meses. La paternidad parecía haberle arrebatado una parte de sí mismo y Ned se estaba destiñendo. A menudo desaparecía durante días, el periodo más largo que había estado fuera era de dos semanas. Hubo un tiempo en el que tuve esperanza por él.

—¿Lo has visto recientemente?

—No recientemente.

Volví a colocar el pomo y lo presioné con la palma de la mano.

—Me tengo que ir, Nancy.

—Rezaré por el bebé en St. Bride. Por Edmund. —Su cara grande y regordeta se alzaba sobre mí.

—Muy amable.

—Y por su padre, que el Señor lo libere de sus demonios.

Los demonios que tú conjuraste en un frasco. Nos quedamos un instante en silencio.

—Muy amable. Que tengas buen día, Nancy.

En muchas ocasiones me había acercado al hospital de niños expósitos, pero solo había llegado hasta la verja. La caseta del portero seguía allí, la ventana redonda como un ojo que supervisaba la calle. El cielo gris plano presionaba la piedra color arena y el reloj de la capilla marcó las nueve y cuarto. Me quedé un instante allí parada, en el camino polvoriento, recordando aquella noche: la oscuridad y el dolor entre las piernas. La falda manchada de barro debajo de la rueda del carruaje y los dedos retorcidos de aquella pobre mujer.

La cara del portero apareció en la puerta. Me enderecé un poco más y me alisé el vestido con la esperanza de mostrar un aspecto respetable.

—Vengo a recoger a mi hija —informé.

Él me miró con desconfianza.

—¿Tiene el pago para la recogida?

Se me revolvió el estómago.

—Sí —contesté con más confianza de la que sentía.

Seguro que el sueldo de medio año era suficiente; no me atrevía a preguntarle por si no me dejaba entrar. Si no bastaba... no quería ni pensarlo. De pronto me imaginé cómo sería ver a mi hija después de todo este tiempo, que pensara que había venido a buscarla y que se la llevaran de vuelta, suplicando y llorando, buscándome. ¿Y si querían veinte libras? No podría ahorrarlas ni en toda una vida. Empecé a oír un pitido en el oído izquierdo y me mareé un poco.

—Por aquí, señorita. Hasta el fondo y luego a la izquierda.

Le di las gracias y avancé muy tensa. La entrada era amplia y estaba vacía, a la distancia oía cantos. Me temblaban las piernas. Mi hija estaba dentro de este lugar. *A menos que esté muerta*, musitó una vocecilla que tenía enterrada como un gusano en mi cabeza.

Los jardines delanteros del edificio estaban ocupados por grupos de niños sentados en filas que hacían cuerdas y redes. Llevaban un uniforme compuesto por un abrigo marrón liso, una camisa blanca y bufanda roja en el cuello. Me miraron rápido al pasar antes de regresar a su tarea. No pareció importarles, hablaban despreocupadamente con las piernas cruzadas y las manos ocupadas. Entre los rostros blancos había uno marrón y me detuve a contemplarlo un momento; me acordé del bebé que recogí de la hierba y dejé en la caseta del portero, envuelto en su abrigo. Se parecía un poco a Moses Gibbons, con el pelo casi rapado y manos delgadas. Tendría la misma edad que Clara. ¿La conocería? El chico notó que lo estaba mirando y me devolvió la mirada con unos ojos redondos y curiosos. Quizá todos los niños pensaban en la posibilidad de que una mujer caminando por ahí pudiera ser su madre. Sonreí al niño y él regresó rápidamente a su trabajo.

Dudé ante la enorme puerta negra que daba al ala izquierda antes de abrirla y entrar. Noté ese olor familiar: a mueble limpio y comida casera. Me apoyé en la puerta, me pitaban los oídos en el silencio. Apenas podía creerme que estuviera aquí, a punto de recoger a mi hija después de tanto tiempo. ¿Querría ella venir conmigo? ¿No era mejor para ella quedarse aquí, donde seguramente tuviera amigas y comida caliente y un techo sin goteras bajo el que dormir? Pronto comenzaría a trabajar y podría quedarse en una buena casa y tener a una señora amable. Pero entonces pensé en las chicas de las que había oído hablar en el vecindario, que habían ido a trabajar a unas casas al oeste de la ciudad y nunca se volvió a saber de ellas. Probablemente las hubieran dejado encintas sus patrones para después despedirlas sin referencias. Al menos yo no había sufrido ese destino, aunque ¿era tan diferente el mío?

Una mujer menuda con un delantal se aproximó a mí.

—¿Puedo ayudarle?

—He venido a recoger a mi hija.

Había más calidez en sus ojos pequeños que en los del portero.

—Qué adorable —comentó con sinceridad—. Deje que la lleve donde la vea alguien.

No había niños por allí, tan solo se oían las canciones; si no hubiera visto a los muchachos haciendo las redes en el jardín, dudaría de si había alguno en este lugar. Los niños eran ruidosos, protestaban, gritaban y corrían, al menos en la ciudad. Esa misma mañana, los había oído chillando, arrastrando un hueso horrible por el patio para un perro. Tal vez los niños del hospital fueran refinados, a lo mejor se movían con paso elegante y se sentaban en silencio, como las personas de dinero.

Me llevó a una pequeña habitación que olía a tabaco. Tenía el corazón acelerado y me vino muy bien sentarme delante de una mesa grande y reluciente. La ventana de detrás daba al campo que se extendía a las afueras de Londres. Clara estaría acostumbrada a esas vistas, con árboles y cielo. ¿Qué pensaría de nuestras habitaciones, que daban a chimeneas y tejados?

Oí la puerta cerrarse detrás de mí y un hombre menudo y delgado con una peluca rodeó la mesa para tomar asiento frente a mí.

—Buenos días, señorita.

—Buenos días a usted también.

—Soy el señor Simmons, uno de los conserjes. ¿Ha venido a sacar a su hija del hospital?

—Así es —respondí y tragué saliva—. Mi nombre es Bess Bright. Vengo a buscar a mi hija. La traje hace seis años, el veintisiete de noviembre.

El hombre asintió una vez, dejando a la vista la parte de arriba de la peluca.

—¿Ha dicho seis años? Entonces debería de estar aquí, en el hospital, en buen estado. ¿Le dejó un distintivo?

«En buen estado».

—Sí. —Vacilé—. Un pedazo de hueso de ballena cortado con la forma de un corazón. La mitad de un corazón. La otra parte... la tenía su padre. La pieza que dejé tenía dos letras grabadas: una B y una C.

—¿Y tiene el pago por el cuidado y mantenimiento que ha recibido?

—¿Cuánto es?

—Bien, ha dicho que la trajo en noviembre de...

—El año 1747 de nuestro Señor.

—Por lo que son seis años y...

—Casi dos meses hasta la fecha.

El hombre asintió atentamente y sacó la pluma para hacer unas sumas.

—Eso hace un total de seis libras y... déjeme ver...

—¿Seis libras? —alcé la voz, silenciándolo—. No tengo seis libras.

Él parpadeó, mirándome. La pluma tembló.

—Cuando dejó a su hija al cuidado del hospital debieron de dejarle claro que tendría que efectuar el reembolso de una libra por año de hospedaje.

—Yo... Yo no... No puedo... ¿Cómo va a recuperar nadie a su hijo? —Pensé en la bolsa ajada que tenía en el bolsillo, llena de monedas de uno y de tres peniques, ganando peso muy poco a poco. Sentí que me hundía muy lentamente en el suelo.

El hombre se rascó por debajo de la peluca, haciendo que esta se retorciera como si fuera un animal vivo.

—Voy a buscar los documentos de su hija y podremos hablar de los términos de aceptación una vez que haya revisado su caso. —Parecía un poco incómodo, sus ojos no carecían de amabilidad, pero tenía la boca triste, como si no estuviera acostumbrado a entregar buenas noticias.

Comprendí lo que no me estaba diciendo: mejor no nos adelantemos, cabe la posibilidad de que esté muerta. Debían de venir muchas mujeres aquí únicamente para recibir la noticia de que sus hijos habían muerto. Me esforcé por devolverle la sonrisa, aunque los nervios me estaban venciendo.

—Antes que nada —dijo—, ¿puedo preguntarle si han cambiado sus circunstancias, señorita Bright?

—¿Mis circunstancias?

—Así es —contestó y aguardó.

—No estoy casada, si es eso lo que me está preguntando. Y no he cambiado de trabajo desde que la traje aquí.

—¿No es usted responsabilidad de la parroquia? ¿Tiene un buen hogar?

—Lo mejor que puedo permitirme.

—¿Con quién reside?

Estaba tan desacostumbrada a su forma de hablar que tuve que esforzarme mucho para mantener la compostura y comprenderlo. La cabeza me daba vueltas. ¡Seis libras!

—Con mi padre. Mi madre falleció cuando yo era una niña, así que sé lo que es querer tener una madre.

El anciano me miró detenidamente.

—¿Y puede garantizar que la responsabilidad de mantenerla no recaerá en la parroquia hasta alcanzar la edad adulta?

—Puedo garantizarlo, aunque he de confesar que no lo entiendo. Le he dicho que no tengo seis libras. Tengo dos y he tardado todos estos años en ahorrarlas.

El señor Simmons se quedó mirándome un momento, apretando los labios finos.

—Señorita Bright, no vienen a buscar a muchos niños. Solo a unos cuatro al año, de cuatrocientos. Por eso hacemos todo lo que podemos cuando regresan los padres, dentro de lo razonable, ¿comprende? ¿Tiene pensado poner a la niña a trabajar?

—Conmigo.

—¿Qué profesión?

—Soy vendedora ambulante. Vendo camarones del puesto de mi padre en Billingsgate. No se apartará de mi lado.

¿Por qué no había mentido? Todas las lecciones aprendidas serían un desperdicio, su destreza en el bordado, si es que había empezado a bordar, sería tan útil como una tetera de mantequilla. Esto no iba a salir bien. No iba a permitir que me la llevara a casa ahora.

Debía de tener la consternación escrita en la cara, pues el señor Simmons se inclinó ligeramente hacia mí.

—Aunque no es lo habitual, en el hospital tenemos como objetivo reunir a cuantos niños nos sea posible con sus familias. No es tarea nuestra juzgar las circunstancias. Mientras esté preparada para aceptar la responsabilidad de satisfacer las necesidades de su hija, nosotros estaremos dispuestos a cederle la tutela por la suma de dinero que tiene. Para llevársela de aquí tendrá que firmar un recibo por su cuidado y dejar un nombre y una dirección. Es una especie de contrato, ¿entiende? ¿Podría recordarme el día que la trajo?

—El veintisiete de noviembre de 1747. Y el distintivo era medio corazón, hecho de hueso de ballena.

El hombre se inclinó y abandonó la habitación. Tenía todo el cuerpo tenso. Moví el cuello, rígido aún por el trabajo, y subí y bajé los hombros; me levanté y me acerqué a la ventana para buscar una distracción. Seguro que la gente de campo no disfrutaba de estas vistas, era como mirar un cuadro, no se movía nada. Me froté los brazos por debajo de la capa, tenía frío. Oí un ruido en el pasillo y voces de niños, también el sonido de unas botas en el suelo de piedra. Me dirigí a la puerta y la abrí un poco. Estaba pasando una procesión de niñas en parejas, ocho o diez; llevaban vestidos marrones y capas blancas. Les miré la cara, buscaba la mía. Unas cuantas me miraron, pero apartaron la vista rápidamente, absortas en sus charlas. Y de repente se habían ido, cerraron una puerta del pasillo al pasar y todo resonó con su ausencia. Volví a la silla y me agaché. Tenía la esperanza de reconocerla de inmediato al verla, de que estaríamos conectadas por un hilo invisible, fuerte como una telaraña. Pensé en las cuerdas que estaban haciendo los chicos fuera, anudando y retorciendo con las manos pequeñas. Mi hija nació con una cuerda blanca y resbaladiza, una que yo había hecho en mi interior. Era grotesca, escurridiza como una anguila y blanca como una perla, con un pedazo de carne en el extremo, como el pulmón de una oveja. La comadrona tiró ambas cosas al fuego.

El señor Simmons llevaba fuera un buen rato. Había dicho que iba a buscar sus documentos, pero ¿y si volvía con Clara? No esperaba que lo hiciera y no estaba preparada. Cuando la puerta comenzó a abrirse, me aferré a los reposabrazos de la silla por temor a caerme hacia delante. Pero el señor Simmons entró solo con unos documentos en la mano, el lazo azul que los tenía atados estaba ahora suelto. Me quedé donde estaba, él no se sentó y parecía confundido. Alcanzó una lente de lectura de la mesa, soltó el fajo de papeles y examinó el primero un momento.

—Dice que trajo a su hija el veintisiete de noviembre de 1747.

Asentí.

—El distintivo que dejó fue una pieza de hueso. La mitad de un corazón, afirma, con una B y una C grabadas.

—Sí.

El hombre frunció el ceño y me miró con dureza.

—¿Es usted Elizabeth Bright?

Me quedé mirándolo.

Me pasó los documentos por encima de la mesa.

—Señorita, ¿ha visto usted estos documentos con anterioridad?

—No sé leer. —Tomé el lazo azul. Empezaba a asustarme, el miedo caía sobre mí como un balde de agua—. ¿Son de ella? ¿Ha muerto? —Una letra elegante se curvaba sobre el papel de color crema, sin ningún sentido para mí, pero vi el número seis y el dos y el siete, que para mí fue como leer su nombre.

El señor Simmons me miró durante lo que me pareció un minuto completo. Entonces parpadeó y volvió a tirar de los papeles hacia su lado de la mesa. El lazo estaba entre los dos e inexplicablemente yo solo podía pensar en que era un desperdicio que algo tan refinado estuviera encerrado en un cajón.

—Señor Simmons, no lo entiendo —dije—. ¿Está muerta?

El conserje se movió incómodo en su silla y se bajó con cuidado la lente.

—La niña 627 fue recogida hace muchos años. Por su madre.

Se hizo un silencio completo, excepto por el latido que resonaba en mis oídos. Abrí la boca, pero volví a cerrarla y tragué saliva.

—¿Su madre? Disculpe, señor, no lo comprendo. ¿Estamos hablando de mi hija Clara?

Se rascó la peluca, desconcertado.

—No registramos los nombres de los niños. Se les bautiza y reciben nombres nuevos. Por razones de privacidad.

Me dolía la cabeza, como si llevara puesto el sombrero con los camarones, repleto de pensamientos y enigmas.

—Pero esta es la primera vez que vengo para llevármela a casa. La chica 627, ¿está seguro?

Los ojos del señor Simmons refulgieron con preocupación y alarma.

—¿Es posible que se haya equivocado con la fecha en la que la trajo?

—No, por supuesto que no. Es su cumpleaños, lo recordaré el resto de mi vida. Cada año enciendo una vela por ella. Y 627... me dijeron que ese era su número. Lo recuerdo tan bien como mi propio nombre. —El reloj hacía *tic-tac* en algún lugar de la habitación y tuve la sensación de que contemplaba la escena desde arriba. Tenía todavía los dedos aferrados a los reposabrazos de la silla y me dejé caer, me hundí en ella. Se me habían puesto los nudillos blancos.

—¿Es posible que su padre haya...? —comenzó.

—Su padre está muerto.

Se hizo una pausa larga.

—¿Me está diciendo que alguien ha reclamado a Clara? —pregunté despacio—. ¿A mi hija?

El miedo había desaparecido, lo reemplazaba una certeza que me hizo sentir estúpida. Había sucedido algo terrible, más allá de mis peores sospechas, pero...

—Un momento —dije—. ¿Cuál era su nombre? El nombre de su madre.

El señor Simmons sostuvo la lente sobre la mesa.

—Lo pone aquí: la niña 627 fue recogida el día veintiocho de noviembre de 1747 por su madre, Elizabeth Bright, del número tres de Black and White Court, Ludgate Hill, Londres.

Alzó el papel en mi dirección y me enseñó una firma, una X apresurada, temblorosa. La habitación se inclinó hacia un lado, pero curiosamente ni el pisapapeles de cristal, ni la vela, ni los papeles que había sobre la mesa cayeron al suelo. Aguardé a que dejara de moverse medio minuto más o menos. Extendí el brazo y toqué la X, que abrasaba la página.

—Soy yo —susurré—. Esto no puede estar pasando. —Y entonces algo me hizo levantar la mirada de forma repentina—. Pero el veintiocho de noviembre. Eso... eso fue...

—El día después de llegar al hospital. Señorita Bright, me temo que no tenemos a su hija a nuestro cuidado desde hace más de seis años.

4

Hacía mucho tiempo que no pensaba en el padre de Clara. Más tiempo aún que no lo veía. No recordaba su cara mejor que la de mi madre. Como con ella, lo único que tenía era una impresión: un abrigo abultado, su altura, sus ojos claros (¿eran azules o verdes?) y cómo sonreía detrás de una nube de humo de tabaco. Me dio su pipa de fumar, un objeto pequeño y suave con sus iniciales grabadas en un lado. Pero no fue un gesto sentimental, me la dio para que la sostuviera un momento y se me olvidó devolvérsela. Seguro que tenía muchas más en casa, la gente de dinero tenía esas cosas y no solía echar en falta objetos con facilidad. Yo solía tumbarme en la cama y trazar la D de Daniel y la C de Callard con el dedo, no sabía leer, pero conocía esas letras, y el día que no lo encontré, tiré la pipa al Támesis. Me arrepentí cuando me enteré de que había muerto. Ahora no tenía nada suyo: ni a su hija ni su pipa. La gente arrojaba todo tipo de cosas al río, incluidos ellos mismos. También pensé en eso por un momento cuando me enteré de que él había fallecido y yo tenía a su hija en mi vientre. Pero la del río era la calle más transitada de Londres y ahogarme no sería algo rápido ni privado con cientos de barcos en el agua, desde Middlesex hasta Surrey.

Seguramente chocaría conmigo un carguero o acabaría cercenada por una proa. Por un momento aún más breve pensé en las alternativas: saltar desde una ventana alta o ahogarme en ginebra como las criaturas amoratadas que atestaban los callejones. Ninguna era particularmente atractiva. Además, había sentido la vida crecer en mi interior y sabía que no podría extinguir dos vidas de una vez. Tal vez la muerte traía paz a gente como Daniel Callard, donde el sol salpicaba el cementerio tranquilo lleno de ramas frondosas y las flores adornaban las tumbas. Pero sabía lo atestadas, secas y poco profundas que eran las zonas de enterramiento para personas como yo. Había olido su masa en descomposición y no deseaba unirme aún a ese infeliz sueño.

En una ocasión, cuando éramos muy pequeños, Ned me contó que por la noche los muertos emergían de debajo de su manta de tierra y se arrastraban por las calles y patios, buscando a niños que llevarse a sus tumbas. Me dijo que esperaban en callejones, ocultos en las sombras. Yo tenía demasiado miedo de salir, me agarraba a la falda de mi madre y pedía a gritos que nos quedáramos en casa. Cuando le conté el motivo, Abe golpeó a Ned en la cabeza y un tiempo después, cuando madre murió y Ned y yo estábamos tumbados en nuestras camas estrechas, le pregunté si ella también se arrastraría por las calles en la oscuridad, buscándonos. Me abrazó con fuerza y me respondió que no, y cuando me di la vuelta, su rostro a la luz de la luna me asustó, parecía muy mayor y muy triste. Por entonces, que muriera nuestra madre era lo peor del mundo y nos aferrábamos el uno al otro noche tras noche mientras Abe se encerraba en su propio dolor silencioso. Qué inmaduros éramos.

Al salir del hospital de niños expósitos, mis pies me llevaron al café de Russell, un lugar al que llevaba mucho tiempo sin ser capaz de acercarme. Russell estaba sobre un comercio de efectos navales, flanqueado por un león dorado congelado en mitad de un rugido. Nunca había entrado porque era una mujer, pero si era un día con poco bullicio, en las horas entre el desayuno y la comida a veces me quedaba en las calles cercanas al Exchange con mi sombrero, esperando a que salieran los hombres de las casas de reuniones, con los dientes oscuros por el café, las cabezas llenas de negocios, novedades y otras actividades, y las barrigas vacías. A veces me pedían un puñado de camarones; otras veces querían un puñado de otra cosa. Yo veía lo que les hacía el café a sus ojos: oscurecerles las pupilas, dilatárselas, como si no me estuvieran mirando a mí, sino dentro de sus mentes.

Conocí a Daniel en 1747, una mañana oscura aproximadamente un mes después de Navidad. Hacía mucho frío y la puerta por la que salía parecía dar a un lugar cálido, agradable y amistoso, y mantuve la mirada fija ahí un instante y, supongo, me quedé con la vista perdida. Me di cuenta de que él se fijaba en mí con ojos mansos como la ceniza a la tenue luz gris. Tenía una pieza delgada de grafito detrás de la oreja.

—Un penique por ellos —dijo y yo salí de mi ensoñación. Cerré la boca y me puse más recta.

—¿Disculpe, señor?

—Un penique por ellos —repitió, asintiendo en dirección a mi sombrero, y yo eché mano a ciegas de la pequeña jarra para juntar camarones.

—Son dos peniques por un tercio, señor —contesté y él se rio y negó con la cabeza.

—No, por sus pensamientos.

Puse tal cara de sorpresa que él se rio a carcajadas, y el aire entre los dos se volvió más cálido. Manaba de él aroma a café, y a serrín, y a otra cosa agradable, ¿era lana?, ¿crin?

Después de esa primera vez, volví una y otra vez al café, merodeé por la puerta dorada como una polilla, ansiosa por verlo. Anochecía pronto y, en medio de una tarde gris, cuando la nieve llevaba el día entero amenazando desde el cielo y las nubes se habían tornado amarillentas, lo vi con un grupo de hombres delante del comercio de efectos navales. Seguramente estaban llegando o marchándose, pero tenían un aspecto espléndido con sus abrigos azules de lana y sombreros, erguidos, con las puntas de los pies mirando hacia fuera y sus sonrisas, porque no habían pasado frío y no lo pasarían. Avancé por la calle y me sentí sobrepasada, incapaz de hablar con él ni observarlo, así que me escondí en una puerta y, una vez que me recompuse, empecé a retroceder por donde había llegado, viéndolo a los ojos. Nuestras miradas se encontraron como en un yesquero y yo me encendí en llamas. Nunca antes me había sentido así, ebria por una mirada, mareada por un gesto.

—La chica de los camarones —dijo—. ¿Dónde está tu sombrero?

No recuerdo qué fue lo que murmuré, algo estúpido, nada chispeante, porque él hacía que se me llenara la cabeza de algodón. Me rodeó con un brazo y me hizo sentir menuda y delicada. Deseé no oler a camarones. Entramos en una taberna, un lugar oscuro, lleno de humo, junto al mercado de pieles, y fue la primera vez que probé el vino. Estaba dulce y pegajoso, como la fruta derretida en un día de verano, y me quemó en la garganta. Sus acompañantes vinieron con nosotros, tres o cuatro oficiales y comerciantes, como él, que lo llamaban Cal, y yo permanecí callada mientras ellos hacían ruido, hablando muy alto, unos por encima de los otros, y liaban tabaco. Permitían que las mujeres entraran en las tabernas y varias prostitutas se paseaban por allí con libertad, buscando clientes. Una o dos se sentaron con nosotros un rato, se unieron a los hombres y me hicieron sentir una niña pequeña, como si fuera la hija de alguno. No descubrí mucho de él: era un comerciante de huesos de ballena que pasaba mucho tiempo en Rotherhithe, río abajo, y en Throgmorton Street, donde sabía que había tiendas de huesos. Hablaron de un hombre llamado Smith, y de otro llamado Tallis. Mientras tanto, yo me bebí otra taza de vino de golpe y, un momento después, cuando el ruido y el humo me resultaban casi insoportables, él me miró y me dedicó una sonrisa privada, y luego me preguntó si quería ir a algún lugar más tranquilo. Asentí, de nuevo con la cabeza llena de algodón, y salimos a la calle. Estaba oscuro ya y no sabía bien dónde nos encontrábamos, pero las paredes eran muy estrechas, estaban tan llenas de esquinas y edificios que se alzaban sobre la calle, bloqueando la luz de la luna. Apenas recuerdo lo que dijimos, solo que me preguntó si tenía frío. Contesté que sí y me dio su abrigo, una prenda refinada, cálida, que me llegaba hasta las rodillas. Y entonces me besó. Sabía a licor y a tabaco de pipa. Mi espalda encontró una pared y movió las manos a cada lado de mi cabeza, inclinándose hacia mí. Poco después, las movió hacia abajo, encontró mi cuerpo y luego mi falda, y yo tiré de él hacia mí y dentro de mí. Ya había visto antes parejas en la ciudad, amantes jóvenes y viejos, y hombres descargando en prostitutas. Nunca pensé que yo me convertiría en una de ellas, nunca pensé que un hombre —no, un comerciante— querría marcharse conmigo a la oscuridad. Era la cosa más salvaje que había hecho. Nunca antes me había ido con un hombre, aunque había estado a punto una o dos veces con alguno de los muchachos atrevidos de Billingsgate. Tommy no era uno de ellos.

Cuando terminamos, metí las manos en los bolsillos de su abrigo que todavía llevaba puesto y saqué lo que había dentro: la pequeña pipa de barro en la que el tabaco sabía más fuerte; unas monedas, que volví a meter rápidamente; y otra cosa de aspecto extraño. Lo alcé hacia la luz de la luna y comprobé que eran dos piezas de un corazón que encajaban perfectamente.

—¿Es de su amada? —le pregunté.

—No tengo —respondió él, tomando una de las piezas y dejándome la otra a mí—. Para que me recuerde. —Esbozó una sonrisa ladeada y sacó una navaja del abrigo que seguía en mi cuerpo, rozándome el pecho con la mano. Me preguntó cómo me llamaba y, cuando se lo dije, talló algo en la pieza y me la devolvió, señalando el abrigo, que me quité. Volví a sentir el frío de febrero.

—Lo justo es que me diga el suyo —le dije con timidez.

—Callard.

—Su nombre de pila.

—Daniel. Nos vemos, Bess Bright.

Y, con esto, avanzó hacia a la luz y el ruido que desprendía la puerta de la taberna, y yo me quedé allí temblando, notando cómo se evaporaba poco a poco el vino y aferrándome a su regalo. Todavía llevaba la pipa en la otra mano. A punto estuve de correr a devolvérsela, pero no podía enfrentarme a esa sala iluminada y atestada, así que giré hacia el río y volví a casa.

Fui a buscarlo varias veces después de aquello. Era miércoles cuando lo vi, y fui cada miércoles posterior, flotando arriba y abajo por Gracechurch Street como un fantasma; en una ocasión esperé dos horas en una puerta. Pero Londres había engullido a Daniel Callard. Como la marea del Támesis, la ciudad tenía temperamento, y podía dar o quitar. Cuando el invierno dio paso a la primavera y supe que esperaba a su hijo, intensifiqué mi búsqueda y hallé al hombre del que les había oído hablar, Tallis. Era el propietario de una de las tiendas de huesos de Throgmorton Street, y él mismo parecía un hueso, con una piel de papel que se pegaba a las mejillas hundidas. Me contó que el comerciante Daniel Callard había muerto el mes anterior, de forma repentina e inesperada. Era un buen comerciante y a su funeral asistieron muchas personas. Reparó entonces en mi vientre y su expresión se oscureció. Salí de la tienda y vomité en un callejón.

Estaba ahora mirando el león, y entonces me acerqué a él y metí la mano en la boca abierta, dejándola suspendida entre las mandíbulas. Yo quería llevar a nuestra hija a ver los leones de la Torre, enseñarle cómo deambulaban por allí. Me acordé del bollo de pasas que tenía en casa, esperando en la estantería, y en Abe, sentado en su sillón, aguardándonos. «¿Dónde está?», me preguntaría. ¿Dónde está? Pensé en Daniel, durmiendo bajo el suelo. Pagué a un chico para que buscara el anuncio de su muerte en el mes de abril y me lo leyera en voz alta en la calle. Era muy breve, una o dos frases, y aparecía el nombre de la iglesia donde se celebraría el funeral. No la conocía. Deseé no haber tirado la pipa al río, deseé poder presionar los labios en ella una vez más.

En el rincón oriental de la ciudad, más allá del viejo muro, estaba el Rag Fair, cuatrocientos metros de puestos que vendían ropa de segunda, tercera y cuarta mano, incluso los domingos. Por las mañanas era un lugar muy concurrido, la gente acudía después de ir a la iglesia. Cuando llegué a mitad de la tarde ya no había tanta gente y el mordisco del frío en los cuellos y dedos hacía que solo vagaran por allí unas pocas almas ociosas, aquellas que no tenían familia, que preferían buscar fruslerías en lugar de un pollo asado reluciente. En los meses más cálidos, las mesas eran un caos de colores: rojo sangre, azul cielo y volantes espumosos hasta donde alcanzaba la vista. En esta época del año, sin embargo, la gente quería abrigos calientes, ropa interior gruesa y botas robustas.

El puesto de Keziah estaba por mitad de Rosemary Lane y la vi agachada sobre un revoltijo de pellizas y abrigos de señora. Lo transportaba todo en su carretón desde Houndsditch todas las mañanas y era una de las pocas vendedoras que cuidaba sus existencias, frotando las manchas con soda cáustica y remendando agujeros y desgarrones. Una mujer estaba examinando sus artículos, sacando mangas de aquí y de allí para luego descartarlas. Cuando llegué al puesto ya se había retirado y Keziah, sentada, se frotaba las manos y las soplaba.

—No tienes motivos para pasar frío con todos esos abrigos —comenté, tratando de sonar alegre. Mi capa de lana era de

Keziah, se la compré unos inviernos atrás. Si no había mucha gente y queríamos entretenimiento, inventábamos historias sobre las personas que habían tenido esas prendas antes. Mi capa, dijimos, perteneció a una mujer preciosa que se enamoró de un marinero y se mudó con él a las Indias Orientales, y vendió sus cosas porque no las necesitaría en su nueva vida.

Keziah hizo una mueca y se levantó para abrazarme.

—Todo el mundo tiene uno en esta época del año. Y los que no lo tienen, están bajo tierra.

Vio entonces mi cara y lo entendió, lo noté en su expresión. Miró a su alrededor, como si pudiera estar escondiendo a Clara debajo de la falda.

—¿Dónde está?

—No estaba allí.

Su rostro se ensombreció.

—Oh, Bess. Ha muerto.

Sacudí la cabeza.

—No. Ya la han...

—¡Un penique el pelo! —gritó el vendedor de pelucas detrás de mí, y me sobresalté. Lo repitió en yidis y luego en tres lenguas más. Yo rodeé la mesa para hablar más bajo.

—Ya la han recogido.

Keziah parpadeó.

—¿Quién?

—Esta es la parte más extraña. Yo.

Se llevó las manos a la cabeza y yo me ajusté más la capa.

—La persona que se la llevó dio mi nombre y mi dirección. No lo entiendo, Kiz. La cabeza me da vueltas. He venido aquí directamente, ni siquiera se lo he contado a Abe. Se va a... —La voz murió en mi garganta y tuve que hablar en un suspiro—. Quien se la llevó, lo hizo el día después de dejarla allí. Todos estos años ni siquiera ha estado allí. Todo este tiempo.

—¿Qué? Pero ¿quién puede haber sido? Daniel está...

—Muerto, lo sé.

Los ojos marrones de Keziah se hicieron todavía más grandes.

—Pero ¿y si no lo está?

—Está muerto. Lo ponía en los diarios.

—No sabes leer.

—Pagué a un niño para que me lo leyera. Está muerto, Kiz.

—¡Un penique el pelo! —chilló el vendedor de pelucas.

—¿Y por qué iba a llevársela alguien? Y además en tu nombre.

—Lo que no entiendo es cómo saben quién soy, para empezar. En el hospital de niños expósitos no das tu nombre, ni tu dirección, ni nada, para proteger tu identidad. Pero quien fue a recogerla sabe dónde vivo y quién soy. ¿Cómo?

Keziah se ajustó el bonete, metiéndose dentro el pelo negro.

—Me has puesto de los nervios.

—Ya lo sé.

—¿Y no te habrán contado eso para ocultar que está muerta?

—Imagino que muchos de los bebés que hay allí mueren. No es culpa del hospital, la mayoría de ellos entran ya medio muertos. Además, los envían fuera de Londres para que los amamanten en el campo, como ya te he contado.

—¿Y si sí es culpa de ellos? ¿Y si fue un accidente o…?

—Kiz, ¿por qué van a mentirme?

—¿Y si la han vendido?

—¿A quién? ¿Quién iba a comprar un bebé de un día? Los niños abandonados cuestan diez un penique, puedes encontrar uno en cualquier parte: las alcantarillas, el hospicio… La mitad de las familias de esta calle venderían a los suyos si pudieran hacerlo.

Keziah se estremeció. En ese momento dos figuras pequeñas se dirigieron hacia nosotras corriendo, tropezando y derrapando. Moses, el mayor, saltó por encima de una pila de botas en una cesta y aterrizó a nuestros pies. Su hermano pequeño, Jonas, lo copió, pero se quedó corto y se golpeó con la pata de la mesa, haciendo que esta se cayera y enviando la mitad de las prendas limpias de Keziah al suelo.

—Jonas, ¡escoria! Mira lo que has hecho —lo regañó, levantándolo por un brazo enclenque—. ¿Por qué no estáis en la casa de la señora Abelmann? Le pago para que os vigile, no para que os deje arrastraros como piojos por mi ropa.

Levantó la mesa y yo me dispuse a levantarme para doblar ropa.

—Nos deja llevar el pan al horno —dijo Jonas con orgullo.

—*Le-khem* —añadió Moses—. Es pan en yidis. Y *ta-nur* es horno.

—¿Y dónde está el pan?

—¡Horneándose!

—Vais a ir a recoger el pan y vais a llevarlo directamente a la casa de la señora Abelmann, ¿me habéis escuchado? No habléis con nadie, no os paréis y no volváis a salir de la casa, ni aunque el mismísimo rey venga al mercado en un carruaje.

Salieron disparados entre las botas y enaguas, y Keziah los contempló hasta que desaparecieron por un callejón, detrás de un puesto. Al verlos tan contentos me había olvidado de mis propios problemas, los niños lograban eso. Les quité el polvo a unos corsés y los dejé encima de la pila.

—Eres demasiado protectora —le dije.

—Eso no existe.

Nos quedamos un momento en silencio, mirando el mercado. La gente se protegía del viento helado con las manos y cabezas cubiertas. Con este tiempo, solo los que estaban obligados se encontraban en la calle, muchos no tenían elección. Ya estaba anocheciendo y nadie compraba ropa cuando estaba oscuro. Las prendas más refinadas de Keziah (algodón con estampado de flores, satén de rayas y lazos de colores) estaban colgadas con pinzas en barriles detrás. Estos artículos se apreciaban mejor con una luz tenue, cuando no se veían los remiendos cosidos con hilos de distinto color, o las manchas de sudor en las axilas que ninguna cantidad de lejía podían sacar.

—¿Qué vas a hacer ahora? —me preguntó, frotándose las manos.

Tiré de un trozo de cinta violeta.

—No lo sé. Volveré sola a casa y Abe me preguntará dónde está la niña, y Nancy Benson también, y pareceré una idiota. Le dije a Nancy que íbamos a tener una aprendiz, se lo conté a todos en Billingsgate. No sé cómo voy a soportarlo.

Keziah se quedó callada un instante y en ese momento pareció oscurecer más. Cuando volví a mirarla, ya no podía vislumbrar los detalles más elegantes de su rostro, las arrugas suaves en las esquinas de los ojos.

—Es posible que tenga una vida mejor de la que puedes ofrecerle tú —comentó con cautela.

—Sí —respondí con una risotada—. Puede que se la haya llevado una duquesa y que le enseñe a pintar y a tocar el pianoforte. No, Kiz. Ya no sé qué creer. No confío en los hombres del hospital, con sus pelucas y sus plumas. Te miran con sus lentes. Para ellos somos todos iguales, nosotras y nuestros hijos.

—Estoy segura de que eso no es verdad. No pueden tomarte por una necia, tú misma dijiste que no dejaste tu nombre cuando la llevaste allí, ¿cómo iban a saberlo entonces? ¿Sabía Daniel dónde vivías?

—No, por supuesto que no. ¡Solo lo vi dos veces! No sé, Kiz. Siento que camino a tientas en la oscuridad.

Miré Rosemary Lane, hacia Black and White Court, donde sabía que Abe estaría esperando en su sillón, pensando que iba a conocer a su nieta y preocupado por el dinero. «¿Cómo vamos a mantenerla?», me había preguntado en más de una ocasión, y yo le recordé que nos apañábamos bien cuando teníamos tres bocas que alimentar, antes de que Ned se marchara de casa, y que volveríamos a hacerlo. Esperaría oír dos pares de pies en las escaleras para bajar tres cuencos de la estantería para la cena. La idea de tener que contarle que no sabía dónde estaba... era un descuido. Lo contrario a cómo sería mi madre. No podía soportar la inmensidad que suponía eso. ¿Estaba en Londres, en Inglaterra acaso? ¿La habían subido a un barco? Lo peor que se me había ocurrido pensar era que estaba muerta, pero saber que podía estar en cualquier sitio en lugar de en ninguna parte era una tortura más intensa aún.

—Ayúdame a recoger y ven a casa a cenar —propuso Keziah.

Acepté, agradecida, y la ayudé a meter toda la ropa en sacos que apilamos en su carreta, colocando encima la mesa y las cestas. Caminamos hacia el norte, por la ancha vía de Minories, por donde podían cruzarse dos carros, y giramos a los pasadizos lúgubres que conducían a Broad Court, donde vivía Keziah con su familia. Flanqueada a ambos lados por sinagogas, esta zona de Londres pertenecía a los pobres desplazados y negros como los Gibbons, españoles, hugonotes, judíos, irlandeses, italianos y lascares; se amontonaban todos en los pequeños callejones y casas de huéspedes. Las viviendas aquí eran más respetables que en las colonias, donde habitaban ladrones y prostitutas, y dormían tres familias en una planta, aunque solo estaba a uno o dos peldaños por debajo de Black and White Court, con su bomba de agua y una o dos habitaciones por familia. Las dos habitaciones de Keziah estaban a nivel del suelo y cuando iba a visitarla tenía que dar golpecitos en la ventana porque su arrendadora (una mujer francesa irritable con nariz afilada y ojos pequeños y brillantes) escupía un torrente de palabras furiosas y rápidas si los visitantes llamaban a la puerta principal, y a veces se la cerraba en las narices. Cuando llegamos ya era de noche, pero se veía un brillo suave en las esquinas de la cortina y eso significaba que su marido, William, estaba en casa. Entramos y lo vimos colocando una cuerda de violín en la mesa grande mientras Jonas y Moses leían la Biblia en voz alta. Solo había una vela encendida, pero William no parecía haberse dado cuenta, y Keziah encendió otra y se la dio a Jonas. Le dijo que su hermano se iba a quedar ciego si intentaba leer unas palabras tan pequeñas en la oscuridad. Le ayudé a preparar la cena: pan, carne asada fría y cerveza, y comimos todos juntos a la mesa; William dejó el instrumento en una silla, como si el artilugio estuviera cenando con nosotros. Los chicos contaron una historia sobre el canario de la señora Abelmann, que había entrado volando en la chimenea y se negaba a bajar, y en mitad de la charla y la comida, olvidé por un instante, solo un minuto o dos, lo que había sucedido esa mañana. Fue cuando miré la habitación sencilla de mi amiga, con las paredes pintadas de color teja y ropa y cestas apiladas en cada superficie, y los rostros felices de sus hijos mientras hablaban, y el cansancio y el amor con el que William y ella se miraban. Fue entonces cuando me acordé y las sombras parecieron crecer, y la pequeña habitación se volvió más fría. Debía de parecer triste porque Jonas, el más tímido de los dos, me miró e intenté sonreírle.

Después de la cena, Keziah les dijo a los niños que se fueran a la cama y ellos obedecieron. Dejaron la puerta medio abierta para que mi amiga oyera que estaban dormidos. Fregamos las cosas de la cena y William regresó diligentemente con el violín. Cuando terminamos y los platos y vasos estaban retirados, Keziah se quitó el delantal y nos sentamos en unos sillones cómodos delante del fuego. Me dieron ganas de ponerme un cojín en la cabeza y cerrar los ojos. No quería volver a Black and White Court sin Clara, no quería ver su cama vacía.

—Deberías volver al hospital —me sugirió Keziah.

—¿A qué? Me repetirán lo mismo. Seguro que piensan que soy una mentirosa. O peor, que estoy loca. ¿Qué clase de madre olvida que se ha llevado a su propia hija? Me enviarán a Bethlem.

Cuando Keziah le contó a William lo que había sucedido esa mañana, que me parecía ya que había sido hacía un año, yo me quedé mirando las llamas danzantes sin inmutarme por las ráfagas de aire frío que descendían por la chimenea. William escuchó mientras limpiaba el violín con un paño y un frasco pequeño de trementina.

—El hospital de niños expósitos —habló tras una pausa larga—. He tocado allí.

Me puse recta.

—¿Sí?

Asintió, frunciendo el ceño bajo la tenue luz, pero no levantó la mirada. El cuidado que mostraba por el instrumento era como nada que hubiera visto en un hombre.

—Hace unos meses. En septiembre, creo. Celebraron un servicio en la capilla. ¿Sabíais que Handel compuso una canción para el hospital?

—¿Quién es ese?

Ahora me miró.

—El compositor. ¿*El Mesías*, de Händel?

Sacudí la cabeza.

—¿Cómo empieza...? *Bienaventurados quienes consideran a los pobres y los necesitados...*

Keziah lo interrumpió:

—Si no hablas de música, hablas de sermones, y no estamos hablando de ninguno de los dos.

William no le hizo caso.

—Es un lugar extraordinario. Los niños que están allí son afortunados. Tu hija estará en buenas manos.

—Pero no está allí, esa es la cuestión.

—¡Escucha, William!

La habitación se quedó en silencio y el único sonido era el crepitar del fuego.

—Podría haberme casado hace años y haber tenido más hijos —comenté—. Supongo que estaba esperando a recuperarla para comenzar una vida nueva con alguien. Quería poder contarle la verdad, porque si me casaba con alguien sin que lo supiera, ¿qué esposo iba a aceptar ir a recuperarla? Y ahora supongo que no volveré a verla. He esperado todo este tiempo para nada. Pronto solo seré buena para los viudos.

—Aún hay tiempo —dijo Keziah—. No eres vieja, aún te quedan años por delante. No es verdad, ¿William?

Él se llevó el violín bajo la barbilla, lo posó en el hombro izquierdo y tocó una nota triste, bonita. Después tocó una marcha nupcial popular que nos hizo sonreír.

Sabía que podía contarle cualquier cosa a Keziah, pero una parte de mí se preguntaba si había pensado que nunca recuperaría a mi hija. Que cambiaría de idea, me casaría, tendría a un bebé regordete, luego otro y me olvidaría de mi primogénita. Que acabaría pensando que Clara estaba mejor donde estaba, criada por enfermeras y sirvientas, con ropa blanca y pudin de pasas y una capilla donde cantar. Puede que Keziah pensara que estaba más segura lejos que en las garras heladas de Billingsgate y los muros húmedos de Black and White Court. Pero ¿habría abandonado ella a sus hijos para que se criaran como huérfanos por muy cómodo que fuera para ellos? Lo dudaba mucho.

5

Me quedé delante de la verja cinco minutos antes de anunciarme en la caseta del portero. Sabía que probablemente me había visto merodear por allí, ensayando lo que iba a decir. Llevaba puesto mi mejor vestido, de los tres que tenía: una prenda de algodón de color crema con estampado de flores que Keziah apartó para mí unos años antes. Me dijo que el rojo oscuro de las flores hacía que me resaltara el pelo y me ruboricé. También había limpiado mi sombrero tras pedir prestado un poco de almidón a Nancy a cambio de una aguja e hilo. A las tres y media, dejé mi sombrero de camarones en el almacén y corrí a casa, delante de Abe, para cambiarme antes de dirigirme con prisas al hospital de niños expósitos. Hacía tanto frío y estaba tan oscuro como la noche de noviembre en la que acudí por primera vez, y me sentí igual que entonces: resuelta y asustada.

El portero me dejó pasar y caminé sola por la entrada. Los jardines a ambos lados estaban negros y vacíos, probablemente los niños estuvieran comiendo o en la cama. En Black and White Court, los niños se iban a dormir a la misma hora que sus padres, pero imaginaba que aquí se bañarían y asearían después de la cena, en fila como muñecos a la luz de las velas. Subí los tres escalones y entré, cerrando la puerta tras de mí. El pasillo de piedra estaba en silencio y pensé que tal vez debería de haber cerrado la puerta con fuerza para anunciar así mi presencia. Me arreglé el pelo y esperé, pero no llegó nadie. Un minuto, dos minutos, tres; medía cada segundo con dos latidos de mi corazón. Me dirigí a la escalera y me quedé a los pies. Colgado en el primer rellano había un retrato de un hombre. Tenía ojos grandes y llevaba un sombrero y un abrigo negro. Había una cicatriz llamativa en su frente y a su izquierda se encontraba un perro sentado. Examiné su rostro y noté que estaba alerta, y parecía tan real que no me hubiera sorprendido que sacara un brazo del marco para descolgarlo de la pared y salir de él.

Me sobresalté al oír una voz.

—¿Puedo ayudarle?

Era una mujer que bajaba por las escaleras, corpulenta, con un delantal de volantes y una cofia. Tenía la cara rosada y un gesto de desaprobación. Bajé la mirada y me di cuenta de que estaba pisando la alfombra inmaculada de color burdeos y había dejado unas marcas suaves.

—No aceptamos niños de la calle, debe solicitarlo formalmente. Ahora superamos la capacidad —explicó sin dar un paso más.

—No tengo un niño. Bueno, sí, pero no está aquí. —La mujer aguardó, los ojos oscuros parecían pedazos de carbón, y noté calor en las mejillas—. ¿Puedo hablar con un superior?

—¿Un superior? —Se le escapó una risotada—. No creo que les vaya a preocupar usted.

—¿Con quién puedo hablar entonces?

—Está hablando conmigo, ¿no?

Empecé a enfadarme. Me miré las botas desgastadas y el chal, que necesitaba un zurcido. Mi mejor vestido no era aquí ningún engaño.

—Hace seis años —comencé, igualando su tono de voz—, dejé aquí a mi hija y al día siguiente la recogió alguien que afirmaba ser yo.

La mujer estaba muy quieta y apareció una arruga en sus rasgos. Endureció todavía más la mirada.

—No sé quién fue ni por qué lo hizo, pero... Yo soy su madre. Quiero saber lo que ha sucedido y hablar con alguien que pueda recordar qué aspecto tenía la mujer que aseguraba ser yo.

Hubo una pausa y oí una puerta cerrarse en algún lugar. Después un ruido horrible. Comprendí que la mujer de las escaleras se estaba riendo. Era un sonido demasiado alto y descarado en este lugar calmado, con moqueta, un sonido más propio del lugar del que venía yo, y no de donde estaba. Me dieron ganas de subir las escaleras y darle una bofetada en la cara.

—¡Una loca! —gritó en la estancia vacía—. ¡Una con vida! ¿Ha escapado de Bethlem?

Antes de que pudiera hablar, oí una voz detrás de mí.

—¿Qué pasa? —Había un joven apoyado en una puerta, cerca del reloj. Era menudo y delgado, unos años mayor que yo, con el pelo pajizo. No llevaba sombrero e iba solo con mangas de camisa; estaba trabajando y lo habíamos molestado. En la rendija de habitación que se veía detrás de él atisbé una mesa, papeles y el suave resplandor de una lámpara de aceite. Me estaba mirando a mí.

—Lamento molestarlo, señor —dije—. No era mi intención importunarlo.

—¿La está ayudando Marjery?

—No.

—¿Puedo hacerlo yo?

Me quedé sumida en un silencio incómodo. Eran tres palabras sencillas, pero no estaba acostumbrada a escucharlas.

—No lo sé, señor.

El joven miró un instante a Marjery y se volvió hacia mí de nuevo.

—¿Quiere entrar en mi despacho?

Dejé a la mujer inútil temblando como una gelatina del enfado y lo seguí a la pequeña sala. Él cerró la puerta. No era diferente a las otras habitaciones en las que había estado aquí: cálida, luminosa y con un propósito. El techo era alto, pero las paredes, cercanas y acogedoras. En una chimenea de mármol ardía un pequeño fuego. Colgaban cuadros de paisajes marinos y tierras de cultivo, y una alfombra se extendía hacia las cuatro esquinas. Apenas podía creerme que estas habitaciones tan elegantes estuvieran hechas para trabajar en ellas; encantada viviría yo aquí.

El hombre se sentó detrás de la mesa.

—Soy el doctor Mead —se presentó—. Trabajo en el hospital como médico de los niños. Mi abuelo es uno de los fundadores de este lugar.

Nunca antes había conocido a un médico, pero me pareció que comentarlo sería un gesto de ignorancia.

—Yo soy Bess —dije.

—¿Es usted madre de uno de los niños que hay aquí?

—¿Cómo lo ha sabido?

—No viene con ninguno y no trabaja aquí, y es martes por la tarde y nadie le ha retirado el abrigo, por lo que... una conjetura fundamentada.

Sonreí.

—Estuve aquí el pasado domingo, señor.

—Deje que vaya a por algo para beber. Puede sentarse y decirme a quién viene a buscar. ¿Tiene el número de su hijo?

—Lo conozco. —Se me pegó la lengua al cielo de la boca al reparar en lo sedienta que estaba—. Pero la cuestión, señor, es que ya ha sido reclamada.

El doctor Mead parpadeó y yo me esforcé por componer las palabras.

—La traje aquí hace seis años, cuando tenía solo un día de vida, y al día siguiente se la llevó alguien que fingía ser yo. Sé que suena falso, como si estuviera mintiendo. Y no estoy loca —añadí con firmeza, comprendiendo demasiado tarde que decir esto era en sí mismo un signo de locura—. Quiero saber dónde ha podido ir.

Los ojos del médico eran de un tono azul que parecería frío en otra persona, pero no en él. Los entrecerró igual que Marjery, pero no con desconfianza. Daba la impresión de que trataba de verme con claridad.

—¿Quiere brandi?

Antes de que pudiera responder, se acercó a un armario bajo que había junto a la chimenea y sacó un decantador y dos vasos. Los dejó en la mesa y sirvió un centímetro y medio de un líquido marrón en cada uno de ellos. Me tendió uno. Lo olí; era rico, especiado e intenso. Era una bebida de hombres, pero no para los hombres que yo conocía, era para los médicos, abogados y capitanes. Era para hombres como Daniel. Lo miré un momento, como si pudiera encontrar ahí alguna pista. Después me lo tragué y sentí cómo me abrasaba la garganta y me calentaba el estómago vacío. Me picaban los ojos y parpadeé.

—Imagino que ya le ha contado a alguien de aquí lo que me ha contado a mí —comentó el doctor Mead.

Asentí.

—Al señor Simmons. Me dijo que estaba en un error.

—¿Y la despidió de aquí?

Asentí.

Se produjo un silencio, y entonces el doctor Mead habló:

—¿El padre de la niña…? ¿Ha podido él…?

—Está muerto.

—¿Lo sabe con seguridad?

—Sí.

—¿No estaban casados? —No había juicio en sus rasgos.

—No. Murió antes de que naciera ella.

—¿Tiene usted familia? ¿Ha podido llevársela algún pariente?

—Solo estamos mi padre y mi hermano. Mi madre murió, y no ha sido ninguno de ellos.

—¿Abuelos?

Me encogí de hombros.

—Todos muertos.

El doctor Mead se pasó una mano por el pelo y apoyó el codo en la mesa. Tenía las manos pequeñas, como las de una mujer. Su rostro era calmado, podía ver cómo pensaba de una forma ordenada, contenida; se le iluminó la cara con una sugerencia, o una idea, pero la descartó.

—¿Tiene algún...? ¿Cómo decirlo? ¿Alguien que pueda desear venganza? Algún enemigo.

Me quedé mirándolo. La bebida había hecho algo curioso en mí: lo que había calentado, ahora lo notaba de nuevo frío. Dejé el vaso en la mesa.

—¿Enemigos? —La palabra sonaba extraña en mi boca, no creía que la hubiera pronunciado en voz alta antes. No había tenido motivos—. ¿Como quién?

El hombre suspiró sonoramente.

—Una deuda con algún vecino o... No lo sé... un viejo amigo.

En mi mente apareció la entrometida de Nancy Benson y a punto estuve de reírme.

—Nadie que pudiera hacer algo tan cruel, estoy segura. Nunca he ofendido a nadie, o al menos nunca ha sido mi intención.

—¿Puede tratarse de extorsión? ¿No es usted... rica, ni espera una herencia?

Esta vez sí me reí.

—No —respondí y lo repetí, más amable porque sus mejillas se habían teñido de rosa. Yo también me ruboricé al verlo. No se había reído ni una sola vez de mí, me había tomado en serio en todo momento—. No. Es más, he ahorrado dos libras pensando que sería suficiente para recuperarla. No lo es. Aunque ya no importa. Así que tal vez ahora mismo sí lo sea. Bueno, más rica de lo que he sido nunca, y probablemente de lo que nunca seré en mi vida. —Me tomé las gotas de brandi que quedaban en el vaso por hacer algo.

—Supongo que solo queda una pregunta por hacer: ¿está segura de que es la misma niña?

—No sé leer, pero sí. La niña 627. Le cambiaron el nombre, pero era Clara. El mismo distintivo. Y, como le he dicho, la persona que la recogió lo sabía todo sobre mí. No logro entender esa parte. Significa que no fue un error.

El doctor Mead asintió.

—Veré qué puedo encontrar. ¿Tiene tiempo para esperar? Puedo ir ahora a por sus documentos.

Casi sonreí de nuevo y asentí. Salió tras comprobar la fecha y yo me quedé sentada en esa pequeña y acogedora habitación. Me sorprendió notar que estaba tranquila, mientras que media hora antes, al moverme fuera de la verja del hospital, el miedo casi me inmoviliza. Unos minutos después regresó el doctor Mead con el fajo de documentos que vi varios días antes, atados con la cinta azul. Les quitó el lazo con dedos amables, se rascó la cabeza y examinó el contenido con el ceño fruncido. Yo lo contemplé con cautela y cuando terminó, dejó los papeles delante de él y entrelazó los dedos de las manos.

—Cuando se devuelve a un niño con su familia, se redacta un memorándum que firman las dos partes, normalmente la madre y el secretario. El secretario presente en la recogida de su hija el día veintiocho de noviembre fue el señor Biddicombe. —Exhaló un suspiro y hundió los hombros—. Falleció el año pasado.

—Oh —murmuré en voz baja.

—Podríamos haberle preguntado si recordaba algo sobre Elizabeth Bright, de Black and White Court, Ludgate Hill. ¿Es su nombre completo y su dirección?

Asentí y él se mordió los labios. Mi vaso de cristal estaba ya vacío y me pregunté si me serviría más. Pensé también cuánto podrían pagarme por el vaso si me lo guardaba en el bolsillo sin que se diera cuenta.

—Bien —dijo después de un silencio—, me atrevería a afirmar que esto no ha pasado antes. Mi abuelo me lo habría contado.

—¿Quién es su abuelo?

—Es también el doctor Mead. Era el médico jefe cuando abrió el hospital; ya se ha retirado, pero sigue teniendo contacto. Se sorprendería por lo que me ha contado.

—No me creería.

—Estoy seguro de que sí. Pero me gustaría recabar toda la información que pueda antes de acudir a él. Y, por supuesto, tenemos que asegurarnos de que esto no vuelva a suceder; debemos introducir nuevas medidas. Además de la persona que ha afirmado ser usted de forma fraudulenta, ¿cómo saber si no podrían reclamar a más niños de este modo? O si lo han hecho ya. Pero está la identificación... —Estaba pensando en voz alta, movía los ojos muy rápido—. La persona debió de mencionar correctamente la identificación. ¿Qué era?

—Era una parte de un corazón, hecho con hueso de ballena.

—Hueso de ballena. Qué inusual. La mayoría de las mujeres dejan pedazos de tela de sus vestidos. Extraordinario. —Se bebió el resto de licor con un gesto elegante, no con ansias como Ned, y dejó el vaso con un golpe determinado—. ¿Puede usted regresar el domingo? Estarán los reguladores aquí para asistir al servicio en la iglesia y podremos acudir a ellos. Estarán muy interesados por su historia, sin duda. Mientras tanto, me encargaré de esto. —Me miró fijamente y se produjo un segundo de silencio en el que contuve la respiración—. Mis más sinceras disculpas.

Abrí la boca, pero volví a cerrarla. Las palabras me fallaron. Tras una pausa, dije:

—No es culpa suya.

—El domingo nos vemos en la puerta de la capilla a las nueve y media, y será usted mi invitada.

Tenía el estómago caliente por el licor y otra cosa que sentí solo unos días antes y que pensaba que ya había perdido. Notaba el calor de la esperanza.

Ned estaba sentado en el sillón de Abe con las piernas abiertas cuando llegué a casa. Colgaba una mano por encima del reposabrazos y tenía la otra apoyada en la barriga, como si hubiera comido demasiado. Pero no era eso: llevaba ya un tiempo pálido y delgado, quejándose de dolor de estómago. Solo venía a pedir dinero. De vez en cuando le daba. Ya dejó de prometer que me lo devolvería. Nunca lo acompañaba su esposa Catherine, nunca traía a sus hijos, nunca venía con un pastelito o una tarta de crema para compartirla con nosotros. No nos invitaba a su casa ni nos reservaba sitio en la iglesia al lado de su joven familia. Sus hijos eran el único motivo por el que le daba dinero, si es que lo tenía.

Esta vez lo miré más detenidamente. Tenía la mandíbula afilada, el rostro sonrojado.

—Has venido a desearnos una feliz Navidad, ¿no?

—Ya ha pasado.

—Ya lo sé. No te hemos visto.

—He estado fuera.

—Catherine lo ha echado —dijo Abe desde el otro lado de la habitación, donde estaba sentado en su catre, quitándose las botas.

—No, me he ido yo.

—La has dejado por Madame Geneva, ¿no? ¿Tu cruel querida?

No dijo nada y yo los miré a él y a Abe, ambos tenían el aspecto sombrío de haber perdido en un juego de cartas. No habían encendido el fuego y miré a mi alrededor, las huellas de barro, los cuencos sucios y la colada desperdigada por la habitación, que tardaba el doble de tiempo en secarse con el frío. Había botellas de cerveza vacías para lavar junto a una pila de ropa que había que remendar. Cada superficie contenía una u otra tarea que recaería sobre mí.

—¿Alguna novedad, Bessie? —se interesó Abe.

Negué con la cabeza.

—¿Sobre qué? —Ned me estaba mirando a mí ahora. A sus veintisiete años, tenía la cara de un hombre mucho mayor, con hilillos rojos rotos bajo la piel y una tez seca, gris.

El licor que me había servido el doctor Mead me había aligerado la cabeza y afilado la lengua.

—Si alguna vez preguntaras por mí, sabrías que volví al hospital de niños expósitos para recoger a mi hija.

—Oh —dijo con tono más suave y miró a su alrededor, sorprendido—. ¿Dónde está?

—Ni aquí ni allí. En ninguna parte.

Me había perdido la cena y no quedaba comida. El esfuerzo de bajar de nuevo las escaleras e ir a Ludgate Hill a buscar algo caliente me parecía demasiado. Me puse a ordenar la habitación por tener algo que hacer mientras Abe encendía el fuego, arrodillado. Fregaría los platos y tazas, limpiaría las manchas de humo negro de las ventanas y después me iría a la cama.

—¿Qué? ¿Qué quieres decir?

—Ya la han recogido. Elizabeth Bright, de Black and White Court, hace seis años.

—¿Qué estás diciendo?

—No está, Ned, y no sé dónde se encuentra. Alguien fingió que era yo... ¿qué palabra fue la que usó?, de forma fraudulenta.

—Qué raro, ¿no? ¿Quién haría eso?

—Tus dudas son las mismas que las mías.

—El padre está bajo tierra, ¿no?

—La última vez que lo comprobé, sí.

Ned estaba pensativo y miraba a Abe, que estaba agachado delante de la chimenea, sin ofrecerle ayuda. Mi hermano estaba sentado como un aristócrata ocioso, como si el trabajo y las penurias que nos veíamos obligados a soportar pasaran desapercibidas para él y no le afectaran. Supuse que se quedaría una noche o dos, a veces lo hacía, y se acostaba a mi lado, en su vieja cama, que supuestamente era ahora de Clara. Qué decepcionada debía de estar Catherine por haberse casado con él.

Se pasó una mano por el mentón sin afeitar.

—Menuda incógnita —comentó.

No le importaba. Tenía la cabeza en otra parte. Lo miré, con las botas plantadas sobre el suelo, plantadas en nuestras vidas, pensando cuándo era el momento adecuado para pedir dinero. Noté cómo me invadía lentamente el odio y me volví para retirar una cucaracha de un plato sucio. La habitación estaba helada y todo el confort que había sentido tan solo una hora antes en aquella pequeña habitación cálida y agradable había desaparecido en el momento en el que había visto a mi hermano.

—¿Y qué vas a hacer? —preguntó un momento después.

Seguí moviendo cosas, dándole la espalda.

—Voy a intentar encontrarla, por supuesto.

Se rio, una nota dura y breve de humor que me dio ganas de romperle en la cabeza el plato que tenía en la mano. Imaginé el agradable *crac*. Pero no podíamos permitírnoslo.

—¿Y cómo vas a hacer eso en un lugar como Londres?

—No finjas que te importa. No hagas como que nos visitas para comprobar cómo estamos, porque no es así. Vamos, suéltalo, ¿por qué has venido de verdad? ¿Cuánto necesitas? ¿Un chelín? ¿Tres?

—Diez.

Abe silbó, se limpió las manos manchadas de carbón en un paño y se puso en pie con dificultad.

—Creo que nos confundes con unos empleados del banco, muchacho.

—Nos confunde con muchas cosas. Sobre todo, idiotas.

—No es así.

—No, claro que no. ¿Para qué lo necesitas?

—El bebé necesita medicina.

Me crucé de brazos y lo miré con dureza.

—Si me dices para qué lo necesitas de verdad, te daré una corona.

Apartó un instante la mirada y la fijó después en un punto cercano a mi hombro.

—Tengo una deuda. Ya me he retrasado y no van a esperar más. —Tenía sombras oscuras bajo los ojos, pero eran más intensas posiblemente por culpa de un puñetazo.

Entré en mi habitación para sacar mi caja de dominó de debajo del colchón.

—Te doy esto para tu deuda, nada más. ¿Tengo que acompañarte?

Mi hermano se estremeció.

—No, no quiero que te acerques a nada de eso. —Dejé la corona en su mano y él cerró el puño—. Te añadiré a mi lista de acreedores. Aunque tendrías que prestarme una pluma y papel. Ah, y no sé escribir.

Si pensaba que era gracioso, no nos reímos. Él tampoco se movió para marcharse y entonces me di cuenta de que me miraba a mí en particular. Abe estaba sentado en un taburete, cepillando sus botas encima del cubo de la basura, absorto en su tarea.

Ned me habló en voz baja:

—¿Por qué sigues aquí, Bess?

Señaló el estado deplorable de nuestras habitaciones. El agua que había puesto Abe en el fuego se había calentado y la probé con un dedo antes de retirarla con un paño y dejarla en el estante, delante de mí. Por la ventana oscura vi a la familia irlandesa, los Riordan, que vivían al otro lado del patio. Se estaban moviendo en su habitación siguiendo una secuencia complicada, disponiendo la cena mientras el padre sostenía a un gato naranja enorme contra su pecho. Estaba contando una historia y sonriendo, y los chicos que estaban a la mesa también sonreían, aunque los cuencos estaban descascarillados y no eran iguales, y la habitación diminuta estaba plagada de sábanas colgadas secándose. Reparé en que aún llevaba puesto el mantón, que estaba húmedo; me lo quité y lo colgué delante del fuego, donde empezó desprender vapor.

—Bess —dijo Ned y yo pasé por su lado. Noté sus dedos en el brazo y me sobrevino una intensa sensación de tristeza y amor por mi hermano, como si me hubiera impregnado él de ella. ¿Era el niño que juntaba nuestras camas y ponía voces tontas por detrás de una cortina roja que colgaba en medio? ¿El que improvisaba un espectáculo de marionetas, haciendo bocas en las telas con las manos?

—¿Aceptas mi dinero y me preguntas por qué sigo aquí? Por eso. —Seguía de espaldas a él y mojé las tazas una vez, dos, ahogándolas, liberándolas, ahogándolas de nuevo.

—Siento lo de tu hija —murmuró un momento después—. Estoy seguro de que la encontrarás. Avísame si puedo ayudarte.

Cerré los ojos y los volví a abrir, y los Riordan eran un borrón en su ventana. Inspiré, mojé las tazas, las limpié y las dejé en su estante. Un minuto o dos más tarde, oí a Ned hablando con Abe, el crujido del suelo de madera, la puerta cerrándose. Miré los tejados y los chapiteles, y pensé en el flujo constante de la ciudad que se movía debajo, en la oscuridad. Qué sencillo sería adentrarse en sus profundidades y dejarse llevar.

6

No había mercado los domingos. Nosotros no éramos asiduos a la iglesia, la última vez que estuvimos allí como familia fue en el funeral de mi madre, en St. Bride. Por ello, Abe me miró un segundo más de lo habitual cuando salí con mi vestido de algodón estampado. Yo solo acudía a la iglesia en Navidad, con Keziah, William y los niños; nos sentábamos muy juntos en unos pequeños bancos con los españoles, los irlandeses y los negros, y cantábamos, escuchábamos y recitábamos, e intentábamos acallar a los niños impacientes por comer ganso asado y pudin de pasas. No cenaba ese día con ellos y siempre compraba un pollo de camino a casa para comérmelo con Abe.

—¿A la iglesia? —preguntó Abe cuando le dije adónde iba—. ¿Para qué?

—Voy con Keziah —mentí, y me cambié el sombrero de interior por el de exterior para no tener que mirarlo—. ¿Por qué no vas a ver a Catherine? Así podrás ver al bebé, estará despertándose ahora.

Me miró confundido. ¿Se estaba quedando más delgado? No sabría decir, veía más su cara que la mía. Se removió en la silla;

aún no se había vestido. Hacía tanto frío que teníamos que tener el fuego encendido todo el día.

—No voy a salir con este tiempo —fue su respuesta—. ¿Me traes mi manta?

Lo tapé con ella, remetiéndola por los hombros. En casa no era el hombre de Billingsgate, aquí ocupaba menos espacio y parecía menos hábil.

—¿Se congelará el río Fleet como el año pasado? —comenté mientras lo tapaba con mantas. Se había comido la mitad de su tostada y yo la terminé—. ¿Te acuerdas del perro muerto que se congeló dentro? ¿Y de todos aquellos niños dándole con un palo?

Tenía los ojos cerrados. Asintió para mostrar que estaba escuchando. Siempre estaba cansado los domingos. No tenía que preocuparme, Abe pasaba seis días en la calle, temblando en un cobertizo, metiendo las manos en cubos helados de camarones. Claro que no quería salir. Coloqué mejor la manta a su alrededor, eché más carbón a la chimenea y me marché.

Los domingos, el hospital de niños expósitos abría sus puertas como si fuera una casa señorial de campo, con las verjas negras bien abiertas para lo más refinado de Londres. El camino estaba atestado de carruajes y caballos majestuosos que agitaban las crines, resoplando en el aire frío mientras los cocheros de rostro inexpresivo esperaban para cruzar la verja de la izquierda y los carruajes vacíos salían por la derecha. Entré detrás de una pareja bien vestida y avancé junto al espléndido tráfico de carros pintados, fijándome en los escudos de las casas que había en los laterales de los carruajes y las cortinas de terciopelo de las ventanillas. ¿Cuántos de ellos contendrían gente que vivía en calles aledañas, que deseaba guardar cola solo para que los vieran llegar? Delante, en el edificio más lejano con el enorme reloj, los vi apeándose con las espaldas muy rectas, pelucas altas y manos enguantadas. Me acordé de que esa misma gente se había amontonado junto a los muros la noche de la lotería para observar, con abanicos y sonrisas edulcoradas.

El doctor Mead me había indicado que nos encontráramos fuera, así que me quedé un poco apartada de la entrada, esperándolo. Hacía una mañana clara, parecía más propia de la primavera que del invierno. Había varios árboles jóvenes plantados en los bordes de los jardines; detrás de la capilla se encontraba un jardín cuidado y grande y un huerto más allá. Hoy había niños por todas partes: algunos del hospital con sus uniformes marrones, y el resto, los que tenían padres, muy elegantemente vestidos. Veía a menudo a estas personas, incluso en las calles de la ciudad, pues les gustaba que las vieran entrando y saliendo de mercerías, confiterías y comercios de juguetes. Pero a sus hijos casi nunca. Muchos de ellos tenían aspecto de no haber salido nunca, estaban pálidos y gruesos como palomas. Vi a dos niños caminando junto a su madre con pelucas grises como si fueran pequeños caballeros. Vestían pantalones blancos como la harina y los botones dorados de los abrigos resplandecían.

Otro carruaje había llegado al frente y descargaba su cargamento: una mujer alta vestida de seda verde de Spitalfields y su hija de amarillo pálido. La niña pequeña se agarraba a las capas de la falda de su madre y daba saltitos. Luego le tendió la mano a la mujer, pero esta estaba hablando con el cochero y no se dio cuenta.

—Señorita Bright.

El doctor Mead estaba delante de mí. Me habría costado reconocerlo; llevaba el pelo pajizo oculto bajo un sombrero de tres picos y las mangas de camisa debajo de un elegante abrigo azul. Yo lo había visto en la intimidad, ahora era un caballero en un mar repleto de ellos. Pero él me había encontrado.

—¿Entramos?

Me ofreció el brazo y, tras un instante de vacilación, lo acepté. Había visto a parejas acomodadas hacer eso en la calle, como si la mujer no pudiera caminar sin ayuda.

—¿Es esto una capilla o un agradable jardín? —pregunté.

El doctor Mead se rio.

—Puede parecer lo mismo. Pero esta excursión le costará más de un chelín, así que, naturalmente, es más deseable aún.

Me detuve y solté el brazo.

—No he traído dinero.

Él sonrió y sacudió la cabeza.

—Hay un plato de colecta, pero ninguna obligación. Puedes no dar nada o dar una libra, lo que pueda.

Empezamos a caminar de nuevo, uniéndonos al goteo de puños y corbatas y sombreros que se dirigía a la puerta de la capilla.

—¿Quién es toda esta gente? —me interesé.

—Benefactores. Reguladores y sus familias. Londinenses adinerados y algunos también de la campiña. Middlesex, Hertfordshire.

—¿No hay capillas en Middlesex y Hertfordshire?

Me di cuenta de que el doctor Mead sonreía con facilidad.

—Evidentemente, no.

Una mujer que teníamos delante llevaba una de las pelucas más altas que había visto nunca. De pelo trenzado, con cintas entrelazadas del color de las ramas desnudas; se alzaba unos treinta centímetros por encima de la cabeza. El doctor Mead y yo atraíamos miradas de curiosidad y mucha gente le daba los buenos días, esbozando sonrisas e ignorándome a mí. Algunas de esas personas lanzaban miradas atrevidas a mi vestido de algodón que asomaba por debajo de la capa lisa, pero bien podría tener la cabeza cubierta por una bolsa, pues nadie me miraba a los ojos.

La capilla era moderna por dentro, tan solo tendría unos pocos años y no tenía el techo desmesurado y los chapiteles antiguos de St. Bride. Parecía más un teatro que un lugar de culto.

Por arriba, en el alto techo, se colaba el sol a través de unas vi-
drieras de la altura de tres hombres y había un balcón engalanado,
sostenido por pilares de mármol. Los bancos no estaban dirigidos
al frente, sino hacia dentro, con un pasillo en medio y un púlpito
en un extremo, por lo que todo el mundo tenía que volverse a la
izquierda para mirar al predicador pronunciando el sermón. Seguí al doctor Mead a un banco del centro, delante, y me indicó
que accediera. Me sentía como una chuleta expuesta en una carnicería, lamenté que no nos sentáramos detrás. Pero él no parecía
consciente de las miradas que atraíamos o, más bien, del significado de estas, y las recibía con una sonrisa. Eso hizo que me gustara todavía más. Al otro lado del pasillo, dos mujeres de pelucas
altas me miraron con descaro; les sostuve la mirada hasta que la apartaron y susurraron detrás de los abanicos. Tenía las mejillas aca-
loradas y la boca seca. Ojalá estuviera en casa, comiendo dulces
con los pies en el taburete y Abe dormitando en su sillón. El domingo era un día de descanso, nuestro único día de descanso.
Seguro que esta gente no hacía otra cosa que descansar, tanto que
se había vuelto aburrido, por lo que se empolvaban la cara y se
ataban los corsés y limpiaban los zapatos para venir aquí. Esta
capilla era una estancia repleta de espejos: no venían para mirar
a los demás, sino para mirarse a sí mismos a través de la mirada
de los otros.

Un grupo de niños del hospital vino por el pasillo central,
elegantes con los uniformes marrones. Sabía que Clara no estaba
entre ellos, pero les miré el rostro de todos modos. Tenían caras
suaves, despreocupadas, sin las expresiones arrugadas ni cansadas de los niños de Black and White Court, que eran como hombres y mujeres diminutos.

—Elliott —dijo una voz grave, profunda. Un hombre robusto
con mejillas gruesas y una compleja peluca rizada se alzaba delante de nosotros, apoyado en un bastón con el extremo dorado.

—Abuelo. —El doctor Mead estaba encantado—. ¿Va a sentarse con nosotros?

—Estoy con la condesa, su familia viene de visita desde Prusia, pero ven a Great Ormond Street a merendar después. Habrá una reunión. —Sus ojos oscuros eran delicados y amables, y noté su efecto cuando se volvieron hacia mí—. ¿Quién es tu acompañante?

—Abuelo, ella es la señorita Bright. Es una amiga a la que he prometido prestar ayuda. Y puede que también pueda ayudarnos usted. ¿Puede acompañarme a Great Ormond Street después del servicio?

Antes de que pudiera protestar, el hombre movió una mano grande cubierta de anillos, como si hubiera metido los dedos en un cofre del tesoro.

—Todo amigo es bienvenido —respondió—. Un placer conocerla, señorita Bright. —Inclinó la cabeza en nuestra dirección y siguió adelante para detenerse un par de metros más adelante con otra criatura empelucada.

En el ambiente cargado de la capilla, con el olor a pelo y cuerpos y perfume por todas partes, dulce, almizclado, floral y a tabaco al mismo tiempo, me sentía un tanto mareada y noté un nudo en el estómago.

—¿Ha descubierto algo desde la semana pasada? —pregunté en voz baja al doctor Mead.

Se sacó los documentos de Clara de la chaqueta, atados con la cinta azul.

—He traído el memorándum para enseñárselo a los reguladores y preguntarles si alguno de ellos recuerda a la persona que recogió a su hija. Muy pocos niños son reclamados, solo uno de cien, por lo que no hay muchas mujeres que recordar. Es una vergüenza, pero tal vez nos venga bien a nosotros.

Le quité los documentos de las manos. El papel olía a polvo y a viejo, y pasé el dedo por la única parte que entendía: los números seis, dos y siete. Los volví para mirar el otro lado, como si de pronto las palabras pudieran cobrar sentido.

Otra persona se acercó al doctor Mead y se puso a hablar. Ojalá nos hubiéramos reunido en una taberna o en un mesón o en su casa o en la mía, o podríamos estar en el Strand. Allí estaba yo, sentada sobre mis manos sin guantes mientras él intercambiaba cumplidos con una mujer. Esta vez no me presentó y ella no preguntó. Era alta, pálida, elegante, con manos delgadas y sin guantes, y el pelo rubio bajo el sombrero. Vi movimiento en su falda y un instante después emergió una niña pequeña ante mí, al otro lado de la balaustrada de madera. Me miró con unos ojos grandes y oscuros y la reconocí, era la niña del vestido amarillo que había visto antes bajando del carruaje. No sabía si hablar, si decirle que me gustaba su vestido o preguntarle su nombre, pero antes de que pudiera hacerlo, su expresión se tornó furtiva y me quedé en silencio, sorprendida, cuando ella se sacó algo de un bolsillo. En la palma de la mano tenía una curiosa criatura diminuta que no había visto antes. Tenía la cabeza arrugada y un cuello que salía de un caparazón duro verde y marrón, con un patrón tan complicado que pensé que lo podía haber pintado ella. Habría pensado que se trataba de un juguete de no ser porque en ese momento retrajo la cabeza y los cuatro pies picudos, que desaparecieron, dejando solo a la vista el bonito caparazón. Me quedé con la boca abierta, anonadada. La niña pequeña volvió a metérsela dentro del bolsillo y levantó la comisura de los labios esbozando una sonrisa íntima, tímida. No pude evitar sonreír yo también.

—Charlotte, ven. —Su madre, que no había reparado en nuestra conversación silenciosa, posó una mano firme en su hombro. Un anillo de rubí relucía en su dedo.

—Ha sido un placer verla, señora Callard —se despidió el doctor Mead.

Tardé unos segundos en comprender lo que había dicho. Las palabras viajaron despacio por mis oídos, espesas como una sopa de guisantes, y se solidificaron en alguna parte de mi mente, dejándome muda. La mujer y la niña pequeña se alejaron, vi el verde y el amarillo pálido moviéndose entre la multitud, y la parte trasera de sus cabezas, rubia y oscura. Estiré el cuello para comprobar adónde iban y las vi sentarse en una fila del fondo de la capilla, detrás de nosotros, fuera de la vista; sus rostros quedaron eclipsados por sombreros y pelucas.

Se me cayeron los papeles y el doctor Mead se agachó para recogerlos.

—Después del servicio iremos a la casa de mi abuelo, vive solo a cinco minutos a pie desde aquí, en Great Ormond Street —estaba diciendo—. Allí habrá reguladores del hospital, por supuesto. Ayer yo mismo fui a visitarlo, pero se encontraba en una comida con otros cirujanos. Todavía trabaja, ¡con ochenta años! ¿Se lo puede creer? Yo siempre le digo: abuelo, no me sorprendería que alguien dormitara en tu funeral y te levantaras del ataúd para prescribirle un tónico. —El doctor Mead estaba sonriendo, pero yo no lo escuchaba.

—¿Quién era?

—¿Quién?

—La mujer con la que acaba de hablar.

—¿La señora Callard? ¿No la conoce?

—No, ¿esa es su hija?

—Sí. Charlotte.

—¿Y está… casada?

—Viuda. Su esposo murió hace varios años. Era amigo mío.

Pensé en la sonrisa íntima de la niña, en sus ojos oscuros. ¿Tenía su pelo un reflejo rojizo que brillaba al sol? Mi voz no se alzaba más allá de un suspiro.

—¿Cómo se llamaba?

—Daniel. Tenía un empleo interesante: era comerciante. Ahora no recuerdo con qué comerciaba. ¿Marfil? No, ya me acuerdo, era hueso de ballena. Ah, ya ha llegado el capellán. ¿Tiene una hoja con los cantos?

Apenas recuerdo el servicio. Permanecí allí sentada, quieta, aunque no me resultó difícil, pues me encontraba adormecida mientras los sermones y cantos me envolvían. Durante una hora tan solo podía pensar en tres cosas, una y otra vez: Daniel estaba casado. Esa era su mujer. Y con ella estaba mi hija. Tenía la edad y el tamaño correctos, con esos ojos tan oscuros y el pelo como el mío. Su madre era rubia y mayor que yo. Mayor que Daniel incluso, quien supuse que tendría veinticinco o veintiséis años, aunque, por supuesto, habían pasado varios años desde entonces. Había llamado a su hija Charlotte.

Apenas noté la mano del doctor Mead en mi brazo y la gente que se levantaba de los bancos y se dirigía a la puerta. Seguramente me había dicho algo, pero no lo había oído; tenía los oídos taponados, llenos de un sonido susurrante, y las piernas pesadas, lentas. Me sentía helada, como el perro muerto del Fleet.

—¿Señorita Bright?

Según decían los documentos, Clara regresó conmigo el día después de traerla. Cabía la posibilidad de que Charlotte fuera la hija de Alexandra Callard y que hubiéramos tenido hijas en la misma época. Pero Daniel era rubio, como su esposa; tenía el pelo del color de la arena y ojos claros. En Black and White Court había muy pocos niños pelirrojos y uno de ellos destacaba como un cuervo entre palomas, con la piel marrón y rasgos lúgubres. Decían que su padre le pegaba.

—¿Señorita Bright?

La capilla se estaba quedando vacía salvo por unas mujeres que conversaban y se tocaban las pelucas, y un grupo de hombres que se arremolinaban en torno al abuelo del doctor Mead como pavos reales. No había niños.

—¡Señorita Bright!

Regresé a la vida. El doctor Mead me estaba mirando y en sus ojos ardía la preocupación.

—¿Se encuentra mal?

Salté del banco y a punto estuve de chocar con él. Examiné la capilla, girándome para poder ver cada rincón y cada banco, estirando el cuello hacia el balcón y luego pasando junto al médico para recorrer el pasillo en dirección a la puerta, sujetándome el sombrero en la cabeza con una mano y el cuello de la capa con la otra.

Azul, rojo y blanco: abrigos oscuros, sombreros negros y pelo del color de las nubes por todas partes, pero nada de verde, nada de amarillo. Me moví entre los pequeños grupos que se congregaban bajo el brillo suave del sol y se me hizo un nudo en la garganta. Los carruajes habían empezado a recoger a sus propietarios y por la visión periférica atisbé un destello de amarillo pálido desaparecer por una puerta y un pie pequeño con medias enfundado en un un zapato negro. Un cochero delgado cerró la puerta y se subió a su asiento. Mientras él se arreglaba el faldón trasero y echaba mano de las riendas, yo corrí hacia el carruaje; estaba ya a diez u once metros de él cuando noté una mano firme en mi brazo.

—Señorita Bright. —Las mejillas del doctor Mead estaban sonrosadas—. ¿Adónde va? —Respiraba con pequeños resoplidos, tornando humo el aire entre los dos. Debía de haber corrido tras de mí. Debía de haber parecido una loca. No podía parecer una loca delante de un médico. Estaba esperando una explicación, con el desagrado presente en su rostro normalmente alegre.

—No me encuentro bien —dije—. Necesitaba un poco de aire.

—La llevaré entonces a mi casa. Vivo a unas calles de aquí, podemos llegar en cinco minutos o puedo pedir que vayan a buscar el carruaje.

—No, gracias. Debería de irme a casa. Por favor, discúlpeme con su abuelo.

Me aparté de él y me alejé deprisa. El carruaje de la señora Callard ya se acercaba a la verja, tendría que correr si quería verlas de nuevo. Apenas era consciente de que estaba atrayendo miradas; las barbillas se volvían con firmeza sobre los hombros y los ojos me seguían. No miré atrás mientras avanzaba resollando, dejando que rebotaran como el granizo.

Al otro lado de la verja, el camino era recto durante unos quinientos metros y seguí caminando más allá del campo abierto que se extendía a ambos lados, donde las vacas curiosas levantaban la cabeza al verme. Al final del camino, vi que giraba a la derecha y seguía hacia el oeste, hacia Bloomsbury. Seguí con el destino en mi punto de mira, caminando por el lado del camino, esquivando excrementos de caballo, como haría cualquier mujer después de salir de la iglesia en un día claro de invierno. Avanzaba con paso decidido, pero sentía que podría estallar en cualquier momento. Me concentré en poner un pie delante del otro, evitar que la capa me envolviera el cuello, y seguí al carruaje negro que se movía entre los demás. Tan solo unos minutos más tarde, desaceleró y giró a la izquierda, a una calle alineada de casas tan parecidas que te hacían sentir que estabas ebria. Me daba vueltas la cabeza y tenía la boca seca, estaba segura de que mi hija se encontraba sentada a unos metros de mí, vestida de seda, del color del sol con una extraña criatura con caparazón en el bolsillo. Me la había enseñado, era un secreto en su mano, y había sonreído.

El carruaje se estaba deteniendo. No podíamos estar a más de dos calles de distancia del hospital. Paré un instante, parpadeando como un ratón en un plato de comida, antes de recuperar la razón y pegarme a la barandilla negra de hierro de una casa que había al otro lado de la calle. Me ajusté más la capa y el sombrero en la cabeza y vi cómo bajaba el cochero con movimientos elegantes delante de una casa de cuatro plantas. Los escalones ascendían a una puerta amplia pintada de negro. No había espacio entre la casa y las de ambos lados, que se erigían rectas como soldados, hombro con hombro, y eran tan similares que, si apartaba la mirada, posiblemente no las pudiera distinguir. Miré con detalle, buscando un rasgo para diferenciarla. Las contraventanas de la primera planta eran rojas y había algo curioso en la aldaba de latón. Entrecerré los ojos y me atreví a acercarme un poco más. La aldaba era una ballena.

Apareció un vestido verde y, con él, la mujer que lo vestía. Tenía la cara vuelta, por lo que solo veía el pelo dorado bajo un sombrero. Me di cuenta de que estaba temblando, mis piernas amenazaban con ceder bajo mi peso. Aparecieron dos pies pequeños y el bajo de un vestido amarillo. Se agarró la falda y volvió a saltar, y aunque solo la había visto antes una vez, me resultó tan querida y tan familiar que me dolió. La mujer se dirigía ya a la casa sin mirar atrás; no le ofreció una mano a su hija.

A mi hija.

La niña saltó a la puerta y vi la curva pálida de su cuello y unos tirabuzones oscuros que caían de la cofia. Miró la calle arriba y abajo, como si deseara recordarla en esa mañana clara de invierno, y entonces se abrió la puerta negra y desaparecieron al otro lado. Me apoyé en la barandilla, buscándola detrás de mí, y observando cómo se cerraba la puerta con un golpe sordo y la casa se sumía en el silencio.

SEGUNDA PARTE

ALEXANDRA

7

Todos los días, a las tres, tomaba el té en el salón con mis padres. Antes de eso, me sentaba en mi salita, en la parte trasera de la casa, y cuando la manecilla fina y dorada del reloj marcaba quince minutos para la hora, doblaba el periódico y lo dejaba en la mesa de al lado de mi silla. Sobre ella había un pequeño plato con agua y un pañuelo para que me limpiara las manchas de tinta de las manos. Lo hacía de forma muy cuidadosa, quitándome los anillos y limpiando cada dedo uno por uno, lavando la uña hasta que brillaba mientras oía los pasos de Agnes en las escaleras y el repiqueteo del servicio del té. Un minuto antes de las tres, me miraba en el espejo que había entre las dos ventanas y me arreglaba el pelo, alisaba la falda y tiraba de las mangas de la chaqueta para retirar las arrugas. Después cruzaba el pasillo y entraba.

El salón tenía vistas a Devonshire Street y a las casas adosadas de enfrente, parecía el reflejo de un espejo. Desde cada ventana, delantera y trasera, se veían más casas idénticas a la nuestra: cuatro plantas, dos ventanas en cada una de ellas y una en la planta baja, junto a la puerta. Estaban tan cerca unas de otras que, cuando nos mudamos, vi una jarra de cerámica en un lavabo de la casa de enfrente, donde vivía una familia de cinco, con tres niños. Por la forma de vestir del marido y su horario, suponía que era abogado o médico. Eran criaturas muy sociables y a menudo tenían toda clase de invitados a la mesa, iluminada por cinco o seis juegos de velas, y a veces no se levantaban de ella hasta que servían la cena, a las diez u once. Al principio me parecía raro, como si viviéramos todos tras una lente. Pero me acostumbré rápido y hallé confort en la proximidad y la falsa intimidad que creaba. No conocía a mis vecinos, pero los observaba y, sin duda, ellos también me observaban a mí.

El número trece de Devonshire Street era una de las casas de mi padre. La calle era lo bastante amplia para que pudieran cruzarse dos carruajes pequeños, y lo hacían con gran ceremonia, cada cochero cuidaba mucho su espacio. En ambos extremos de nuestra calle había unas plazas grandes y bonitas con unos plátanos de sombra y jardines en los que se erigían las viviendas, mirándose entre ellas como comensales en una mesa. Por supuesto, yo solo había visto una y había examinado la otra en el mapa del señor Rocque. Vivía en el borde de Londres, antes de que las casas se dispersaran y comenzara el campo. La ciudad se extendía al sur, este y oeste desde Devonshire Street, pero no al norte, donde el ladrillo y las carreteras daban paso a la hierba y el campo. A Daniel, al principio, no le gustaba vivir en una casa adosada, nos comparaba con caballos en un establo mirándose los unos a los otros. Yo le recordé que, si quería trabajar de comerciante, tenía que estar en Londres. Poco a poco, la vida aquí empezó a seducirlo y su negocio creció; un año después decía que prefería vivir el resto de sus días como comerciante antes que como marqués.

Agnes estaba disponiendo los enseres del té cuando entré. Di un beso a mis padres y tomé asiento en la silla de siempre frente a ellos, junto a la ventana. Como era invierno, la habitación estaba tenuemente iluminada, pronto se haría de noche. La mitad de nuestras caras estaba ya sumida en la sombra. Encendí una tablilla

en el fuego y la acerqué a las lámparas de aceite antes de arrojar-
la a las llamas.

—Los chicos de las antorchas tendrán pronto menos trabajo
—dije—. Las noches se están acortando dos minutos al día.

A la luz del fuego, los ojos oscuros de padre eran más amables y los años se solidificaban en la piel perlada de madre. Serví
tres tazas y añadí azúcar para padre y para mí; madre no quería,
decía que era mala para los dientes. Mis manos estaban limpias
al menos, no les gustaba verme leer los periódicos y ese era el
motivo por el que me las lavaba, pero padre siempre se interesa-
ba por oír las noticias sobre los barcos. Yo leía esas partes solo
para tener algo de lo que hablar con él. De niña me sentaba en
camisón en su regazo mientras él leía los titulares del *Evening
Post* que creía que me podrían resultar interesantes, con los ojos
entrecerrados a la luz de la vela. Así aprendí a leer; mientras sus
ojos se deterioraban, los míos se volvían más útiles y aprendía
palabras como «consignación», «seguro» y «especulación» mientras los demás niños aprendían «gato», «manzana» y «niño». Una
o dos veces, Charlotte se había sentado conmigo para hacer lo
mismo, pero se cansaba rápido de las palabras largas y los temas
aburridos. A Agnes se le daba mucho mejor que a mí contarle
historias y a menudo Charlotte se sentaba junto a la chimenea de
la cocina con el gato en el regazo y una galleta en la mano mientras Agnes estiraba masa e inventaba cuentos. A veces yo misma
aguardaba tras la puerta, escuchando.

—¿Habéis oído lo del puente nuevo en Blackfriars? —les pregunté—. No sé por qué necesitamos tres en el río. Seguro que
con uno basta.

Mi madre sonreía plácidamente; mi padre tenía un rostro amable. Ahora yo era mayor que ellos. Era una idea extraña. Pasamos
media hora de charla y una vez que terminé el té, volví a ponerle
la tapa al azucarero y extinguí la luz de las lámparas, pues la habitación permanecería vacía hasta la misma hora del día siguiente.
Antes de salir, limpié sus marcos con el pañuelo que guardaba en

la manga. El de padre primero, en la parte izquierda de la chimenea, y el de madre en la derecha.

Charlotte estaba en el pasillo cuando cerré la puerta despacio. Casi nunca oía sus pies suaves en la moqueta y solía sobresaltarme, y por ello le reñía.

—¿Con quién estabas hablando? —preguntó, no por primera vez.

—Con nadie —respondí, no por última.

A veces entraba en la habitación detrás de mí y miraba a su alrededor, se agachaba para mirar debajo de la cómoda, detrás de las cortinas y, en una ocasión, incluso por el hueco de la chimenea hacia arriba. Su curiosidad no conocía límites; llenaba la casa, empujaba las ventanas e inundaba las habitaciones, abriéndose paso por las rendijas y rincones, cajones y armarios. Pronto se derramaría por todas partes. Llegaría un día en el que no bastarían las cosas que le ofrecía para que se entretuviera: instrumentos, mascotas, libros, muñecas y su salida semanal (cinco minutos en el carruaje, una hora en la capilla y cinco minutos de vuelta a casa). Sabía que llegaría el día en el que querría sentir el sol en la cara y caminar por el parque entre extraños como una persona normal, y lo temía. Por ahora, sin embargo, ella sabía que vivía así para permanecer a salvo.

Repasé con la mente todas las cerraduras, contándolas con los dedos. Había tres puertas (la de la calle, la cocina y las escaleras del sótano) y dieciséis ventanas, cerradas a todas horas. Mi modesta casa no era ningún palacio, pero había al menos dos habitaciones en cada planta: la cocina y trascocina con las despensas y el almacén en el sótano, el comedor y lo que era el estudio de Daniel en la planta baja, mi salita y el salón principal en la primera y todas las habitaciones encima. Charlotte dormía en la habitación que había frente a la mía, y Agnes, mi sirvienta, y Maria, la cocinera y ama de llaves, dormían en el ático. En lugar de jardín, había un pequeño patio rodeado de una pared de ladrillo de poco más de metro y medio de alto. Allí tendía Agnes la colada y Maria recogía entregas desde el callejón estrecho al que se llegaba por una calle que había junto al número diez. Al otro lado del callejón estaban las zonas traseras de las casas de Gloucester Street, idénticas a la mía excepto por sus dependencias anexas y fachadas. Mi hermana Ambrosia siempre me decía que estaría más cómoda en la campiña, en una casa con verja y una amplia entrada. Pero ella no guardaba recuerdos de nuestra antigua vida. No conocía lo que era despertarse con el sonido del viento golpeteando las ventanas, rugiendo para entrar en la habitación. Nuestra casa en Peak District parecía encontrarse en el mismísimo confín del mundo. La oscuridad, tan negra que casi podías tocarla. El silencio incómodo. Londres no conocía nada de eso. Y por eso me gustaba.

La aldaba repiqueteó en la casa y Agnes subió del sótano para responder mientras yo esperaba en la esquina de las escaleras, fuera de vista. Era Ambrosia, anunciándose en una voz muy alta que resonó en todo el pasillo y trayendo el aire frío con ella. Hacía una noche espantosa y nos había hecho una visita tan solo dos días antes, así que no la esperaba. Venía a verme una vez a la semana, a veces traía a sus hijos, aunque más a menudo venía con su perro. Esta noche venía sola, las calles estaban ya oscuras y el tiempo se había vuelto loco. Me sorprendió aún más ver cómo iba vestida.

—¿Qué te has puesto?

Mi hermana era lo que las publicaciones llamarían una belleza. Era una mujer robusta y toda ella se derramaba como el champán de un platillo: los pechos, su risa. Era tan ruidosa como una pescadera, podía fumar como un capitán y beber como cualquier hombre. A la edad de treinta y tres, los mejores años de una mujer habían quedado atrás, pero no en el caso de mi hermana: por algún motivo, ella solo se volvía más deslumbrante. Su esposo, George Campbell-Clarke, y ella eran tan indulgentes, narcisistas y derrochadores como podían serlo dos personas, y yo les tenía un profundo aprecio. Vivían en una casa grande en St.

James's Square, cuando el lugar no tenía aún las salas de reunión y los salones más elegantes de los ricos y célebres, a menudo llegaba a casa a las seis o siete de la mañana y se encontraba a sus sirvientes en las escaleras.

Se quitó la cofia de muselina de la cabeza y la escurrió en el suelo de piedra.

—Agnes, me temo que posiblemente necesitemos el escurridor —anunció con su voz cantarina.

—Tu abrigo... —dije yo.

—Es de George, sí. Hace una noche espantosa y no quería arruinar mi ropa. —Era una prenda masculina, gris, elegante y cálida, y perfecta para una lluvia de invierno, pero hacía que mi hermana pareciera un caballo de tiro.

—Pero podrían haberte visto. ¡Con la ropa de tu esposo!

—¿Quién? —bromeó—. Te aseguro que el carruaje que he contratado es muy discreto.

Enarqué una ceja. Ambrosia tenía amantes y a veces se metía en problemas por ello (con George no, él era tan adúltero como ella, sino con las esposas y queridas de sus amantes). Le encantaba entretenerme con sus aventuras en mi salita, incluso cuando se encontraban presentes sus hijos. Sus dos niños y dos niñas eran criaturas pálidas, decepcionantes, más parecidas a mí que a su madre. Solo una de sus hazañas podía entretenerme durante una semana; cuando se iba, casi me sorprendía no ver cigarrillos encendidos en un cenicero y medias sobresaliendo de los muebles. Sabía de las salas de baile y fiestas en las mansiones de Grosvenor Square y Cavendish Square, lugares tan desconocidos para mí como Nazaret y Jerusalén, aunque existían en mi mente y, por supuesto, en el mapa del señor Rocque. Había visto parte del mundo tiempo atrás y podía recordar fácilmente las vastas alfombras, las cortinas de brocado y los platos plateados que circulaban bajo candelabros brillantes, los hombres con aliento fétido y las mujeres empolvadas con sudor en los labios y las axilas. Había visto suficiente para toda una vida.

—¿Y por qué has venido? —me interesé.

—Agnes —le dijo Ambrosia a mi sirvienta, que estaba inmersa en una pelea con el monstruoso abrigo—, si encontrara un bollo caliente con mantequilla y un vaso de jerez junto a mi codo, no me enfadaría.

—Sí, señora. —Agnes sonrió. Ambrosia era siempre una invitada bienvenida en Devonshire Street, una gata entre palomas, y ofrecía a los sirvientes la alegría de un espectáculo callejero—. Voy a colgar esto junto al fuego de la cocina, señora. Para que se seque.

—Es usted un ángel. Ah, y haga algo con esto, ¿de acuerdo? Aunque eso es una consideración mayor. —Le pasó a Agnes la cofia empapada, que fuera de su cabeza tenía la elegancia de un trapo. Debajo del abrigo de George llevaba uno de sus habituales conjuntos espléndidos: un vestido gris pálido con la falda violeta, del color de las nubes de tormenta.

Subimos a mi salita, donde estaban encendidos los candiles. El *London Chronicle* estaba doblado encima de la mesa, junto al pequeño plato que usaba para lavarme las manos, y Ambrosia evaluó la disposición con una sonrisa divertida. Fue directa al espejo y se miró en él.

—Santo cielo —le habló a su reflejo—, ¿no soy una musa esta noche?

En una noche de invierno, la salita era mi lugar preferido. Con las cortinas echadas y el fuego encendido, era acogedora como un nido. Agnes trajo un plato con bollos calientes con mantequilla y un decantador de cristal con jerez y dos vasos. Serví la bebida en ambos y observé a Ambrosia, que comía con deleite, limpiándose mantequilla del mentón. Padre estaba embelesado con los clásicos y el nombre de mi hermana significaba en griego «comida de los dioses». Había más que un toque de deidad en ella; con los pies en el taburete y un jerez en la mano, no costaba imaginar uvas en lugar de un vaso, una nube en lugar de la silla, y una hoja de parra para preservar su modestia, de la cual ella carecía. ¿Cuál sería el motivo de nuestros padres para poner a un bebé un nombre tan sensual? Podría haber sido una gran ironía, pero en cambio había resultado ser una profecía.

—¿No traes hoy al perro? —le pregunté.

—Los niños le estaban poniendo los vestidos del bebé, así que los he dejado jugar.

—Imagino que no has venido desde St. James para comer bollos, ¿no?

—No. He venido a decirte que mañana nos iremos al campo George, los niños y yo. George se ha visto en una situación comprometida, digamos, y es necesario que nos vayamos una temporada.

Me quedé mirándola y ella se lamió los dedos.

—¿Una posición comprometida financiera o carnal?

—La última, e implica a la hija de un vizconde y un problema de comunicación con la edad, y ahora un vizconde muy furioso ha retado a George a duelo, nada más y nada menos. La chica será enviada al continente y volverá por Pentecostés.

Ambrosia trataba las infidelidades de George como si uno de sus hijos hubiera roto un jarrón. Otro modo habría sido una hipocresía.

—¿Cuánto tiempo estaréis fuera? —pregunté, tratando de ocultar mi decepción.

—Unos meses, supongo. Le he dicho a George que no es necesario, que todo el mundo se habrá olvidado en una semana, pero ha descubierto recientemente una pasión por las carreras de caballos y dice que al noreste hay dos lugares que desea visitar. —Exhaló un suspiro—. Yo me quedaría en Londres, pero qué lástima, soy su esposa. ¿Lo comprendes?

—¿El noreste? —Tragué saliva—. ¿Cuánto al norte?

—Durham, creo, o Doncaster. Es posible que haya mencionado algún otro lugar también, pero la campiña escapa a mis conocimientos.

Me acerqué a la estantería y tomé el libro de mapas.

—Doncaster está en Yorkshire y Dunham se encuentra más al norte. ¿Vais a quedaros en dos condados entonces?

Mi hermana movió una mano en un gesto desdeñoso mientras se lamía la mantequilla de la otra.

—No estoy segura. Maria hace los bollos más maravillosos, puede que te la robe.

—Pero lo sabrás antes de marcharte, ¿no? Para que pueda seguir tu viaje.

—Sí, por supuesto. Enviaré un mensaje y te escribiré una vez que esté allí. —Sonrió, como confirmando así sus palabras.

—¿Y las paradas en el trayecto?

—No es fácil saberlo... —Ambrosia me miró y sonrió—. Sí, y las paradas en el trayecto.

Abrí las páginas desgastadas de mi libro de mapas por Skipton.

—Imagino que pasarás en carretera entre una semana y diez noches. ¿Cómo se encuentran las carreteras del norte en esta época del año?

—Están mucho mejor estos días.

—Porque la nieve os ralentizará. Y el hielo podría ser un peligro.

—Lo sé, querida.

—Me pregunto si el carruaje del correo que va al noreste sale de Bull and Mouth, en St. Martin's Le Grand. El correo va desde ahí a Edimburgo y York, creo, por lo que tal vez Doncaster esté en esa ruta.

—Trataré de enterarme.

Se oyó un ruido en la puerta y Ambrosia esbozó una sonrisa.

—¿Es un ratoncito lo que oigo husmeando? —dijo. Charlotte estaba en la puerta, retorciéndose el pelo y sonriendo con timidez. Sin duda esperaba que hubieran venido sus primos a jugar—. Ah, ¡eres tú! Me he equivocado. Me había parecido oír a una criatura diminuta buscando una miga de queso. Ven y dame un beso.

La noticia de Ambrosia me había generado muchos nervios y paré el dedo en un punto de West Riding.

—¿Por qué no llevas puesta la ropa de dormir, Charlotte?

La pequeña se quedó en el umbral de la puerta. Hubo un breve silencio y Ambrosia le guiñó el ojo.

—¿Es la hora de dormir para los ratoncitos?

La niña sonrió y yo le pedí que cerrara la puerta. Con una mirada en mi dirección y otra más extensa y afectuosa a Ambrosia, hizo lo que le pedí y un momento después la oí subiendo las escaleras.

Suspiré, distraída.

—¿Por dónde íbamos? Ah, sí, Yorkshire.

—Iré a darle un beso antes de marcharme —indicó Ambrosia y se acomodó de nuevo en el asiento.

Fui al escritorio para tomar una pluma, tinta y papel, y me senté en la pequeña mesa de escribir, bajo la ventana. Era de nuestra madre y estaba picada allí donde la pluma había mordisqueado la madera.

—¿Y crees que pararás primero en Stevenage o harás todo el trayecto hasta Cambridge?

Los días siguientes pasaron sin sobresaltos, excepto por un malentendido con el chico del carnicero, que nos entregó el pedido de la casa de al lado y cocinamos la carne de borrego antes de reparar en el error. Mi hermana y su familia llenaron el carruaje con sus cosas y se marcharon al norte. Prometió escribirme, pero me dejó muy sola en Londres. Los meses sin Ambrosia pasarían despacio, sin sus visitas semanales. Con los excesos de la Navidad atrás y la primavera lejos aún, era una época aburrida, muerta, un tiempo de hibernación y renovación para reintroducir buenos hábitos, dar la vuelta a los colchones y reparar pelucas.

El día después de la marcha de Ambrosia comenzó a nevar. Contemplé la nieve desde las grandes ventanas del salón esa primera noche; madre, padre y yo, y un vaso de jerez, con las lámparas apagadas para ver mejor cómo caían los copos a la luz de la luna y aterrizaban suaves, fundiéndose en una magnífica capa blanca. Después de haber revisado todas las puertas y ventanas, subí para dar las buenas noches a Charlotte y la encontré haciendo lo mismo: sentada en una silla junto a la ventana de su habitación, contemplando la calle tranquila. Llevaba el pelo oscuro suelto y se abrazaba las rodillas. La observé en silencio un instante, enmarcada por el cielo nocturno, y entonces vi que solo tenía puesto un camisón.

—Charlotte, apártate de la ventana y métete en la cama. Vas a morirte de frío.

Morir de frío. Qué frase más ridícula, como si el frío pudiera entregar la muerte. A madre, padre y Daniel les había llegado, y ahora volvía a estar en el aire, pronto aterrizaría en algunas otras manos involuntarias. Solo quedaban dos personas en el mundo a las que quería. A Charlotte podía mantenerla cerca de mí, pero Ambrosia no era un periquito que se contentara con piar dentro de una jaula, por muy magnífica y dorada que fuera esta. Ella era un tigre o un gracioso elefante. Sonreí para mis adentros y fui a mi dormitorio para meterme en la cama.

8

La nieve se derritió y en la mañana del domingo era ya una capa brillante de grasa pegada al suelo de Devonshire Street. Me pasé la mañana preocupada por si las ruedas del carruaje no giraban bien y me resigné a la idea de no ir a la iglesia; por eso cuando el carruaje que contrataba una vez a la semana apareció en la puerta para llevarnos a la capilla, me sentí un tanto molesta. Más aún cuando Charlotte bajó las escaleras con una capa de armiño y un canotier de paja incongruente.

—Charlotte —hablé con tono airado—, es febrero. No vamos a un picnic en Lamb's Conduit Fields.

Se quedó mirándome con los ojos muy abiertos. Nunca había ido a un picnic en Lamb's Conduit Fields, por lo que mis palabras no tenían sentido para ella. Suspiré.

—Quítate el canotier y ve a buscar un sombrero bonito, rápido. El azul de ala ancha. ¡Vamos!

Salió corriendo escaleras arriba. Yo aguardé en el vestíbulo y me ajusté la capa al cuello con dedos torpes, tratando de ignorar la necesidad de revisar la puerta de la cocina una última vez. Charlotte tardaría un minuto o dos, y entonces la ansiedad zumbaría en mi conciencia como una mosca, así que me apresuré a las escaleras de la parte trasera de la casa y bajé al sótano. Maria estaba lavando nabos en la amplia mesa de madera, hablando con Agnes, que planchaba junto al fogón, con una mano envuelta en un paño de lino. Una tetera silbaba en un salvamanteles. La cocina era la única habitación en la que mi autoridad quedaba suplantada. No conocía el orden de las bandejas apiladas en los estantes altos, o a qué hora llegaba la lechera. Parecía un pequeño negocio del que yo no formaba parte, excepto una vez por semana, cuando Maria me enseñaba las facturas y yo las pagaba.

Fui derecho a la puerta trasera y empujé el tirador, abriéndola a la fría mañana. Maria y Agnes dejaron de hablar de pronto. Yo me quedé un momento quieta, con la mano en la puerta, los oídos pitando por la angustia, el corazón furioso en el pecho, y entonces me volví despacio para mirarlas. Oí un suave siseo cuando Agnes dejó la plancha en el paño que había en la mesa y Maria fue la primera en hablar.

—Lo lamento, señora —dijo—. Estaba lavando los nabos y he arrojado el agua al patio. Iba a cerrarla ahora mismo.

La llave sobresalía de la cerradura. La saqué y la sostuve con dos dedos.

—Podría haber entrado alguien mientras estaban de espaldas, haber copiado esto y regresar en mitad de la noche mientras dormíamos. —Mi voz era calmada, aunque sentía todo lo contrario. La llave de latón era tan larga como mi dedo índice. Volví a meterla en la cerradura y la giré una, dos, tres veces, sintiendo el movimiento grato del mecanismo encajando en su lugar. Después me la metí en el bolsillo. Agnes y Maria me miraban en silencio, descontentas—. Me la llevaré a la iglesia.

—Señora —comenzó Maria—, necesitamos usar el...

—Yo necesito poder confiar en ustedes. —La miré desde el otro lado de la mesa—. Me estoy esforzando mucho.

Se produjo un silencio incómodo y miré las cabezas de los nabos sobre la mesa, con el cuchillo al lado. A mi izquierda la plancha chisporroteaba suavemente junto a una pila de ropa. Si las buscabas, había armas en todas partes. La idea me hizo sentir sucia, corrupta, y de nuevo me dieron ganas de poder lavarme la mente con soda cáustica, aclarar las manchas de mis recuerdos. Sin decir nada más, salí de la cocina y me encontré con Charlotte, que me esperaba en la puerta. Bajamos los escalones con cuidado hacia el carruaje y sentí el aire de la calle por primera vez en una semana. La nieve lo había enfriado y me bajó rápido por el cuello hasta encontrar el lugar suave en el que el guante se encontraba con la manga. Charlotte subió al carruaje sosteniéndose el sombrero azul y yo la seguí. Henry cerró la puerta y no pude respirar hasta que estuvimos encerradas dentro, con la cortina echada. Charlotte levantó la cortina del otro lado para mirar a un grupo de mujeres jóvenes, sirvientas con capas marrones que caminaban de buen humor a pesar del frío.

—¿Dónde piensas que van? —preguntó.

—Charlotte —le advertí y cerró la cortina.

Recorrimos en silencio el corto trayecto hasta la capilla. Sentí que el carruaje giraba hacia la derecha, a Great Ormond Street, y a la izquierda en la punta de Red Lyon Street, hacia la verja del hospital de niños expósitos. Henry nos ayudó a bajar y nos quedamos allí paradas un momento, parpadeando por la luz brillante. Debido a la época en la que estábamos, no había grupos fuera de la capilla, y Charlotte y yo seguimos a una pareja de ancianos por el patio, medio agachadas por el viento. El sombrero de Charlotte salió volando antes de que llegáramos a la puerta y la pequeña salió corriendo detrás para cazarlo, con los brazos extendidos, hasta que una ráfaga de viento lo alzó y fue directo al pecho del doctor Mead. Él lo capturó con ambas manos y se lo devolvió a Charlotte riendo antes de quitarse el suyo. No oí lo que dijo, pero caminaron juntos hasta donde estaba yo, en la enorme puerta de madera de cedro, aferrándose a sus sombreros como si fueran gatitos.

—Señora Callard —se dirigió a mí mientras se acercaba—. Muestra un dominio excelente sobre su sombrero. Me temo que el de la señorita Callard y el mío requieren más disciplina.

Charlotte sonrió ampliamente.

—No podemos entrar hasta que no te cubras la cabeza —le dije a la niña y ella se lo colocó sobre el cabello con un gesto impropio, pero no era el momento de decirle nada.

El doctor Mead nos sujetó la puerta, pero antes de que nos dirigiéramos a nuestro banco de siempre, me detuvo.

—¿Puedo hacerle una visita más tarde?

Parpadeé, sorprendida.

—No necesita permiso para venir de visita, doctor Mead. Siempre es bienvenido en Devonshire Street.

—Me alegra saberlo. Si no la veo cuando termine el servicio, espero llegar antes de mediodía, si no la interrumpo.

Sabía cómo vivía y, aun así, siempre hablaba como si mis domingos estuvieran llenos de tarjetas de visita e invitaciones.

—En absoluto. Es usted bienvenido para acompañarnos en el almuerzo.

—Me encantaría, gracias.

Nos separamos y fuimos a nuestro banco de siempre. No pensé en la naturaleza de su pregunta durante el servicio, ni tampoco en los cantos, ni en el breve viaje de vuelta a casa en el carruaje, hasta las once y media, cuando oí la aldaba de la puerta. El doctor Mead nos visitaba una vez al mes, era amigo de Daniel y dos o tres años más joven que él. Daniel tendría ahora treinta y cinco, aunque tan solo alcanzó la edad de veintiocho. No vería su pelo tornarse gris, ni las arrugas de los ojos, ni una barriga redondeada tras décadas de oporto y queso. Guie al doctor Mead al salón y entré después en la cocina. Agnes se dispuso a calentar la tetera y reunir platillos, y le pregunté a Maria cuándo estaría listo el cordero. Apretó los labios y me contestó que en media hora, pero sin mirarme. No sabía qué podía haberle desagradado, pero entonces recordé el peso de la llave en mi muslo. La saqué y la dejé entre las dos en la mesa.

—Al doctor Mead le gustan sus patatas asadas. —La miré hasta que me devolvió la mirada, pero lo hizo con desconfianza y resignación. Entonces, al ver mi expresión, desapareció el ceño fruncido y alcanzó la llave.

—Le pondré una ración extra —afirmó y supe que me había perdonado.

Le di las gracias y volví arriba. El doctor Mead estaba sentado en mi sillón, pero no me importó.

—¿Está bien su hermana? —me preguntó cuando tomé asiento frente a él y me coloqué bien la falda.

—Tan bien como siempre. Se ha marchado al norte con su familia.

—Muy sensato. Londres es temible en invierno.

¿Se habría enterado de la indiscreción de George con la hija del vizconde? Seguro que no. El doctor Mead no abría los oídos a chismes de salón y, si lo hiciera, no conocería ni a la mitad de las personas de las que hablaban. Por lo que yo sabía, no asistía a salones, y eso frustraba a madres depredadoras con hijas jóvenes en edad casadera, que deseaban presentárselas al médico delicada y cuidadosamente, como una caja de dulces. El doctor Mead no se había casado ni tampoco comprometido. Con su aspecto encantador, su ocupación respetable, su casa en Bloomsbury y las conexiones familiares, su soltería era considerada en los salones como el mayor infortunio desde la burbuja de los mares del sur. Había sido un amigo magnífico todos estos años y había aceptado mi forma de vida sin hacer comentarios ni interferir. Una o dos veces había sugerido que Charlotte hiciera ejercicio, pero había abandonado el tema tras mi negativa. En el funeral de Daniel, un día cálido a mediados de abril, le comuniqué en la iglesia que no pensaba volver a salir de casa, y había mantenido mi palabra. No me dio pena regresar a Devonshire Street aquel día sabiendo que no volvería a sentir el sol en la cara ni el viento helado por el cuello. La pérdida me había cambiado y tan solo sentí alivio cuando cerré la puerta de casa, como cuando uno se mete en la cama tras un largo día. Charlotte llegó poco después y pasaron cómodamente tres años de soledad. La crie en paz y seguridad hasta un verano, cuando tenía tres años y la casa estaba calurosa y sofocante, y lloró durante tres días sin parar, volviéndome medio loca y desesperada. Le envié una carta a Ambrosia, que vino de inmediato y se la llevó a dar un paseo por Queen Square, al fondo de la calle, y veinte minutos más tarde me devolvió a una niña diferente. Su excursión me convenció de que era necesario un cambio de ambiente una vez a la semana para el bienestar de la niña, y también para mi cordura, y Ambrosia me sugirió la nueva capilla del hospital de niños expósitos, que estaba a tres calles de distancia. Daniel estaba enterrado cerca, en St. George, así que me resultaba familiar y acepté más rápido de lo que mi hermana esperaba. Una mañana soleada de un domingo de abril, me recogió en su carruaje, me puse un abrigo y un sombrero y salí por vez primera en tres años. Estaba tan nerviosa que solo recuerdo agarrar con fuerza la mano de Charlotte, como si fuera mi madre, y que ella me agarraba a mí de la misma forma, y la extraña sensación de estar cerca de otras personas de nuevo, y la forma rápida e impredecible en que se movían. Hubiera preferido un lugar de culto más tranquilo y modesto, pero esta capilla era tan nueva que casi podía oler la pintura. Los bancos estaban barnizados y la hoja de cantos estaba en perfectas condiciones. El techo era alto y las ventanas resplandecían. Su juventud era un bálsamo; no había presenciado dolor, ni el mío ni el de nadie. El día fue un sueño para mí, pero esa noche me fui a la cama sintiéndome como si hubiera cruzado un océano y estuviera en una playa extranjera, de pie y con las piernas temblorosas.

El doctor Mead se mostró tan encantado como Ambrosia de verme fuera de casa y dijo que tenía que llevarme al teatro. Yo bromeé diciendo que había tardado tres años en ir a la iglesia, por lo que una obra me llevaría quince, y él se rio. Los dos sabíamos que nunca iría, no había asistido ni siquiera con Daniel, que iba a todas partes y hacía de todo sin mí. Si la gente sentía pena por mí, era porque no sabían que lo hacía por decisión propia.

Me sentí agradecida al oír a Agnes en la puerta con la bandeja del té. Lo dispuso todo y también un plato pequeño con pastas, se inclinó después y salió de la habitación. El doctor Mead fue a tomar una.

—Deje hueco para el cordero de Maria —le avisé y él se detuvo con la pasta a medio camino de sus labios. Parecía un niño al que estaba riñendo y no pude evitar sonreír—. Las pastas eran las preferidas de madre —señalé—. Las guardaba en una caja de madera de nogal en su tocador. Me dejaba que tomara una los domingos antes de ir a la cama, cuando me cepillaba el pelo. A veces, cuando padre y ella estaban fuera, entraba a hurtadillas en su cuarto y robaba una. Eran deliciosas. Maria las hace muy buenas, prácticamente iguales.

Casi me había olvidado de mí misma, estaba mirando la imagen de mi madre. Era fácil imaginar que ella estaba escuchando, pues parecía absorta en una historia cautivadora, con los ojos brillantes y los labios ligeramente separados. El doctor Mead carraspeó y se comió la pasta; se limpió dándose toques en los labios con una servilleta.

—Antes de comer, me gustaría hablar sobre una cuestión un tanto... eh... delicada —anunció.

—Ah. —Me puse más recta.

—Tiene que ver con su hija.

—¿Charlotte?

Sonrió y vi una miga diminuta en la esquina de sus labios. Contuve la necesidad de quitársela.

—¿Tiene otra?

Me ruboricé y dejé la taza en el plato.

—¿Ha pensado en una nodriza para ella?

Le di un sorbo al té.

—No, la verdad.

—Puede ser beneficioso para ella. Muchas casas como la suya tienen una.

—Pero Charlotte no es un bebé. Puede vestirse sola y sabe leer. Come y estudia conmigo.

—No son solo para los bebés. Mi hermana tiene una para sus tres hijos, y el mayor tiene quince años. Su nodriza cuida de ellos, los lleva a pasear, ese tipo de cosas. —Su expresión cambió y se le deslizó ligeramente la taza, derramándose un poco—. Por supuesto, los paseos no son obligatorios. Puede preparar a Charlotte para cuando se convierta en una jovencita. Pueden leer juntas, bordar... Lo que sea que hagan las bellas criaturas como ustedes para mantener un hogar.

Imaginé a una mujer extraña en mi casa, comiendo mi comida, durmiendo bajo mi techo. Ocupándose de mi hija. Durante mucho tiempo habíamos sido Charlotte, Maria, Agnes y yo. Otra persona cambiaría el hogar de forma irrevocable.

—¿No tuvo usted una nodriza de niña? —preguntó el doctor Mead.

—No, no la necesitaba.

—Debía de sentirse muy sola.

—En absoluto. Tenía a mis padres, igual que Charlotte me tiene a mí.

El doctor Mead dejó la taza en la mesa. Esperé.

—He conocido recientemente a una mujer en mi trabajo. No ha tenido una vida afortunada y deseo ayudarla. Por desgracia, no hay un puesto en mi casa para ella. Como ya sabe, me va perfectamente bien con una cocinera y una sirvienta.

—¿Y quiere que esa mujer sea la nodriza de Charlotte?

Eligió con cuidado sus siguientes palabras.

—Si pudiera encontrar una habitación para ella en su casa, sí. Ha sufrido el infortunio más desagradable. Espero que no le ofenda que me ofrezca a pagar su salario.

—Eso no sería necesario —repuse, colocándome un poco más recta, un tanto molesta por la implicación de que no pudiera permitirme a una tercera sirvienta. Sonó el reloj y de la calle provino el sonido de un carro descargando cajas o barriles—. ¿Tiene experiencia de nodriza?

—Sí. Trabajó para una familia en Londres, cuidando de sus dos hijos.

—¿Qué parte de Londres?

—Spitalfields, me dijo, probablemente tejedores de seda.

—Por lo que no tiene experiencia con niñas. —Me quedé mirando las ventanas de la casa de enfrente y vi la jarra de cerámica—. No tenemos habitación.

El doctor Mead parpadeó, sorprendido.

—¿En esta casa?

—Agnes y Maria tienen su habitación cada una y no puedo pedirles que compartan ahora.

—La nodriza de mi hermana duerme con los niños.

Moví los pies en la alfombra y pegué los hombros al sillón. Si Charlotte tuviera una nodriza durmiendo en su habitación, sería una guardiana, una protectora. La más mínima tos, una frente febril, todas sus dolencias se me confiarían a mí. Y si hubiera un intruso… Charlotte tendría a alguien con ella que alertara a la casa y la pusiera a salvo. Sin hombres en la casa, muchas veces por la noche imaginaba pasos en las escaleras, aunque, por supuesto, las habitaciones estaban todas cerradas con llave. Una quinta persona sería otra boca que alimentar, otro gasto en el libro de cuentas, pero también otro par de oídos que escucharan y ojos que vieran.

—Se llama Eliza Smith —anunció el doctor Mead.

—¿Y qué edad tiene?

—Está en la mitad de la veintena.

Enarqué una ceja.

—¿Cómo la ha conocido?

El doctor Mead se removió en su asiento y yo serví más té para los dos.

—Esta es la parte delicada. Digamos que es una paciente.

Lo miré.

—¿Una nodriza sin casar puede permitirse el gasto de un médico de Bloomsbury?

—Sus circunstancias son extraordinarias.

—Ah.

Lo entendí entonces. Por supuesto, no iba a decirme que era una de las madres solteras que había conocido en el hospital de niños expósitos, con un hijo ilegítimo. Si le preguntaba, tendría que mentirme o desvelarme la vergonzosa verdad. Sabía bien que estaba en su naturaleza ayudar a las personas, como si fueran pajarillos caídos de sus nidos que él cuidaba en cajas junto a la estufa. Miré a mis padres. La cara de madre era alentadora, la de padre, inquisitiva.

Sonó un golpe en la puerta y oí a Agnes en el rellano.

—La comida está servida, señora.

—Solo le pido que la conozca —dijo el doctor Mead.

Me levanté y él hizo lo mismo, pero en lugar de ir a la puerta, me acerqué a la ventana. No había nadie y la luz tenue parecía a punto de disiparse. Un barrendero recorrió la calle y desapareció, y dos caballeros vestidos con abrigos elegantes entraron en el número cuarenta. Las cortinas del veintiocho, la casa de enfrente, estaban echadas, probablemente para resguardarse del frío.

—La conoceré, entonces —afirmé, volviendo la cabeza—. Puede traerla esta semana, un día que me venga bien. ¿Le ha hablado de mí?

—¿De usted, señora Callard?

—Ya sabe a qué me refiero. No hay muchas jóvenes que deseen verse confinadas en una casa tan modesta, día y noche.

Noté que se acercaba a mí, pero mantuve la mirada fija en los ladrillos de enfrente. El espacio entre los dos se hizo más pequeño.

—Tal vez... —comenzó, y añadió más bajo—: Tal vez podría sacar a Charlotte a las plazas y parques. Muchas nodrizas y sus niños...

—Charlotte no va a salir de esta casa, por lo tanto, ella tampoco. Puede tener medio día libre al mes. Si acepta esos términos, la conoceré para juzgar su idoneidad para el puesto. Si no, no hay puesto para ella. Y ahora es mejor que no hagamos esperar al cordero de Maria.

9

Una mañana fría y neblinosa, tres días más tarde, el carruaje negro del doctor Mead asomó por Devonshire Street y se detuvo junto a la casa. Yo miraba desde la ventana, medio oculta por las cortinas. Vi el sombrero del médico salir del carruaje y su abrigo oscuro y fino; después tendió una mano y apareció otra más pequeña, sin guante, seguida de un sombrero blanco y, debajo, una cara pálida con forma de corazón que se alzó para mirar la casa. Retrocedí a las sombras, la habitación estaba en silencio, las lámparas de aceite encendidas. ¿Cómo debía de recibirlos? ¿De pie junto a la ventana o la chimenea, o tal vez sentada, con un libro en el regazo, o un periódico? Abajo sonó el golpe de la aldaba, seguido de voces en el vestíbulo. Agnes la iba a conocer antes que yo. Las dos sirvientas parecían encantadas con la idea de contratar a una nodriza y me aseguraron que era una sugerencia espléndida. No sabía qué dijeron cuando cerré la puerta de la cocina.

Tras la propuesta del doctor Mead, había pasado los días en un estado de reflexión, olvidándome de comer y permaneciendo despierta cuando la casa estaba dormida. La idea de que hubiera un quinto miembro en la casa era al mismo tiempo escalofriante e intrigante, y, además, una mujer joven, una criatura tan exótica en nuestra casa como la tortuga de Charlotte. Me hubiera gustado que Ambrosia estuviera conmigo, pero ella atraía toda la luz y la energía de la habitación, y de mí, reflejándola como si fuera un candelabro. No era buena idea, esto tenía que hacerlo yo sola. No recordaba la última vez que un extraño nos visitó. Siempre había afiladores, chicos de la carnicería y lecheras llamando a la puerta del sótano, pero Agnes y Maria sabían admitir únicamente a los que estaban en la lista de la pared de la cocina.

Oí el golpe educado de Agnes en la puerta para anunciar la visita y me di cuenta de que estaba a medio camino entre la ventana y mi sillón, y era demasiado tarde para aguardar en ninguno de ellos. La puerta se abrió y Agnes se la sostuvo al doctor Mead, que entró primero, inclinando el sombrero y sonriendo. Detrás de él llegó una joven.

—Señora Callard —me saludó cordialmente—. Ella es la señorita Smith.

Era de una altura normal, ni baja ni alta, con el pelo y los ojos oscuros, y pecas en la cara. Tenía las manos entrelazadas, nerviosa, y se llevó una al cuello, donde tenía atada la capa.

—La conozco —dije.

Tenía los ojos oscuros muy abiertos y se detuvo en la puerta, congelada como una doncella de porcelana, o una pastora, pulcra y regordeta con su pecho generoso y muñecas delgadas. Tenía el pelo castaño oscuro, rizado, y un agradable rubor le tintaba las mejillas.

El doctor Mead habló primero.

—¿Ya se conocen?

—Estaba en la capilla la semana pasada.

—Ah —dijo ella y su voz era suave—. Sí.

Iba bien vestida, con un vestido estampado de color crema y un abrigo negro con adornos de terciopelo. La forma de tirarse de los puños sugería que era nuevo, aunque, sin duda, de segunda mano. Me estaba mirando de un modo peculiar y me pregunté qué le habría contado de mí el doctor Mead. Ciertamente, que era viuda; tal vez me esperaba mayor, o enfermiza, o anticuada. Ambrosia dijo una vez que era una vergüenza que no saliera a la calle porque la mitad de los hombres de Londres se enamorarían de mí. «¿La mitad que no está enamorada de ti?», bromeé, y ella respondió que todos los hombres estaban enamorados de ella, pero muchos no eran leales a sus afectos.

Unos segundos después, la señorita Smith debió de darse cuenta de que se había quedado mirándome, porque se ruborizó, aunque tenía ya la nariz y las mejillas sonrosadas por el frío. Se miró los pies y después al doctor Mead, que le ofreció una sonrisa alentadora.

—Señorita Smith, ella es mi querida amiga, la señora Callard.

—Eliza, por favor.

Después se puso a mirar de forma furtiva la habitación, los retratos de mis padres, las lámparas de aceite, los adornos, como si estuviera evaluándolos. Yo la observaba y ella me vio mirarla, y rápidamente devolvió la mirada a los pies.

—¿Eliza? —me dirigí a ella, un tanto divertida por su osadía.

—Es que pensé que la niña estaría aquí, señora —expuso casi en un suspiro. Tenía un acento marcado.

—No es necesario que conozca a mi hija hasta que no haya decidido si es apta para el empleo.

La decepción le cruzó fugazmente el rostro. Entonces asintió y esbozó una pequeña sonrisa. Con la intención de evitar comienzos desagradables, sin duda, el doctor Mead la animó a adentrarse en la habitación y yo me acerqué a la pequeña mesa y tomé asiento en la silla de respaldo alto. El doctor Mead hizo lo mismo y le ofreció una a Eliza, que dudó antes de acomodarse. La habitación estaba en silencio, el único sonido era el de las faldas susurrando y las sillas crujiendo en sumisión, y recordé que era yo quien debía dirigir la conversación; me senté un poco más recta y ella me imitó. Ahora estaba más cerca y capté un suave olor que provenía de ella, a pescado o salmuera, a frío y un poco de humedad del abrigo.

—Eliza —hablé—, el doctor Mead me informa de que está buscando un puesto remunerado como nodriza.

Asintió y no supe qué decir a continuación.

—Eliza fue nodriza de dos niños —señaló el doctor Mead con tanto orgullo que parecía su propia hija. Por un momento pensé si estaría enamorado de ella, pero decidí que era improbable.

—¿Y por qué ya no? —pregunté.

Ella parpadeó y se quedó inexpresiva un instante.

—Se mudaron. Se fueron a vivir a Escocia.

—El doctor Mead me ha informado de que vivían en Spitalfields. ¿Eran tejedores de seda?

—No, señora. El señor Gibbons era... es músico.

—¿Qué instrumento?

—Violín.

—Un violinista de Spitalfields —murmuré—. ¿Y tiene referencias?

—Sí. —Metió la mano en el interior del abrigo y sacó una hoja de papel doblada. La dejó en la mesa, entre las dos, y la empujó suavemente hacia mí, vacilante. La abrí y la examiné. Seguía caliente por su cuerpo.

—¿Y no quiso mudarse con ellos a Escocia?

—Mi hogar está en Londres —respondió—. Señora.

—¿Dónde?

—Justo al lado de Poultry. Junto a Hog's Head. ¿Lo conoce? —Le brillaban los ojos y parecía muy nerviosa. Tenía los hombros rígidos, mirada solemne.

—No —respondí tras una pausa.

Sabía que estaba mintiendo. Decidí examinarla más detenidamente y doblé las referencias falsas que estaban llenas de errores de ortografía. Mi amigo me había traído a una nodriza que seguramente había tenido un hijo con su patrón y este la había echado, y sospechaba que él no lo sabía. Por supuesto, era consciente de que tenía un hijo ilegítimo y seguro que sabía que yo lo había adivinado. Aquel domingo hubo un acuerdo silencioso entre los dos, sobre las pastas. ¿Había escrito ella la carta?

La letra era alfabetizada, pero poco. No era la del doctor Mead. Además, él no sería tan hipócrita. Se trataba de un engaño de ella, no de él. Sabía que probablemente nunca descubriría la verdad y me pareció una pena, pues deseaba que las mujeres pudieran hablar con más libertad de estas cosas. Tal vez lo hicieran en los mesones y tabernas, no lo sabía. Igual que no sabía si el patrón músico de Eliza la había forzado o si ella estaba enamorada de él. Tampoco sabía cómo era dar a luz a un bebé y dejarlo en el hospital de niños expósitos, no volver a verlo nunca. La mujer que tenía delante poseía una vida y yo tan solo podía imaginarla vagamente; había sido madre y ya no lo era. Había amado y había perdido. Eliza y yo teníamos algo en común.

Suspiré hondamente y ella contuvo la respiración. Tenía una mirada de resignación, de cautela y orgullo, y también había temor, aunque no quería mostrarlo.

—Yo tampoco me habría ido a Escocia —comenté.

Se detuvo un instante y luego esbozó una sonrisa amplia. Tenía los dientes pequeños y pulcros. Uno del frente estaba un poco descascarillado y era más corto que el otro.

—¿Está ahora empleada?

—Sí, señora.

—¿Dónde?

—Rag Fair, junto a la Torre.

—¿Vende ropa?

—Sí, señora. Ayudo a una amiga. Pero me gustaría recuperar mi antiguo trabajo.

—¿Y por qué? Imagino que tiene libertad como vendedora, ¿no? ¿Una familia con la que regresar? ¿Amigos?

—No está bien pagado. Y me gusta estar en casa, señora.

Me acomodé en la silla y la miré.

—Entiendo que el doctor Mead le ha hablado de la naturaleza del trabajo.

La chica sonrió.

—Sí, señora.

—Y la naturaleza de... la vida que llevo.

Se quedó confundida.

—¿La vida?

—En relación con las proximidades en las que Charlotte y yo existimos.

Una pequeña arruga apareció en su rostro y miró primero al doctor Mead y después a mí.

—No lo entiendo.

—No salgo de casa.

La comprensión le iluminó el rostro.

—Ah, sí. Lo sé.

—Tampoco mi hija.

Asintió, aunque había preocupación en sus ojos.

—¿A ninguna parte?

—Solo a la iglesia los domingos. Ese es el límite de nuestro mundo. Y, por consiguiente, será el límite también del suyo.

Esperé a ver su reacción y pareció considerarlo. Se lamió los labios, parecía desear decir algo, pero se contuvo y la idea se extinguió. Su rostro se tornó suave e inexpresivo.

—Lo comprendo —dijo—, y seré feliz viviendo así. Tiene una casa encantadora y no tiene necesidad de salir. ¿Por qué iba a hacerlo si tiene todo cuanto necesita? Comida, una cocinera y fuegos agradables. Y ningún hombre por el lugar. Eso me resulta raro. —Se permitió una pequeña sonrisa privada, que no pude evitar devolverle.

—¿No tiene intención de casarse?

—No —respondió con convicción y repitió—: No.

La evalué y ella a mí, y en ese momento tomé dos decisiones: una que podía llevar a cabo inmediatamente, la otra más tarde. Me levanté y el doctor Mead se alzó a mi lado.

—Si me disculpan —dije y los dejé en el salón. Cerré despacio la puerta al salir y subí las escaleras.

Charlotte no estaba en su dormitorio. Suspiré, la llamé por su nombre y oí movimiento arriba, donde dormían Agnes y Maria.

Un momento después, su cara redonda apareció en la parte alta de la escalera, con expresión culpable.

—Charlotte, ¡baja aquí ahora mismo! Ya sabes que no tienes permiso para estar ahí arriba.

En silencio, bajó las escaleras y pasó por mi lado como un gato, camino de su habitación.

—Hay alguien a quien quiero que conozcas, pero si no te estás comportando tendré que decirle que hoy estás demasiado insolente.

—¿Quién es? —preguntó. Se detuvo y se volvió para mirarme con curiosidad.

—¿Te estás portando mal?

Sacudió la cabeza.

—¿Dónde está tu cofia?

Levantó los hombros hasta las orejas.

—Ve a por tu cofia y póntela, y después ven al salón.

Se animó y entró rápidamente en su dormitorio. En el salón encontré al doctor Mead y a Eliza manteniendo una conversación furtiva. Apareció Charlotte detrás de mí y se quedó tras mi falda. Se había puesto la cofia con prisas, por lo que se la ajusté mejor y la empujé hacia delante.

—Charlotte, ya conoces al doctor Mead, y ella es su amiga, Eliza Smith.

De pronto sucedió una cosa muy extraña: Charlotte, que era desconfiada con los extraños, pues no había conocido a muchas personas en su corta vida, se movió hacia la mujer. Eliza se levantó de la silla y se arrodilló en la alfombra. Una sonrisa fácil le iluminó el rostro y fue a tomar la mano de Charlotte. Fue un gesto instintivo, improvisado, y contemplé con sorpresa cómo mi hija se la daba con timidez. El doctor Mead y yo nos miramos, estaba encantado.

—Hola, Charlotte —susurró Eliza. Le brillaban los ojos—. Es un placer conocerte.

El pelo oscuro de Charlotte caía por su espalda y tenía la falda manchada de polvo. Esperaba que no hubiera estado rebuscando de nuevo arriba. Hacía un año aproximadamente, Agnes encontró debajo de la cama de Charlotte una caja con objetos que nos había robado a todas: dedales, pedazos de papel e incluso un cepillo del pelo que Maria echaba en falta. De mi habitación había tomado un espejo pequeño, una flor seca prensada y un objeto que me había dado Daniel años atrás: un corazón hecho de hueso de ballena cortado por la mitad. Como castigo, le quité todos sus juguetes, juegos y libros y los guardé bajo llave en mi dormitorio, y estuvo sin ellos una semana. Se aburrió y se enfadó tanto que también fue un castigo para mí, por lo que me alegré cuando terminó la semana.

—Tu madre me ha hablado de ti —estaba diciendo Eliza—. Qué casa más bonita tienes. ¿Tienes muchos juguetes?

Charlotte asintió y la cofia se bamboleó arriba y abajo. Eliza seguía sosteniéndole la mano. Le indiqué al doctor Mead que deseaba hablar con él en privado y se levantó de nuevo para seguirme hasta la chimenea.

—Siente un gran afecto por los niños —señalé en voz baja—. Pero me preocupa que arruine a la pequeña, o que la haga blanda.

—Tiene un toque natural, femenino —respondió el doctor Mead, mirando a Eliza—. Será un buen ejemplo para Charlotte.

—Parece muy cómoda con ella.

—Mejor, ¿no?

—Tal vez. Aunque Charlotte no es un gatito al que acariciar.

—Claro que no.

Nos quedamos allí un momento, mirándolas. Charlotte le estaba contando algo, moviendo los brazos de una forma descuidada, y Eliza la escuchaba, cautivada, como si fuera la historia más fascinante del mundo. Decidí compartir con el doctor Mead la decisión que había tomado antes.

—Eliza tiene el puesto si lo desea. Estoy dispuesta a hacerle este favor, como amiga suya, si nos beneficia a ambos tanto como me ha asegurado. Pero no quiero volver a oír una palabra de que pagará su salario y si vuelve a sugerirlo me sentiré insultada.

El doctor Mead esbozó una sonrisa victoriosa, me tomó la manga y apretó. Me encogí y pasé la mano por donde la había puesto él, como si la hubiera ensuciado, pero no pareció ofenderse.

—Señora Callard, me alegro mucho. Gracias. No va a lamentarlo. —Adoptó un semblante confidencial y se le empañaron los ojos claros—. Ojalá pudiera contarle la penuria que ha tenido que vivir.

—No diga nada.

Notaba el brazo caliente. Desde que murió Daniel, nadie me había tocado, salvo Charlotte, y en raras ocasiones. Incluso con ella me resultaba incómodo; yo no tenía el instinto maternal de Eliza ni la generosidad del doctor Mead. La intimidad era algo que soportaba más que permitirme, y por eso era una de las cosas que Daniel había buscado en otros lugares. Sabía que su necesidad era satisfecha y me alegraba de ello. Además, Ambrosia me contó que para los hombres era tan natural como usar el orinal. No me preocupaba no poder ofrecerle ese tipo de cosas, pero sí la otra clase de intimidad que tampoco podía ofrecerle, la que proveían de forma natural las esposas: quitar el sombrero a su esposo después de un día de trabajo, peinarle el cabello, saber cuándo quería un baño o un vaso de brandi. Supongo que podría llamársele afecto. Veía a parejas caminando del brazo por Devonshire Street, giraban hacia un lado y otro, señalaban, reían, se besaban y se acariciaban, y yo me sentía tan rígida e inanimada como una de las muñecas de Charlotte. Para esas mujeres, mujeres como Eliza, cepillar el pelo de una niña pequeña y sentarla en sus rodillas no suponía ningún esfuerzo. Yo me quedaba mirándola y sentía una diminuta astilla en mi interior. No sabía si era envidia, pena o culpa, y no me importaba pensar en ello.

Me erguí más recta.

—Charlotte, sube arriba.

La bonita y tierna escena se disolvió y Charlotte, con los dedos en el pomo y una última mirada a Eliza, como un amante que parte por mar, salió de la habitación. Eliza se puso de pie y me miró. Le ardían los ojos con deseo y vi, por primera vez, lo mucho que necesitaba el trabajo. Nos quedamos mirándonos la una a la otra mientras se oían pezuñas en la calle y las ruedas de un carruaje. ¿Habría cerrado bien la puerta Agnes después de dejarlos pasar? Me esforcé por contener la necesidad de bajar a comprobarlo.

—¿Cuándo puede empezar? —le pregunté.

Había estado manteniendo una postura muy tensa y ahora hundió los hombros y se le iluminó el rostro. Juntó las manos delante de ella, como si no supiera qué hacer con ellas.

—Tan pronto como desee, señora.

—Tendré que pedir una cama para el cuarto de Charlotte, no queda espacio con las sirvientas, por lo que dormirá ahí. Su salario será de dos chelines y seis peniques a la semana. ¿Le viene bien en una semana?

—Sí, señora. Muy bien. Muy bien, gracias.

Una vez que se marcharon y cerré yo misma la puerta y revisé las otras, fui a buscar a Charlotte. Estaba sentada junto a la ventana de su dormitorio, mirando Devonshire Street. Tenía la tortuga en el regazo, que movía la cabeza hacia un tallo de perejil que sostenía. Su habitación era cuadrada y más pequeña que la mía, con papel pintado de rayas y una cama estrecha de palisandro pegada a la pared. Bajo una ventana había una cómoda y una banqueta con relleno bajo la otra, en la que estaba arrodillada Charlotte para mirar fuera. Los juguetes y juegos cubrían casi todas las superficies: caballos de madera, muñecas, trompos. Debería parar de comprarle, pues pronto dejaría de jugar con ellos, pero ¿entonces qué? ¿Qué hacía una niña de diez, doce, catorce años si no galopar sobre la alfombra en una carrera de caballos? Sabía hablar francés, aunque nunca iría a Francia. Nadie vería sus bonitos vestidos, ni sus rizos, solo Agnes y Maria.

—¿Te gusta Eliza? —le pregunté desde la puerta.

No me había oído llegar y se sobresaltó. Se giró de pronto como si la hubiera descubierto en algún tipo de acto privado. Se le había descolocado de nuevo la cofia y el vestido blanco estaba arrugado y lleno de polvo. Parecía que no me había oído, así que volví a hacerle la pregunta y se le iluminó el rostro, sonrió y asintió con gran entusiasmo. Aún tenía los dientes de leche y parecían formar una hilera de pequeñas perlas.

—¿Te gustaría que fuera tu nodriza?

—¿Qué es una nodriza?

—Una persona que cuida de los niños. Vivirá con nosotras en la casa y dormirá aquí, en tu dormitorio.

—¿Y dónde dormiré yo?

—Aquí con ella. Le buscaremos una cama y la pondremos aquí. Pero tienes que ordenar tus juguetes o no habrá sitio para sus cosas.

Parecía encantada y miró alegre el espacio que ocuparía la cama de Eliza, frente a la suya. Lo que dijo a continuación me sorprendió.

—La conozco.

—¿Disculpa?

—Conozco a Eliza.

—Sí, la viste en la iglesia.

—La conocí.

Me quedé mirándola.

—¿En la iglesia?

Bajó la mirada y empezó a tirarse del bajo del vestido.

—Me gusta.

De abajo llegó el sonido tintineante de Agnes en las escaleras, y con un sobresalto me di cuenta de que eran las tres y que iba a llegar tarde al té con mis padres. No había leído el periódico, ni siquiera había mirado el libro de mapas para seguir el viaje de Ambrosia al norte. De pronto entré en pánico. Necesitaba organización, rutina. Pero nuestra rutina duraría solo una semana más y entonces comenzaría una nueva estructura. Si lo pensaba mucho, cambiaría de opinión, así que salí de la habitación de Charlotte y cerré la puerta con cuidado. Un momento después oí su voz suave, que interrumpió mis pensamientos. Presioné las manos en la puerta y pegué la oreja a la madera para escuchar.

—Hola, Charlotte, encantada de conocerte —decía. Fruncí el ceño y escuché con más atención—. Me llamo Eliza y he venido a cuidar de ti. Te querré y te apreciaré y jugaré contigo todo el día, y también por la noche.

Cerré los ojos y pensé en Ambrosia. Durante siete años fui la única hija de mis padres y, si me esforzaba mucho, aún podía conjurar el recuerdo de ser el único objeto de sus afectos. Me acurrucaba en su amor como un gato en un espacio soleado y no me faltaba de nada. Llegó un hermano entre las dos, que partió tan rápido y en silencio como había llegado, y dejó a madre triste durante un tiempo. Pero entonces llegó Ambrosia y se quedó, refunfuñando y gimoteando en los brazos de madre. Yo me alarmé y por un tiempo me sentí desplazada. Pero entonces creció y empezó a parecer una persona, y se convirtió en un cuerpo cálido en mi cama. Me pinchaba con sus dedos regordetes, fascinada por mi pelo y nariz y dientes, y me seguía por todas partes como un perro faldero. Empezó a hablar y me llamaba «Assander», ceceando un poco. Yo era alguien preciado para ella, y ella para mí, y, para deleite de nuestros padres, nos adorábamos. Sentí pena al pensar que Charlotte no sabría nunca lo que era tener una hermana, o compañía.

Volví a oír su charla.

—Eliza, ¿tomas azúcar con el té?

Mantuve la frente pegada a la puerta y dos plantas más abajo, el reloj de la entrada sonó una, dos, tres veces. Acabábamos de conocer a Eliza y los engranajes de la casa estaban ya cambiando. El día se había salido de su eje y yo llegaba tarde al té.

10

—¿**E**so es todo cuanto tiene? —pregunté; por supuesto que lo era.

Eliza llegó solo con una bolsa de lona y, además, estaba medio vacía, por lo que parecía un gato dentro de una bolsa a punto de morir ahogado. Ya había cometido un error, había llamado a la puerta principal y no a los escalones del sótano, y Agnes había dudado en la puerta antes de hacerla entrar. Yo miraba desde las escaleras y Agnes casi se cae del sobresalto cuando hablé desde la oscuridad. Subía de la cocina, donde había ido a hablar con Maria sobre el nuevo pedido para el carnicero. La cocinera me había hecho la misma pregunta varias veces, que si necesitábamos más estómago, hígado, jamón, y terminé perdiendo la paciencia.

El vestíbulo estaba a oscuras y no vi la cara de Eliza cuando Agnes se retiró. Se aferraba a su bolsa y solo atisbé el brillo pálido del sombrero y la forma de la capa marrón.

—No vuelva a llamar a esa puerta —fue todo cuanto dije antes de subir las escaleras.

Agnes tenía instrucciones de enseñarle dónde iba a dormir y dónde dejar sus cosas. Estaba a medio camino cuando Charlotte bajó dando saltitos. Le bloqueé el paso con mi falda.

—Así no bajan las señoritas las escaleras. Ni siquiera los niños bajan así. Así bajan los perros. ¿Eres un perro?

Se quedó paralizada, con la cofia torcida. Suspiré y se la coloqué bien, y ella se dejó hacer. Tenía una mancha de tierra en la mejilla y las puntas de los dedos negras.

—¿Has estado dándoles de comer carbón a tus juguetes otra vez? ¡Eres obstinadamente desobediente! El carbón tiene que quedarse en el cubo, ¿cuántas veces tengo que decírtelo? La primera tarea de Eliza será lavarte bien. Ni siquiera ha dejado sus cosas aún y ya le estás dando trabajo.

Los grandes ojos marrones de Charlotte eran solemnes. Llevaba su mejor atuendo, un vestido rosa y blanco con delicadas borlas de marfil en el vientre y las mangas. Se había puesto un lazo de seda en el cuello y sus mejores zapatos dorados. Vio que me estaba fijando en eso y frunció el ceño en un gesto desafiante. El aire salía cálido por su pequeña nariz y se le dilataron las fosas nasales, estaba enfadada. Levanté un dedo, como para tocar el lazo blanco de su cuello, pero lo volví a bajar. Debería de haber dicho: «Qué gran esfuerzo has hecho por Eliza». Debería de haber dicho: «Estás preciosa». Pero lo que dije fue:

—El azul te quedará mejor la próxima vez.

Cuando las palabras cayeron de mis labios, las oí aterrizar a los pies de Charlotte, crueles y equivocadas. Eliza estaba en silencio detrás de nosotras. Era consciente de que no sabía hablar con mi hija, y ahora también ella lo sabía. Era consciente de que no sabía amar a mi hija, y ella lo sabría también. *Ya sabes por qué*, dijo una vocecita maliciosa en mi mente, la que a veces usaba mis labios como instrumento.

Charlotte miraba descontenta el suelo, dolida por mis palabras, y Eliza esperaba con timidez en el pasillo mientras Agnes aguardaba instrucciones. De pronto no podía enfrentarme a ellas, a ninguna, y me levanté la falda para seguir subiendo, pasando de largo por la salita hacia mi habitación. En la cómoda que había entre las ventanas, el decantador de cristal brillaba tenuemente.

Estaba lleno y exhalé un suspiro de alivio. Cerré con llave la puerta y me quité primero los zapatos, después el abrigo y el corsé; lo dejé todo en la silla y me puse recta, con las manos en las caderas. Me incliné a izquierda y derecha, me estiré hacia arriba y hacia delante, inspiré y espiré. Me rasqué la espalda y me solté el pelo. Las cortinas estaban medio corridas para que la habitación permaneciera a oscuras. Saqué mi caja especial del escritorio del rincón junto a la chimenea, le quité con la palma el polvo imaginario. Era de madera de ébano con unas pequeñas figuras orientales incrustadas de nácar y bambú bañado en oro. Pasé una mano por la tapa y me serví del decantador de cristal con la otra mano. Tomé la caja y el vaso y me senté en el suelo, a los pies de mi cama. Dejé las cosas en la moqueta, delante de mí. Crucé las piernas y coloqué la falda debajo, me llevé las manos a los ojos y respiré profundamente.

Uno a uno, como al arrancar las uvas de un racimo, saqué los objetos que había en el interior de la caja y los coloqué en el suelo. Había perfeccionado el orden con el tiempo. Primero el anillo de madre y los pendientes de perlas que llevó el día de su boda. Después las insignias militares de padre, tres, que soplé y limpié con el pulgar, y coloqué formando un triángulo. Les siguió la miniatura de Daniel, que había envuelto en un pañuelo. Aparté la seda como haría una amante para descubrir su rostro. Muy parecido, pintado sobre suave marfil, Daniel estaba de lado, mirando a la izquierda, como si alguien lo hubiera llamado. Llevaba una peluca gris y un abrigo rojo, y tenía una mirada encantadora, juguetona y orgullosa, igual que cuando lo conocí en la cocina vacía de la casa de mi tía por la noche, escondiéndose en una fiesta. Sonreí al recordarlo.

—No la había visto —me dijo al verme calentando leche en el fuego—. Es silenciosa como un ratón.

Los sirvientes estaban todos fuera, disfrutando también ellos, y yo había bajado descalza, solo con las medias, con la esperanza de que no me viera nadie. No le hice caso y me ajusté el mantón mientras miraba el cazo calentándose.

—¿Es una invitada? —volvió a probar él—. No la he visto.

—No, soy una sobrina —respondí sin darme la vuelta.

—Ah, la sobrina. He oído hablar de usted. —Su voz era mucho más cercana y no me gustaba—. Su tía Cassandra dice que no asiste a sus fiestas y se queda en la habitación de arriba cosiendo un trapo de sueños. ¿Es eso cierto?

¿Estaba bromeando conmigo? Lo miré por primera vez y vi que era apuesto, con aspecto de dandi. Era unos años más joven que yo y resplandecía con una juventud presuntuosa. Me volví de nuevo. Me pidió una caja de cerillas para encender la pipa y le contesté con tono seco que había un fuego delante de nosotros y que podía ahorrarse el esfuerzo de encender otro; él se rio y encontró una tablilla dentro de una jarra, en la repisa de la chimenea. Encendió la pipa e inhaló profundamente, como si llevara toda la noche esperando ese momento. Yo me quedé inmóvil, mirando el cazo, mientras él fumaba a mi lado. Me preguntó mi nombre.

—Alexandra.

—Ah, sí, su tía lo comentó. He conocido a su hermana Ambrosia... ¿No es un torbellino? ¿Quién es su padre?

Me quedé callada y un momento después respondí:

—Patrick Weston-Hallett.

—¿De qué conozco ese nombre? Weston-Hallett —comentó pensativo y, entonces, cambiando el tono de voz—: Ah, mis disculpas.

Su compasión parecía real y eso me desarmó. Lo miré de nuevo y sus ojos claros me vieron, vieron quién era yo. Me dijo que se llamaba Daniel Callard y me pidió que me sentara con él en la cocina vacía hasta que se terminara la pipa. Aseguró que odiaba las fiestas, pero yo supe que no era verdad. Tenía veinticuatro años y había terminado recientemente un periodo como aprendiz con un comerciante de porcelana en Londres. Estaba en las primeras fases de creación de su propio negocio de compra y venta de hueso de ballena, pero necesitaba un inversor. Un benefactor, me dijo, haciendo que la palabra sonara exótica y extraña. Me contó cómo atrapaban las ballenas, las traían a Londres y las destripaban en un muelle de Rotherhithe, donde los comerciantes seleccionaban los cadáveres, encontraban una costilla aquí, un poco de cráneo por ahí. Cómo usaban la grasa para hacer el aceite de las lámparas y el hueso para los corsés de las mujeres.

—Las mujeres están más familiarizadas con él que los hombres —añadió—. Tocan el hueso de ballena cada vez que se visten.

Me ruboricé. Esa noche salí de mi habitación en busca de una taza de leche y volví enamorada. Pero tenía veintinueve años. Había vivido con mi tía toda mi vida adulta y no había ido a la escuela, ni a Europa, ni siquiera a Cheltenham, que era la ciudad más cercana. Mi mundo se había reducido al tamaño de una nuez. Y entonces vino Daniel a una de las fiestas de la tía Cassandra y lo abrió.

Esa noche me fui a dormir con la cabeza llena de ballenas, barcos, olas y Daniel, Daniel, Daniel.

Al día siguiente, volvió a la casa húmeda y llena de corrientes de aire de la tía Cassandra para verme antes de regresar a Londres y me dijo que podría contar con mi dinero para su negocio si se casaba conmigo. De niña, había visto a padre tratar con sus contemporáneos cuando venían a nuestra casa y le hice una propuesta a Daniel: podíamos vivir en la casa de Bloomsbury y yo lo establecería en el comercio. Me escuchó incrédulo y cuando el té se quedó frío, me besó en la boca.

La tía Cassandra a punto estuvo de expirar por la sorpresa al contarle que iba a casarme con un hombre que había conocido en su cocina la noche anterior. Sabía que se había resignado a no deshacerse nunca de mí, en especial cuando Ambrosia se casó con George el año anterior, sellando bien el polvo que cubría mis expectativas. Cassandra lo había intentado, había abierto las puertas de Knowesley Park a un desfile de solteros y, para su frustración, yo los había rechazado a todos. Tenía el dinero de mis padres y no quería un esposo. No había pensado en casarme ni cambiar mis circunstancias y, además, era ya demasiado mayor. Todo eso fue antes de que Daniel Callard entrara en la cocina buscando luz y me encontrara a mí.

Nos casamos un día helado de enero, un mes después de conocernos, y expulsamos a los inquilinos de Devonshire Street. El día de la boda salí de la casa por primera vez en cinco años y el cura puso una silla delante del púlpito, tomándome por una lisiada. Yo temía subirme al carruaje y pasé todo el trayecto a Londres temblando, pero Daniel entrelazó sus dedos con los míos con firmeza. Miré nuestras brillantes alianzas de oro y sentí que eran las manos de otras personas.

Saqué ahora su anillo y me lo metí en el dedo más grande. Incluso ahora, nunca estaba frío, como si se lo acabara de quitar. Había unas cuantas cosas más en la caja de ébano: el primer diente que perdió Ambrosia y un mechón de pelo nuestro (de Ambrosia, madre, padre y mío) atado con una cinta. Estaba el prendedor de luto que encargué cuando murió Daniel, tachonado con perlas irregulares, de una mujer tirada contra un plinto mientras los sauces lloraban sobre ella. Y, por último, había una etiqueta con el número 627 y dos piezas de marfil con iniciales que, puestas juntas, formaban un corazón.

Más tarde, fui a la cocina a preguntar a Agnes y Maria si Eliza debía comer conmigo en el comedor o con ellas en la cocina. Las dos se quedaron mirándome y suspiré.

—¿Qué es lo normal en una casa como la nuestra? —pregunté.

—En ninguna casa que haya trabajado había nodriza —fue la respuesta de Agnes. Ahora a finales de la cuarentena, llevaba trabajando desde la edad de diez.

—Tampoco en las mías —indicó Maria—. El señor y la señora Nesbitt eran viejos cuando empecé a trabajar para ellos y sus hijos ya habían crecido y se habían marchado.

—Si duerme con Charlotte, ¿tienen que comer juntas también? Ojalá se lo hubiera preguntado al doctor Mead.

Maria estaba de pie, delante del fogón ennegrecido, moviendo un cazo con salsa de manzana.

—Creo que sería correcto que comiera con usted —afirmó con decisión. Probablemente las dos ya hubieran hablado del tema. Lo entendía, ellas también tenían aquí su forma de vivir y después de tantos años no deseaban cambiar el orden de las cosas. Se sentían recelosas. Yo también. El aire se volvió más denso mientras aguardaban. No quería disgustarlas ni perderlas. Una sirvienta nueva era algo tolerable; tres sería insoportable.

—Comerá con nosotras, entonces —confirmé con más convicción de la que sentía. Revisé la puerta por la costumbre y subí a la habitación de Charlotte.

Eliza y Charlotte estaban sentadas en el suelo con las piernas debajo del cuerpo y las muñecas de Charlotte delante de ellas. Había una segunda cama pegada a la pared de la izquierda con sábanas nuevas de lino. Seguro que Eliza no había tardado más de un minuto en deshacer la maleta, que no se encontraba ya a la vista. De pronto se me ocurrió que la única persona de la casa que sabía dónde debía comer era la propia Eliza, pero no iba a preguntarle. Me miró, expectante, casi como una niña. No sabía casi nada de ella y ella iba a saber muchas cosas de mí. Era un intercambio muy común, aunque extraño; las personas comprendían muy poco de sus sirvientes, pero los sirvientes conocían íntimamente a sus señores, casi en todos los aspectos. Las mías sabían muchas cosas sobre mí, pero no todo. Como la luz del sol en un jardín, había algunas partes siempre a la sombra.

—Eliza —me dirigí a ella—, comerá con Charlotte y conmigo todas las tardes a las cinco en punto.

Ella asintió.

—Gracias, señora.

Me preguntaba si tendría que decir algo más: que esperaba que le gustara la habitación, que el día de colada era el lunes. Charlotte rebosaba impaciencia, como una sartén humeante; las había interrumpido. Salí y cerré la puerta. No me querían en la cocina y ahora no había lugar para mí aquí. Entonces comprendí algo: que, durante mucho tiempo, habíamos sido dos parejas: Agnes y Maria, y Charlotte y yo. Ahora había dos parejas nuevas y yo me había quedado sola. La niña y su nodriza, la sirvienta y la cocinera, y yo. La madre. La viuda. La señora. Una persona con muchas funciones pero que no solía desempeñar ninguna de ellas. ¿Por qué de pronto no tenía noción de cómo sentirme en paz en mi propia casa? Me acordé de Ambrosia y mi libro de mapas, y me fui a la salita a examinar su ruta.

Cuando llegó la hora de la comida, tomé asiento donde siempre a la mesa, entre la sopera y un plato con jamón cocido. Las contraventanas y cortinas estaban echadas para resguardarnos del frío. Llegaron Eliza y Charlotte y yo me puse un poco más recta y alisé la servilleta. Llevaba mucho tiempo sin comer con un extraño. Reparé en que Eliza se había cambiado de ropa y se había puesto un vestido verde liso que dejaba a la vista los antebrazos. Ella me vio mirando y desvié la mirada al jamón. Ninguna habló y Charlotte se sentó, como siempre, frente a mí, pero Eliza no se movió del extremo de la mesa.

—¿Viene más gente? —preguntó con tono alegre.

—¿Disculpe?

—Toda esta comida… ¿es para nosotras?

—Sí, es para nosotras. Y me gustaría comer mientras siga caliente si es tan amable de tomar asiento. —Noté que me ruborizaba. ¡Qué insolencia al sugerir que gobernaba una casa derrochadora! Esta era una selección modesta, mucho menor que las mesas que había visto en las ventanas de esta misma calle. Acalorada por la irritación, serví sopa en nuestros cuencos. Charlotte mantuvo la mirada fija en su plato y me di cuenta de que tenía las orejas rojas. Los ojos oscuros de Eliza siguieron recorriendo la mesa.

—Dígame, Eliza, ¿cómo se gana la vida su padre?

Me miró mientras elegía la cuchara de la sopa y encontró la suya junto a su codo.

—Es gabarrero, señora.

—Un hombre del Támesis, ¿qué dársena?

—La Pool of London.

—¿Qué cargamento?

—El que pueda conseguir. Pero sobre todo tabaco.

Tomé un poco de sopa de apio.

—¿De los barcos que vienen de las Américas?

Eliza se quedó mirándome.

—¿Sabe de comercio, señora?

—Mi esposo era hombre de mar.

Bajó la mirada a la sopa.

—¿Qué profesión?

—Hueso de ballena. Era comerciante.

El silencio se vio interrumpido por el repiqueteo de una cuchara contra la porcelana.

—¿Cuándo murió, si no le importa que pregunte?

Miré a Charlotte. Apenas hablábamos de su padre y no sentía curiosidad por él, pues no lo había conocido.

—Falleció antes de que naciera Charlotte.

—¿Cómo? —Lo preguntó muy suave, parecía un gemido. Pero sus ojos oscuros me taladraron desde el otro lado de la mesa con tanto fervor que me desarmaron. Me limpié la boca con una servilleta—. Lo lamento, debe pensar que soy ruda.

—No. Es una pregunta razonable, ¿no? La muerte nos llega a todos, a fin de cuentas. Nadie me ha preguntado por el señor Callard en años, es eso. —Su nombre me resultaba extraño en la boca, y en la habitación en la que él se había sentado en numerosas ocasiones, en el asiento que ahora ocupaba Charlotte. No estaba distinta: las mismas paredes azules, la misma mesa de madera de nogal, las mismas sillas, pero algo había cambiado por completo.

Fue una mañana de sábado de abril, se llevó las manos a la cabeza y cerró los ojos mientras desayunábamos. Supuse que había bebido demasiado la noche anterior y le serví más café y extendí mermelada en su tostada. No era una imagen nueva y no me preocupé, por lo que, cuando terminé de comer, me llevé el periódico a la salita. Recuerdo el anuncio que estaba leyendo (de pan de jengibre en una pastelería de Cornhill) cuando oí el grito de Agnes y su llamada. Pensé que había visto un ratón.

Daniel estaba desplomado, con la mitad del cuerpo en el suelo y la mitad en la silla, la cabeza en las manos, gimiendo de forma agonizante. Agnes, Maria y yo lo levantamos y lo llevamos con dificultad a las escaleras, donde vomitó en la primera planta. Cuando íbamos por la tercera, estaba sudado, le quitamos el abrigo y vimos que tenía la camiseta de abajo empapada. A las puertas de nuestra habitación, se quedó con los ojos en blanco y las extremidades se sacudieron con movimientos silenciosos. Cuando lo dejamos en la cama, estaba claro que iba a morir. Había ciertas horas que no recordaba, pero el día se convirtió en noche y tenía las piernas dormidas de estar arrodillada. El doctor Mead estaba estudiando en el extranjero y vino otro médico, uno que no conocíamos ni Daniel ni yo, y que no lo trató con la familiaridad a la que estábamos acostumbrados con nuestro amigo. Me preguntó si Daniel había estado sufriendo dolores de cabeza. Pensé en las tres o cuatro veces ese año en las que el dolor de cabeza había sido tan terrible que lo había confinado en la cama todo el día, pero solía encontrarse recuperado por la tarde, cuando se sentaba a cenar. Tal vez una parte de mí se preguntaba si pasaba algo malo, pero no permití que ese pensamiento tomara forma en mi mente, le cerré la puerta y me retiré con mi periódico, repitiéndome a mí misma que era por la bebida. No me permití, no podía hacerlo, imaginar perder a alguien de nuevo, y pensé equivocadamente que si tomaba a un esposo más joven me libraría de eso durante años, décadas incluso. Tendría que haber recordado que la muerte, como la vida, se sentía atraída por la juventud y la belleza.

—El médico dijo que fue su cerebro —le conté a Eliza—. Se quejó de un dolor de cabeza en el desayuno y murió esa misma noche.

Charlotte y ella me estaban mirando, serias y atentas. Tomé la cuchara y empecé a comer, pero había traído la muerte a la habitación y ahora estaba impregnada de ella, como del humo de un cigarro. Su presencia permaneció en nuestra casa mucho tiempo después de Daniel y a veces seguía acercándome a Charlotte por la noche para comprobar que respiraba. Lo hacía dos veces cada hora cuando era un bebé, incluso con la ama de leche acostada y dormida en la esquina. Buscaba el resoplido suave de su diminuta nariz y le tocaba la piel sedosa para comprobar que estaba cálida. No desconfiaba de mí cuando dormía y su paz me calmaba y me hacía sentir que todo estaba bien, por el momento. Después empezó a moverse, a gatear y caminar y rodar. Había escaleras por las que podía caerse, fuegos con los que quemarse, objetos pequeños que podía tragarse: carbón, dedales, pedazos de vela. Los guardaba o los colocaba en lugares altos, lejos del alcance de sus dedos regordetes y pegajosos. Si pudiera haber puesto cojines en cada superficie y redondeado cada esquina, lo habría hecho.

—Dígame, Eliza —añadí—, ¿enfermaban frecuentemente los anteriores niños a su cargo?

—No —respondió—. Eran niños sólidos. Supongo que tuvieron algún que otro resfriado, pero nunca la viruela, ni nada de eso.

Sólidos. ¿Parecía sólida Charlotte, con su piel blanca y su cuerpo diminuto? No tenía mucho apetito, ni las mejillas rosas ni las piernas gruesas de los niños que veía en la calle.

—¿Solía sacarlos a la calle?

—Estaban siempre en la calle, señora. No podía meterlos en casa.

—¿Y no se contagiaban de enfermedades?

—No, señora.

—¿Ni tos ferina, ni sabañones?

—Ni una vez.

—Dos niños pequeños en las calles de Londres con fosas sépticas y ratas y cadáveres de animales. ¿No le preocupaba su salud?

—No, señora. —Su voz era callada.

Suspiré y me serví salsa de manzana en el plato, aunque había perdido el apetito.

—A mí me parece más bien descuidado.

Comimos en silencio y creía que la conversación había terminado, pero, al parecer, Eliza solo estaba pensando en su respuesta.

—Muchas personas tienen que salir fuera, señora —comentó con la boca llena de patata, tragando con placer—. Los niños no siempre, eso es verdad, a menos que trabajen. Pero muchas personas llevan vidas largas y están todo el día en la calle. Mi hermano es barrendero. —Tomó otra porción de comida—. Si alguien pudiera morir de una enfermedad, sería él, y nunca ha enfermado más que de sarampión.

¡Barrendero! Y un padre que se dedicaba a descargar tabaco. Lamenté no haber preguntado al doctor Mead más sobre la familia de Eliza al dar por hecho que las nodrizas eran hijas de tenderos y trabajadores de contadurías. Debería de haberlo sabido por su acento de ciudad, que llevaba a viviendas estrechas donde dormían cinco en una cama, y también estaba ese extraño olor. Le pediría a Agnes que aireara su ropa mañana y hablaría con el doctor Mead para decirle... ¿qué, exactamente? ¿Que estaba decepcionada con la familia de Eliza? ¿Que me había traído a una chica del East End y que no importaba el afecto que sintiera Charlotte por ella porque no iba a aprender nada de comportamiento ni refinamiento con Eliza? Podía imaginarme su expresión, alerta y servicial, y cómo sonaría yo: como una temible arrogante. Terminé de comer, me limpié la boca y aparté la silla de la mesa. Salí sin decir nada.

Agnes estaba encendiendo las lámparas de mi salita, así que fui al salón para mirar por la ventana. La calle estaba a oscuras y un muchacho dirigía con una antorcha a un carruaje hacia una de las casas de enfrente. Su ocupante se apeó y pagó a los hombres. El chico se metió la moneda en el bolsillo y apagó la antorcha. Los tres hombres fueron engullidos por la noche. Me estremecí y corrí las cortinas. Fui a sentarme en mi sillón.

—No sé si he cometido un error —les comuniqué a mis padres tras un largo silencio. No les veía las caras. Hacía frío, no había ningún fuego encendido, y la idea de trasladarme a la calidez y luminosidad de la salita era atractiva, pero me parecía un enorme esfuerzo y estaba llena después de comer y cansada, así que cerré los ojos un momento.

Oí un ruidito en la puerta y, muy despacio, esta se abrió. Apareció una vela encendida que arrojó un brillo cálido sobre la persona que la portaba: una cara redonda con mejillas rollizas y ojos oscuros. Era Eliza. Me quedé muy quieta en la sombra y esperé. Cerró la puerta despacio y vi la llama dirigiéndose al fondo de la habitación. Sus pasos eran vacilantes, silenciosos en la moqueta. Moví la cabeza muy despacio y vi que acercaba la luz a las paredes, como si estuviera buscando algo. Recorrió la habitación, pasó por detrás de mi sillón y dio la vuelta hasta detenerse frente a mí, delante de la chimenea. Como en un cruce de una carretera, miró a la izquierda, el retrato de mi padre, y a la derecha, el de mi madre, y decidió visitar primero a mi padre, dando pasos pequeños, tímidos, con la vela en alto, y deteniéndose a unos centímetros de él. Lo examinó con la cabeza ladeada, los hombros hundidos, como si estuviera decepcionada. Se quedó un momento allí y las dos lo miramos bajo la luz titilante: su frente solemne y ojos amables. Después se acercó a mi madre e iluminó varias partes de ella, labios rosados, rizos dorados, y los dejó a la sombra. Suspiró y bajó la llama, enviando la tenue luz al escritorio que había bajo el retrato de madre, y la apoyó en la cadera. Fue entonces cuando decidí hablar.

—El artista lo captó todo bien excepto el color de los ojos de ella, que eran marrones, no azules.

Eliza se sobresaltó y soltó un grito infantil que perforó la paz de la habitación. Se le cayó la vela, que emitió un sonido sordo en el suelo y se extinguió. Me agaché para recuperarla, había rodado hasta mi falda, y entonces se abrió la puerta y apareció el cuerpo de Agnes.

—¿Señora? ¿Es usted? —preguntó.

—Agnes, vamos a necesitar una o dos velas. La de Eliza se ha apagado, por desgracia. Y se va a secar la cera en la moqueta, no sé qué usa para eso, pero espero que quede limpia.

Se quedó mirando la oscuridad, asintió y descendió por las escaleras. Oía respirar a Eliza, de forma entrecortada, y casi podía oír su corazón resonando en el pecho.

—Señora, no sabía que estaba aquí —dijo.

—Voy donde quiero en mi casa. Usted, sin embargo, no puede. Antes de marcharse, lo que hará de forma inminente y sin referencias, ¿desea contarme por qué husmeaba en mi salón en la oscuridad?

Se quedó callada. Agnes apareció de nuevo con dos velas encendidas y tenía las pupilas dilatadas y curiosas, que se movían de Eliza a mí.

—Gracias, Agnes. Ya me las quedo yo.

Las dejó en mis manos y cerró la puerta. Le tendí una a Eliza y alcé la otra hacia el retrato de mi madre.

—Esta es mi madre, Marianne. Tenía veinticuatro años cuando pintaron esto, lo encargó mi padre como regalo de bodas. A ella le parecía el fondo demasiado oscuro y triste, le hubieran gustado nubes y un cielo azul, pero tuvo nubes tormentosas y árboles sombríos. Bastante profético. Es como si el artista supiera lo que iba a suceder.

Eliza me estaba mirando con la boca abierta y ojos brillantes.

—Y mi padre, Patrick. —Me moví hacia su retrato, a la izquierda, y ella me siguió, muda—. Apuesto, ¿verdad? Nació en Barbados. ¿Puede imaginar un lugar así? Me hablaba de él cuando era una niña: las palmeras, el viento cálido y el sol que te quemaba la piel si te quedabas demasiado tiempo bajo él. Decía que el mar era más azul que nada que pudiera imaginar, más azul incluso que el cielo, o un zafiro. No era capaz de entrar en calor en Inglaterra. Llevaba una bata para dormir debajo de toda la ropa. —Me dirigí a mi sillón, llevándome la luz conmigo—. Y ahora puede contarme qué hacía husmeando, o al doctor Mead, pues pienso enviarle una nota para que venga cuanto antes. Si no nos lo cuenta a ninguno de los dos, el guarda nocturno pasará pronto, haciendo su ronda. Usted elige, pero voy a enterarme.

La muchacha estaba muy tensa por el miedo, incluso la llama de su vela se retorcía ansiosa, como si la sostuviera demasiado fuerte.

—Señora —habló muy bajo—, no estaba haciendo ningún daño, se lo prometo. Lo que dijo usted antes, en la cena, sobre la muerte de su marido... Me preguntaba si habría algún retrato de él en la casa.

—¿Y por qué iba a querer ver un retrato de mi esposo?

—Porque me ha parecido muy trágico, señora, si me permite decirlo. Deseaba verlo con más claridad en mi mente. Lamento si he hecho mal.

Consideré sus palabras.

—Impertinente, tal vez. Osada, sin duda. ¿Deseo tener a una nodriza osada en mi casa, Eliza? ¿Lo desearía usted?

Abrió y cerró la boca.

—Yo no —proseguí—. Ni tampoco deseo inspirar esas cualidades en mi hija. La curiosidad es una cuestión diferente, pero no cuando resulta inapropiada.

—Oh, ella es muy curiosa —dijo Eliza y se produjo un cambio en su voz—. Ya me ha hecho preguntas de todo tipo, sobre mí, y Londres, y... todo.

La observé detenidamente. Tenía el rostro iluminado, tanto por dentro como por fuera, por algo más que la llama desnuda.

—¿Sí? ¿Y qué le ha contado?

Alzó un hombro.

—Varias cosas. Antes le hablé de las casas de fieras del Strand. ¿Ha ido? No, claro que no, disculpe. Hay una casa con un elefante dentro. Y en una de las posadas hay dos camellos en el establo.

—¿Camellos en una posada? ¿Estamos en Londres o en Belén?

Se rio y de inmediato se tapó la boca.

—Creo que se llaman Wallis y Winifred. Apestan a pocilga. Y escupen. No querría acercarse a veinte metros de ellos.

—¿Qué más hay?

—Hay una criatura muy extraña. He olvidado el nombre. Parece un elefante, pero con patas más cortas. Y tiene un cuerno grande en la cara, hecho de hueso.

—Está bromeando.

—No, ¡lo juro! Lo he visto yo misma. Fui con mi amiga. Decían que era de África, así que quisimos ir a verlo.

—África aquí, en Londres —comenté. Incluso la palabra sonaba rica y exótica—. Supongo que allí tienen criaturas diferentes.

—Puede pagar seis peniques e ir a ver el elefante. Está subiendo un piso estrecho de escaleras, en una habitación que da a la calle, y apenas cabe, pobre diablo. Tiene las patas encadenadas, y el cuello, pero allí solo tiene el suelo y el techo, y no apostaría por ellos. Van a resquebrajarse, dije. Parecía capaz de aplastar a tres hombres y sus carretillas con una sacudida de la trompa. Yo no me acerqué mucho. Mi amiga conocía al hombre de la puerta, así que entramos por tres peniques cada una. Nos dijo que podíamos subir de nuevo si estaba tranquilo, pero no quisimos. Una vez que le vi los ojos, ya no quise verlos más. Me dio la sensación de que podía verle el alma. No me gustó verlo.

—¿Por qué no?

—Estaba... triste. Sé que es un animal y que no puede tener sentimientos, pero tan bien como sé mi nombre, sé que esa criatura se sentía sola. No estaba en su lugar.

Nos quedamos un instante en silencio mientras trataba de imaginar a la bestia curtida que tan solo había visto en grabados.

—A Charlotte le encantan los animales, ¿verdad?

—Sí. —Exhalé un suspiro—. Ha echado a perder al gato de la cocina, lo ha puesto gordo, y ahora no sirve para nada más que para tumbarse junto al fogón. Tiene un periquito y una tortuga. No voy a traerle un perro, no puedo soportar el ruido, ni el pelo, ni el desastre que montan... no. —Olvidé el tema, sacudí la cabeza y me puse en pie—. Voy a escribir al doctor Mead, vaya a recoger sus cosas. Puede contárselo a Charlotte por la mañana. ¿Se está preparando para la cama?

Eliza tuvo la gracia de mostrarse contrita.

—Sí, señora —respondió sin moverse. Nos quedamos mirándonos la una a la otra y sentí que tenía muchas cosas que decir, pero no podía decirlas. Me alivió tener un motivo para echarla que no fuera simplemente mis prejuicios.

—Quédese esta noche, ya está oscuro, pero se marchará mañana antes del desayuno. —Abrí la puerta para que pasara y la seguí por la casa silenciosa.

11

Una hora después, estaba sentada en la calidez de mi salita cuando Agnes anunció al doctor Mead y le dejó pasar. Ver a mi amigo me hizo incorporarme, sorprendida. Tenía un rostro espantoso, los ojos oscuros con manchas violetas debajo.

—Doctor Mead —exclamé, acercándome a él de inmediato—. ¿Qué sucede?

—Mi abuelo ha fallecido —respondió con voz ronca.

Estábamos frente a frente en la pequeña habitación. Tuve el fugaz impulso de abrazarlo, rápido y restallante como unas brasas chispeantes, y luego desapareció. Me limité a posar una mano en la manga del abrigo, que tenía mojado.

—Agnes no le ha retirado el abrigo. Deje que lo haga yo. Pediré un poco de brandi, ¿o prefiere oporto? ¿O burdeos?

Se había quedado sin palabras y estaba claramente desolado. Lo ayudé a quitarse el abrigo y bajé al estudio, donde guardaba el mejor licor en un armario cerrado con llave. Decidí, en un impulso, desempolvar una de las botellas de brandi más caras que envió mi cuñado una Navidad. Había estado esperando al momento idóneo para abrirla. En menos de un minuto, estaba de vuelta con el doctor Mead a la luz suave y cálida de la salita, con dos vasos de cristal, descorchando la botella y sirviendo con prisas.

No podía mirarlo porque su dolor era puro y visible. Aún no sabía cómo encajarlo ni qué hacer con él. Yo conocía bien ese sentimiento.

—Lamento mucho su pérdida —dije—. Por su abuelo. —Entrechocamos los vasos y bebimos. Él se sentó en el sillón, como si al fin se hubiera quitado algo más que el abrigo de encima—. ¿Cuándo ha sucedido?

—Esta mañana. —Se pasó una mano por la cara y rescató los mechones de pelo que se habían salido de debajo del sombrero. Entonces se lo quitó y lo dejó en el suelo, al lado de sus pies—. Tenía ochenta años. Una edad notable, como dicen. Aunque solo significa que lo tuvimos más tiempo y lo amamos más.

—¿Quiere irse a casa? Siento haberle pedido que venga. Si lo hubiera sabido...

—A casa —repitió con tono pesaroso—. ¿Con mis sirvientes?

—No, con su familia.

—Las mujeres deben encargarse del duelo. Mi madre está muy ocupada en la casa de mi abuelo y yo solo sería una molestia.

Sabía que el doctor Mead tenía un rebaño de hermanas y una madre pastora que se encargaba de ellas, y que estaba tan consumida por ellas y sus familias que había descuidado a su único hijo. Su padre murió unos años antes y su madre seguía viviendo en su mansión de Berkeley Square y manteniendo una agenda apretada de citas, aunque debía de tener sesenta años. Con tantas mujeres a las que asistir y tantos bebés de los que cuidar en el hospital de niños expósitos, sorprendía que el doctor Mead encontrara un momento para afeitarse.

—Lo siento —dije—. Al menos aún queda en Londres un doctor Mead.

Hizo un esfuerzo por sonreír y, sin nada más que añadir, volvimos a beber.

—¿Para qué me quería? —me preguntó tras un breve silencio.

—¿Yo? —Me sentí perdida un momento y entonces me acordé. Eliza. Nuestro encuentro hacía una hora. Ahora parecía insignificante. No confiaba en ella, pero lo cierto era que yo no confiaba en nadie. Miré al doctor Mead a la cara, solícito y amable, y decidí que no podía decepcionarlo de forma innecesaria. Ya tenía suficiente infelicidad por un día—. Ah, Charlotte tiene un poco de tos, pero creo que vivirá. —¡Vivirá!, qué insensible—. Quiero decir que ya está mucho mejor. Una fiebre infantil que se ha ido tan rápido como ha llegado.

—Me alegra saberlo. ¿Quiere que le eche un vistazo?

—No, no. No es necesario. No voy a hacerle trabajar esta noche.

El rastro de una sonrisa apareció en su boca.

—Qué impropio de usted, señora Callard. Normalmente me hace revisar el más mínimo resfriado.

—Puede que me esté volviendo negligente con la edad.

Sonrió.

—¿Desde hace cuántos años nos conocemos?

—El mes pasado hizo once años desde que nos mudamos aquí. Era aún un estudiante por entonces, creo.

—Así es. Recuerdo pensar que Cal se había hecho muy mayor al casarse con usted y comenzar su negocio, y yo aún en Cambridge.

—Había olvidado que lo llamaba así.

—Lo he llamado con peores motes.

Me alegró verlo animado, comprobar que yo lo animaba. Nos quedamos mirando el crepitar del fuego. Las cortinas estaban echadas para evitar el frío y en mi pequeño camarote, con los ojos medio cerrados y el otro sillón ocupado, casi podía fingir que Daniel estaba conmigo. Lo que echaba de menos de tener un esposo era la compañía masculina. Cuando una mujer hablaba con otra, lo hacía sobre temas domésticos, como sirvientes y vendedores de telas. Los hombres hablaban de barcos, negocios y costas extranjeras. Yo no podía contribuir en nada, pero cuando Daniel traía a sus conocidos a la casa, escuchaba embelesada. Estuvimos casados cuatro años y, aunque fue la época más breve de mi vida, aprendí más en ella que en los años previos y posteriores. Cuatro inviernos, cuatro veranos. De haber sabido que eso sería todo, ¿habría intentado salir con él? ¿Pasear por la plaza una cálida tarde de primavera? ¿Tomar el carruaje hasta el teatro? ¿Habría subido los estrechos escalones del Strand para enseñarle el elefante encadenado?

—¿Señora Callard?

Me sobresalté. El doctor Mead había acortado el espacio entre los dos, tenía un lado de la cara iluminado por la luz del fuego. Se quedó ahí, no se movió, y antes de volverme, sucedió algo entre los dos.

—Tiene el vaso vacío. Qué descuido por mi parte. —Se lo llené de nuevo—. Dígame, ¿celebrará el funeral de su abuelo en la capilla del hospital de niños expósitos? Le tenía mucho afecto al hospital.

—Sí, lo sé, pero lo haremos en Temple Church por deseo de él. ¿Acudirá?

Con gran dificultad, sacudí la cabeza.

—Por supuesto, perdóneme. Sería una molestia para usted.

Lo imaginé subiendo las escaleras a su habitación esa noche, apagando la vela y tapándose con las sábanas; el espacio vacío a su lado. Había afirmado de broma que estaba casado con su trabajo, pero su trabajo no podía posar una mano reconfortante en su brazo, ni llevarle una taza de chocolate, ni abrazarlo cuando llegaba el dolor en el momento más oscuro de la noche. Además de trabajar en el hospital de niños expósitos, asistía a los barrios más pobres, iba a cafés en Holbourn y St. Giles y atendía a aquellos que podían pagar la entrada de un penique. A veces los acompañaba a sus casas, habitaciones frías y húmedas y casuchas, si había un bebé o una esposa enfermos. No les cobraba, pero ellos le pagaban: con harina, con velas, baratijas que no podía rechazar porque eso sería una ofensa. Su abuelo hacía lo mismo, incluso a su avanzada edad, y era muy respetado por ello.

—Está cansada —murmuró—. Gracias por el brandi.

—No, no lo estoy. Quédese. Hábleme de su abuelo. Hábleme del otro doctor Mead.

Movió el vaso de una mano a la otra. El líquido brillaba en los abismos del cristal.

—¿Qué le gustaría saber?

—También podemos comenzar por el principio. Me gustaría saber dónde nació, para empezar.

—En Stepney, nada más y nada menos.

—Recorrió entonces un largo camino hasta Bloomsbury.

Esbozó una sonrisa.

—Así es. ¿Sabe que vivió en Italia? Estudió en la universidad de Padua. Esa es la razón por la que yo también estudié allí. Y atendió a la reina Anne en su lecho de muerte —añadió, entusiasmado.

—No es cierto.

—¡Sí lo es! Al final le entró mucha sed y ninguna bebida la saciaba. Él le aconsejó tomar uvas y la siguiente vez que fue a verla, había bandejas llenas de uvas por toda la habitación, cientos.

—Y era el médico del rey, ¿no?

—Sí. Aunque, si le soy franco, su trabajo en los cafés me resultaba más impresionante que el de la corte. Ahí hacía su mejor trabajo. Ese es el hombre en el que me gustaría convertirme.

—Ese es el hombre que es usted.

Se produjo un silencio contemplativo.

—Uno de sus amigos ha venido hoy a Great Ormond Street para mostrar sus respetos. Un escritor. ¿Qué es lo que ha dicho? Deje que lo recuerde… —Entrecerró los ojos y apareció la punta de la lengua entre los labios—. «Su abuelo ha vivido más a la luz del sol de la vida que cualquier otro hombre», me dijo. No lo olvidaré nunca.

Nos quedamos en silencio y reparé en que nunca había pensado en nada que no fuera el lugar donde estaba y lo que se estaba diciendo. Era una sensación desconocida. Maria estaría preparando la cena en la cocina; Agnes estaría calentando las sábanas; Charlotte se habría metido en la cama o estaría en la planta de arriba.

Entonces, como si mis pensamientos la hubieran atraído a la habitación, el doctor Mead preguntó:

—¿Cómo le va a Eliza?

Pensé en su paso silencioso por la moqueta, la llama curiosa. Su boca llena de patatas y sus historias sobre camellos y elefantes. Llevaba aquí un día y parecía un mes, como si ocupara un espacio vacío que nadie supiera que existía. Decidí que seguiría aquí por el momento. Por mi amigo.

—Es tolerable —respondí.

El doctor Mead enarcó una ceja.

—¿Tolerable?

—Aún no ha pasado un día.

—Espero que no la haya disgustado.

Podía contárselo. Podía decepcionarlo y herir aún más su ánimo. Dejé el vaso en la mesa y me lamí los labios.

—Me conoce bien, doctor Mead. Encontraría faltas en usted si empezara a trabajar conmigo por primera vez.

Sonrió y pareció complacido.

—Confieso que no estoy seguro de que pudiera ser una buena nodriza. —Lo que dijo a continuación me sorprendió—: ¿Qué cree que diría Daniel?

—No lo he pensado. Puede que comentara algo sobre el desequilibrio de mujeres en la casa, pero también le hubiera resultado entretenido.

—Me inclino a pensar en lo segundo.

—No tenía hermanos, a fin de cuentas. Sin herencia, no le importaban mucho los niños.

—Pero tuvieron a Charlotte —dijo con tono amable—. No la dejó sola. Es una lástima que no la conociera. Una lástima que yo no estuviera aquí.

—Estaba en el extranjero. Tenía a mi hermana. Ambrosia era todo cuanto necesitaba, y a menudo demasiado. —Hice una breve pausa—. Siento no poder asistir al funeral.

—No piense en ello.

Nos quedamos en un silencio cómodo. Nunca le había preguntado al doctor Mead qué opinión tuvo de mí cuando nos conocimos, una semana o dos después de la boda. Que tuviera veintinueve años y no fuera viuda era algo profundamente escandaloso; las únicas mujeres solteras a esa edad eran criaturas de luto o criaturas de la noche. No deseaba ser una esposa de sociedad, siempre con la aldaba de la casa repiqueteando, sirviendo pasteles de crema y ponche en copas delicadas, y a esa edad no sabía si sería madre. Por suerte, Daniel no pensaba mucho en qué quería él y me aceptó tal y como era. La mayoría de las esposas sentían amor y felicidad el día de su boda, tan esperado para ellas durante años. Yo sentí alivio. Había buscado la seguridad toda mi vida y al fin la había encontrado.

Eliza se adaptó a la vida de Devonshire Street y su rutina era la siguiente: se levantaba a las seis en punto, encendía el fuego, iba a por agua y desayunaba. A las siete despertaba a Charlotte y la lavaba con una esponja, después la secaba y vestía. Charlotte se aseaba antes sola, pero ahora Eliza podía hacerlo por ella, y la examinaba en busca de señales de enfermedad. Cuando estaba lista, me la entregaba para el desayuno y regresaba a la habitación para abrir las ventanas, sacudir las camas y limpiar la suciedad. Charlotte me leía durante una hora y procedíamos a nuestras lecciones como siempre: aritmética, francés y pianoforte, además de italiano una vez a la semana. Eliza remendaba las prendas de Charlotte mientras la niña estaba ocupada, luego Charlotte se iba con ella para hacer bordado, algo que yo nunca le había enseñado. Las dos jugaban al ajedrez y a las cartas por la tarde, después Eliza le lavaba las manos y la preparaba para la comida, que se servía a las cinco en punto. En tres días, Eliza había confeccionado dos pañuelos de algodón con camisones que le habían quedado pequeños a Charlotte. El quinto día fuimos a la iglesia juntas en el carruaje y nos sentamos en nuestro banco de siempre, atrayendo muchas miradas curiosas hacia nuestro grupo que se había expandido. Eliza mantuvo la mirada agachada en señal de modestia y se mostró más dócil y servil de lo que la había visto nunca. El doctor Mead estaba ausente y yo pronuncié una oración por su salud y por su abuelo.

Una mañana, una semana después de que hubiera llegado Eliza, encontré una carta de Ambrosia apoyada en el juego de salero y pimentero a la hora del desayuno, como si fuera una invitada más. Me emocioné y me la llevé a la salita para disfrutar de ella más tarde, donde me guiñó desde la repisa de la chimenea. Era un día frío, con un cielo blanco y fresco sobre las casas, y estaba inmersa en el *General Advertiser* cuando un ruido todopoderoso sobre mi cabeza, como el de muebles cayéndose, me despertó de mi lectura. Corrí arriba y encontré la puerta de Charlotte abierta y un remolino de faldas en el umbral. Eliza y ella estaban mano a mano, sonrojadas y sonrientes, con el pelo suelto, saltando sobre un pie y sobre otro, riendo.

—¿Qué es este barullo? —pregunté.

Eliza se enderezó de inmediato, pero Charlotte no le soltó las manos.

—¡Estábamos bailando, mamá! Eliza me está enseñando una giga.

Me quedé sin palabras.

—Si estamos haciendo ruido, pararemos, señora —dijo la nodriza.

—Es demasiado ruido. Pensaba que estaban cortando el armario para echarlo a la hoguera.

Se llevó la mano a la boca para ocultar la risa y Charlotte soltó una risita feliz. Era un sonido desconocido que emergió de ella de forma natural.

—Si lo prefiere, señora, podemos practicar en el patio.

—¿Fuera? No, eso no será posible.

—Por favor, mamá. Mira, ya casi me lo he aprendido. —Charlotte empezó a dar vueltas con entusiasmo, la cofia torcida y el pelo revoloteando.

—No puedo imaginar un momento ni una ocasión en la que vayas a necesitar bailar así. Ahora deja de dar botes, me estáis molestando.

—Si nos deja salir fuera, nos quedaremos donde pueda vernos, señora. Haremos menos ruido ahí.

—Sí, el patio, el patio, ¡el patio! —se puso a chillar Charlotte.

—¡Ya basta! —Exhalé un suspiro—. Adelante, antes de que me provoquéis un dolor de cabeza.

Salieron corriendo antes de que cambiara de idea, tropezando la una con la otra para llegar a las escaleras. Les grité que cerraran la puerta trasera. La habitación de Charlotte era un caos de juguetes y juegos, con trompos ladeados, piezas de dominó esparcidas como si fueran hojas y muñecas tiradas bocarriba. Esto no podía ser, se lo diría más tarde a Eliza. Pero casi de inmediato llegó un pensamiento distinto: así es como estaba mi propio dormitorio de la infancia cuando yo era una niña, cuando enredaba a Ambrosia en mis juegos complejos. Charlotte tenía ahora a su amiga, una compañera que yo nunca le había podido dar. Suspiré y cerré la puerta.

La zona cercada por un muro de la parte trasera de la casa no medía más de siete u ocho metros y unos tres y medio de ancho, con un espacio de almacenamiento de carbón en el fondo. Eliza y Charlotte estaban abrigadas para protegerse del frío: la nodriza con su capa de lana lisa, aunque tenía las manos desnudas, y la niña con la capa gruesa de sarga que se ponía para ir a la iglesia. Tenía las manos cubiertas por un manguito y por debajo de la capa asomaban unas botas de piel infantiles que llevaba en raras ocasiones en la calle, por lo que necesitaban muy poca limpieza. Las observé bailando, cercadas por tres muros de ladrillo como cerdos en una pocilga, el aliento manaba de ellas en pequeñas nubes. Apareció un gato atigrado grande en el muro que daba al callejón y Charlotte lo señaló encantada. El gato las miró con indiferencia mientras ellas lo contemplaban, y lo siguiente que vi fue a Eliza levantando a Charlotte y a la pequeña sacando la mano del manguito y estirando el brazo para tocar al animal. Abrí la boca para gritarle que parara, pero nos separaba un cristal. Tan solo pude ver cómo acariciaba a la criatura gruesa una, dos veces antes de que el gato se cansara y se bajase del muro y desapareciera de la vista. Como si notara mi atención, Eliza miró la casa por encima del hombro y me vio. Me sonrió antes de agacharse para hablar con Charlotte. Señaló hacia arriba y Charlotte siguió su dedo, y ambas me saludaron con la mano. Tras unos segundos, levanté una mano vacilante y les devolví el saludo. Me fijé en lo parecidas que eran desde la distancia, con los rostros redondos y pálidos, el pelo oscuro y las cejas rectas que se acurrucaban en sus frentes. Me sentí curiosamente distante, como si fueran dos perfectas extrañas. Entonces bajaron las manos y se volvieron una hacia la otra de nuevo; me retiré con la sensación de que me había despedido de ellas, que se alejaban en un barco a un puerto lejano mientras que yo me quedaba en la costa.

En busca de una distracción, recogí la carta de Ambrosia y fui a buscar un abrecartas al escritorio de debajo de la ventana. Miré de nuevo por la ventana y esta vez no vi dos figuras, sino tres.

Había un hombre al otro lado del muro, mirando, y Eliza rodeaba a Charlotte con un brazo protector. Me invadió el terror, pero antes de que pudiera bajar corriendo me fijé en la expresión del hombre. No era fiera ni lasciva, sino suplicante. Tenía el pelo rojo rizado debajo de un sombrero negro y la piel pálida, y llevaba un abrigo demasiado fino para febrero; era un mendigo, seguro, pues Eliza estaba sacudiendo la cabeza, diciéndole que no, y me sentí mareada por el pánico al imaginar al hombre sacando un cuchillo o una pistola. Bajé corriendo mientras me pasaba por la mente toda clase de posibilidades: el hombre abriéndoles agujeros en la cabeza, o cortándolas en tiras y dejándolas moribundas en el barro. Llegué a los escalones de la cocina y los bajé de un salto; pasé junto a Maria, que estaba amasando en la mesa.

—¿Señora? —balbuceó cuando abrí la puerta.

Tres caras me miraron, sorprendidas por el ruido.

—Charlotte —dije despacio y con claridad, como si estuviera dirigiéndome a un caballo asustado—. Ven conmigo de inmediato.

Mi aliento formó una nube delante de mí. La pequeña miró a su nodriza, que asintió. Vino obediente hacia mí y se colocó a mi lado. Maria miraba desde la puerta, blandiendo el rodillo como si se tratara de un arma.

—¿Quién es este hombre, Eliza?

Su voz sonó débil y asustada.

—Es mi hermano, señora.

—¿Su hermano?

Desvié la mirada a lo poco que podía ver de él, por encima de su cuello sucio. No tenía el pelo oscuro de su hermana, pero compartían la misma boca grande y mejillas prominentes. Ahora que lo pensaba, Eliza tenía un destello rojizo en el cabello, como la luz del fuego brillando en un castaño. Examiné al hombre y él a mí desde los seis metros que nos separaban. Eliza estaba muda entre los dos.

—Vete, Ned —le pidió al fin—. Vamos.

Él asintió, se rascó la cabeza y, con una última mirada en mi dirección, desapareció, como si se hubiera abierto una trampilla debajo de él. Debía de estar subido en algo para poder mirar por encima del muro, que tenía una altura concebida para ofrecer privacidad y seguridad, para que las personas que pasaran por allí no vieran lo que había en el patio, pero ahí estaba el hermano de Eliza, haciendo precisamente eso durante un descanso en su tarea de recoger estiércol de la calle.

—No recibimos visitas en esta casa —le informé cuando estábamos de vuelta en la cocina, con la puerta cerrada. Estaba furiosa.

—No lo he invitado, señora —repuso ella.

—¿Y cuál era el propósito de su visita entonces?

—¿La visita de quién? —Agnes entró con un cubo de hojas de té usadas para limpiar la moqueta y lo dejó en la mesa. El rodillo cayó al suelo y Maria se agachó para recuperarlo.

—No lo sé, señora —contestó Eliza—. Sabe que ahora vivo aquí, por lo que imagino que quería ver cómo me iba.

—No es bienvenido en Devonshire Street.

Eliza asintió, pero pareció molesta el resto del día. Cada vez que la miraba, me preguntaba si el hombre sería de verdad su hermano que venía a verificar el bienestar de su hermana o si su visita tenía un propósito distinto.

Eliza Smith era un acertijo para mí y nunca me habían interesado los juegos.

Esa noche me quedé despierta con el dosel de la cama y las cortinas abiertas, mirando la luna. Su rostro neblinoso colgaba por encima de las casas de Gloucester Street, brillando entre las nubes finas. Me había quedado hasta tarde escribiendo a Ambrosia, que había llegado al noreste sana y salva y había encontrado una casa a las afueras de Durham, propiedad de un duque que pasaba el invierno en el continente. Había allí muchos acres, escribió, y un establo lleno de caballos, y salían a montar juntos cuando los niños no estaban corriendo como perros y ensuciándose. Al saber que había llegado bien, noté que me relajaba; me di cuenta de que había estado apretando la mandíbula dos semanas y acerqué los dedos para calmar la tensión. Me serví un vaso de brandi del decantador bajo la ventana para celebrar su llegada a salvo.

El reloj de la entrada marcó en la distancia la medianoche. Me ardía la garganta por la bebida y tenía el estómago vacío. Me apetecía pan y queso y decidí bajar, mis pies silenciosos en la moqueta. En el sótano había una rendija de luz alrededor de la puerta de la cocina y oí voces susurrantes. Abrí la puerta y vi a Eliza y Agnes sentadas a la mesa. Eliza estaba de espaldas al fogón y Agnes de cara a la puerta. Tenían las miradas solemnes y furtivas de los hombres jugando a las cartas y si se sorprendieron al verme, no lo mostraron, ni yo tampoco. Me ajusté la bata, a pesar de que la cocina seguía cálida con las ascuas en el fogón aún encendidas.

—Señora —dijo Agnes—. Pensábamos que era un fantasma.

—Vengo a ver si ha sobrado algo de pan y queso de la cena.

Agnes se levantó y se acercó a la alacena. Eliza no me miró, se examinaba las uñas y rascaba marcas de cuchillo en la mesa.

—Espero que no esté cansada por la mañana —le dije.

—No, señora —respondió con tono suave.

Había interrumpido una conversación privada, probablemente sobre mí.

Agnes dejó un vaso pequeño de leche delante de mí y desenvolvió el queso del paño. Esperaba que Eliza se marchase, pero no lo hizo.

—He oído a Charlotte moviéndose cuando he bajado —indiqué.

Sin mirarme, se apartó de la mesa y salió en silencio de la habitación.

—¿De qué estaban hablando Eliza y usted? —le pregunté a Agnes.

La sirvienta colocó una hogaza de pan y un poco de queso en un plato. A la luz de la única llama que había, las arrugas de su rostro parecían más marcadas.

—De todo y de nada. Se nos ha ido el santo al cielo. —Bostezó—. Debería subir ya.

Revisé la puerta trasera y Agnes cerró las contraventanas y tomó la vela. Las dos hicimos nuestro peregrinaje en silencio a la cama.

12

—**A**gnes, hay una negra fuera de mi casa.

Una mujer joven con una falda de color pardo y un abrigo negro estaba fuera, junto a la ventana del comedor, mirando calle arriba y calle abajo, como si esperase a alguien. Tenía el pelo recogido bajo una cofia y estaba bastante serena. ¿Viviría en una de las casas más grandes de la plaza? Pero había algo en su porte y cómo vestía que la hacía parecer una mujer que no pertenecía a nadie. Había leído acerca de la población negra de Londres, que vivía sobre todo al este, en colonias de Moorgate y Cripplegate, y que no habían sido nunca esclavos. Los hijos de hombres y mujeres libres que tenían sus propios negocios y vivían en pensiones como el resto de trabajadores de Londres. Mi padre creció en una plantación de azúcar en Barbados y me pregunté qué pensaría él de esta mujer, que parecía tan normal y corriente como cualquier persona inglesa.

Agnes, que estaba retirando las cosas del desayuno, dejó de apilar porcelana en la bandeja y se reunió conmigo en la ventana.

—No la he visto nunca —indicó—. Parece que no le preocupa nada.

—¿De dónde cree que es?

—Me voy, Agnes —oí la voz de Eliza en la puerta.

Era domingo y el primer medio día libre de Eliza desde que entró en nuestra casa. Me había dicho que no iba a acompañarnos a la capilla, si me parecía bien, así que posiblemente iría a visitar a su familia. Charlotte puso mala cara, como si no pudiera soportar quedarse sola conmigo, y eso me dejó de malhumor. Imaginé a Eliza saliendo a la clara mañana con una cesta en el brazo, caminando por Bloomsbury, donde las bonitas casas y plazas verdes daban paso a viviendas derruidas y callejones tan estrechos que al asomarse a una ventana se estrechaba la mano de la persona que estaba en la de enfrente. Traté de imaginarla en su casa, de una o dos habitaciones, amueblada de forma sencilla, con su padre y su hermano pelirrojo sentados a la mesa, comiendo ave asada con los dedos. ¿Debería de pedirle que lavara su ropa al regresar? En la ciudad se propagaba la plaga, entre otras enfermedades.

Me vio con Agnes y se acercó.

—¿Qué están mirando?

—Va bien vestida —observé.

—Le diré que se marche —dijo Eliza rápidamente—. Me voy.

Charlotte la estaba esperando en el pasillo y cuando la nodriza la abrazó, se aferró a su falda como un pulpo. Vi que le tiraba de la manga a Eliza y esta se agachó para escuchar cuando la niña acercó los labios a su oreja.

—Sí, por supuesto que voy a volver —le aseguró—. Llegaré antes de la comida para lavarte las manos, ¿de acuerdo?

Pero el ceño fruncido de la pequeña no desapareció y tenía la boca tensa. Eliza le había enseñado a dormir con el pelo enrollado en telas para que se le marcaran los rizos y esta mañana se los había decorado con cintas.

—Charlotte, deja ya a tu nodriza y ve a buscar el sombrero para ir a la iglesia. El carruaje llegará en cualquier momento.

Agnes salió con la bandeja y, cuando desapareció, oí las voces susurrantes de Eliza y Charlotte en el pasillo.

—No estés triste —estaba diciéndole Eliza—. Te vas a la iglesia con mamá. Volverás y darás de comer a tu periquito y a tu tortuga, ordenarás las cosas, y yo regresaré antes de que oscurezca.

—¿A qué hora?

—A las tres.

—¿Adónde vas? —lloriqueó Charlotte, y sonaba como si hubiera enterrado la cara en el pecho de Eliza.

—Voy a ver a mi amiga y vamos a pasear un poco, y cuando haga tanto frío que no sintamos las manos, iremos a buscar un mesón agradable y cálido para comer algo. Después iré a casa de mi hermano a ver a mi sobrina y a mi sobrino, y luego visitaré a mi padre. ¡Y después volveré aquí!

—¿No te perderás?

Eliza se rio.

—No, no me perderé. Me tengo que ir.

Pero Charlotte se puso a llorar. Los sollozos suaves flotaron hacia el comedor, donde yo me aferraba al asiento.

—No, por favor —le pidió.

Me acerqué a la puerta.

—Deja de llorar de inmediato —le exigí—. Eliza tiene derecho a medio día libre y tú te las has arreglado bien sin ella seis años.

Charlotte se apartó del vientre de Eliza y me miró con puro desprecio. Sus ojos oscuros ardían y tenía la cara arrugada.

—Quiero ir con ella.

—No vas a hacer eso.

—¡Quiero! —Estampó el pie en el suelo, arrancándome un grito.

La agarré por la muñeca y la sacudí.

—Niña insolente. Ve a tu habitación ahora mismo. No vendrás conmigo a la iglesia ni jugarás en el patio esta semana. ¡Fuera!

Me lanzó la mirada más vil y luego se volvió sobre sus talones y salió corriendo, dejándome sola con Eliza. La nodriza miró las escaleras, por donde había desaparecido Charlotte y, tras un instante, preguntó:

—¿Me quedo, señora?

—No.

Tragó saliva.

—¿Va a ir a la iglesia?

—Esperan mi asistencia.

—¿Y la va a dejar aquí sola?

—No estará sola, estará con la cocinera y la sirvienta. Puede ir a encerrarla en su habitación y después marcharse. La llave está en la repisa de la chimenea de mi dormitorio, en la jarra rosa. Le dejaré que le explique por qué está castigada si es que no lo entiende todavía. Cuando vuelva de la iglesia, espero encontrar la puerta de su dormitorio cerrada y la llave en su lugar. ¿Lo ha entendido?

Asintió, mirándose los pies. Volví al comedor a esperar el carruaje y vi que la mujer negra seguía allí, mirando arriba y abajo con paciencia. Unos minutos más tarde, oí la puerta de la calle cerrándose bajo la ventana del comedor y Eliza subió los escalones y abrió la verja negra. No le veía la cara. Habló brevemente con la mujer, que sonrió complacida al ver a Eliza, pero la sonrisa desapareció cuando Eliza habló; ella asintió y siguió por la carretera. Eliza la contempló mientras se retiraba y se ajustó la capa. Miró la casa y al divisarme apartó rápidamente la vista, después caminó al sur, hacia la ciudad. Acababa de desaparecer cuando llegó el carruaje negro; el aliento de los caballos se alzaba en la fría mañana. Siempre me ponía nerviosa salir a la calle y me quedé un minuto entero en la puerta principal, con los nervios tintineando como canicas en una bolsa. Los había perdido muy fácilmente; quizá era la represalia de Charlotte; tal vez que Eliza nos dejara a Charlotte y a mí solas por primera vez en casi un mes. Que saliera sin ningún esfuerzo de la casa y caminara decidida a la gran ciudad. O puede que fuera que mi hija quisiera más a su nodriza que a mí.

—Señora —oí la voz de Agnes—, ha llegado Henry con el carruaje.

Me despidió en la puerta con un suave empujón y me froté los brazos al notar el frío. Henry me ayudó a subir al carruaje y avanzamos por las calles, girando a la derecha, a Great Ormond Street, donde vivía el difunto doctor Mead, y volví a pensar en su nieto. Ya se había celebrado el funeral y yo no había asistido para apoyar a mi amigo, pero pensé en él todo el día e imaginé cómo sería sonreírle desde un banco y que él hallara fuerza con mi presencia.

—¿No viene hoy su preciosa hija, señora Callard? —preguntó una mujer mayor en la capilla cuando un muchacho bien vestido del hospital nos dio el libro de cantos.

La reconocí, era la señora Cox, esposa de un miembro del Whig. Vestía seda azul y dorada y la peluca gris era más alta que la mayoría. Negué con la cabeza y me dispuse a seguir.

—¿Va a asistir a la casa de Richard Mead después del servicio? La subasta comienza hoy.

—¿Subasta?

—De la herencia del difunto doctor. Hay miles de artículos a la venta: pinturas, artefactos, libros. Algunos son muy raros. ¿No lo ha leído en los diarios? Se ha informado en nuestros círculos. —Hizo énfasis en el «nuestros», que me excluía a mí, una mera viuda de un comerciante.

Me quedé sin palabras. Una subasta quería decir que el hombre había muerto con deudas, pero el doctor Mead no me había dicho eso.

—Tengo que volver a casa tras el servicio.

—Toda Londres estará deseando poner sus manos en sus Rembrandt y Hogarth. He oído que hay incluso primeras ediciones de Shakespeare.

—Buen día, señora Cox.

Después del servicio, me acerqué directamente al doctor Mead, que estaba junto a su banco de siempre, rodeado de personas a las que me dieron ganas de ahuyentar como moscas. Pasaron cinco minutos hasta que los últimos portadores de buenos deseos se despidieron levantando los sombreros.

—Señora Callard —me saludó con una sonrisa, tomando mis manos enguantadas con las suyas.

—¿Cómo fue el funeral?

—Magnífico.

—Solo usted podría decir algo así. Apropiado para Richard, entonces.

—Gracias, lo fue. ¿No ha venido hoy Charlotte?

—Está cansada esta mañana, he dejado que descanse. ¿Qué es lo que hablan de una subasta?

Su expresión cambió de inmediato y sacudió la cabeza.

—Mi abuelo dejó el mundo con poco más que con lo que llegó a él.

—¿Cómo de poco?

—Dejó un buen número de facturas sin pagar. Un buen número de facturas cuantiosas. Y, como sabe, dejó esta vida sin tiempo para poner sus asuntos en orden, por lo que imaginará que hubo un gran revuelo.

—Conmoción, seguro, pero espero que no sea desastroso.

—Podemos evitar el desastre si lo vendemos todo.

—¿Todo?

—Debo marcharme. Lo lamento. La exhibición en su casa comienza ahora. No le preguntaré si puede usted venir. —Habló con amabilidad, pero sus palabras me escocieron igualmente—. Iré a Devonshire Street cuando pueda.

Una mujer menuda con un sombrero azul pasó y apoyó la mano en su brazo para desearle un buen día.

—Me gustaría comprar algo —anuncié de forma abrupta—. En la subasta.

Él parpadeó, sorprendido.

—¿Sí?

—Sí. El artículo de su abuelo que más le guste a usted. Comprarlo para usted, de mi parte. Como un regalo. Sea cual fuere el precio.

Abrió y cerró la boca.

—Es muy generosa, pero le aseguro que no es necesario.

—Para mí sí es necesario. Su abuelo era un hombre generoso y debemos hacer lo mismo por él.

—¡Doctor Mead! —exclamó alguien. Nos interrumpieron de nuevo dos hombres con pelucas extravagantes que le tendieron las manos al doctor para estrechárselas—. Deje que le acompañemos a Great Ormond Street.

—No queremos perdernos nada —añadió el otro y, antes de que pudiera despedirme, estaban alejándolo de mí, llevándolo cada uno de un brazo.

Mi amigo puso una mueca de impotencia y se despidió con la mano, yo le devolví el gesto y mi felicidad se esfumó.

En el carruaje de vuelta a casa, levanté la cortina cuando pasábamos por la esquina de Great Ormond Street. Estaba abarrotada de personas, como si se estuviera celebrando una feria. La puerta de la casa de Richard Mead estaba abierta a la calle y una hilera de sombreros y tricornios se extendía por la carretera. Los viandantes se detenían para preguntar y las berlinas deceleraban hasta detenerse.

«Canallas», murmuré a nadie en particular y bajé la cortina, regresando a la oscuridad.

Tan pronto llegué a casa, fui directa al escritorio de mi habitación. Tal y como le había indicado, Eliza había dejado la llave de la habitación de Charlotte en la jarra rosa de la repisa de la chimenea. Me la metí en el bolsillo, saqué mi caja privada, encontré lo que buscaba y lo sostuve en la palma de la mano. Me dirigí a la habitación de Charlotte y abrí la cerradura. Estaba sentada muy quieta en su cama estrecha, sin mirar por la ventana ni jugar con sus juguetes ni hacer ninguna de las otras actividades que solía hacer para entretenerse. Levantó la mirada, esperanzada, y encontró mi rostro. Puso mala cara.

Vaya, no eres Eliza, decía su expresión.

—¿Te arrepientes de tu comportamiento de antes? —le pregunté.

—Sí, mamá —respondió en voz baja.

—Me han preguntado por ti en la iglesia, el doctor Mead y la señora Cox. He tenido que contarles que no te has comportado bien.

Fijó la mirada triste en su regazo y sentí un ápice de remordimiento. ¿Cómo podía ser el amor por un hijo el más complejo de todos? ¿Cómo se podía sentir envidia, pena y rechazo al mismo tiempo que un puro y verdadero afecto? ¿Cómo imaginar que apenas podía tocarla y aun así conocía su olor con los ojos tapados y podía dibujar cada peca de su cara?

Me acerqué a ella y levantó la cabeza expectante, la barbilla menuda sobresaliendo en un gesto de desafío. Tenía el pelo suelto sobre los hombros y seguía con las botas de calle puestas. Si me arrodillaba para quitárselas, ¿me creería blanda y cambiada? Decidí sentarme a su lado y oí la pequeña cama crujir bajo mi peso.

—Mira esto —le pedí, sacando el *memento mori* de Daniel del bolsillo y colocándolo en mi palma.

—¿Qué es? —Me lo quitó y casi le ocupaba toda la mano.

—Lo encargué cuando murió tu padre.

Miró a la mujer derrumbada contra el plinto en su despliegue exagerado de dolor.

—¿Eres tú? —preguntó.

—Santo cielo, no. Es simbólico. Es el pelo de tu padre. —Señalé los mechones pintados en el marfil y ella los acarició con la punta del dedo.

—¿Lo llevas puesto?

—Ya no. Lo guardo en mi dormitorio. Un día será tuyo.

—¿Cuándo vuelve Eliza? —preguntó.

Nuestro momento terminó antes incluso de que comenzara. Cerré los dedos y me levanté.

—Quítate las botas y ordena los juguetes. Eliza volverá pronto.

Supongo que consideré la posibilidad de que no regresara. Lo hacía también cada vez que Agnes y Maria se tomaban su descanso mensual. Londres aguardaba allí fuera como una boca abierta, dispuesta a tragarse a quienquiera que eligiera desaparecer, y las sirvientas con salarios mayores que las mías abandonaban casas más grandes. La idea me enervaba. Por eso mantenía la casa cálida, las sábanas limpias, la alacena llena: para reparar mi comportamiento extraño, mi semblante de piedra. Estaba asentada en mi molde desde hacía demasiado tiempo como para cambiar, así que, en lugar de ello, compraba velas de cera para sus dormitorios y les hacía regalos en sus cumpleaños: cajas de almendras garrapiñadas y rollos de tela de calicó. A ningún sirviente le gustaban sus señores, era tema de baladas sentimentales e historias para niños. Pero mis dos sirvientas tenían permiso para usar sus voces, contaban con cierto grado de autoridad y se habían mantenido leales más de una década. La confianza era un imperativo, por supuesto, y se ganaba, no se exigía. La mayoría de las demás casas tenían hombres al mando y camadas de niños con hoyuelos a los que había que lavar, alimentar y acariciar, pero una casa de mujeres era pulcra y, esperaba, segura. Ofrecer un lugar seguro donde vivir era mi misión, mi objetivo, estaba en el centro de mi misma existencia.

Pero Eliza regresó con mejillas sonrosadas y el olor a ciudad pegado a ella: aire frío, paja, estiércol y el humo del tabaco de los mesones. Entró por la puerta de la calle y antes de que pudiera poner una mano en la verja, Charlotte salió disparada escaleras abajo para saludarla, girando las esquinas como un galgo inglés y chocando con la falda de Eliza frente al fogón. Las dos se echaron a reír y se abrazaron en tal despliegue dramático de afecto que casi esperé que se corriera una cortina para anunciar el final de la función. Yo estaba en la cocina pidiendo a Agnes que encargara un broche de luto para el doctor Mead, para ayudarle a aliviar su pena. Yo misma había dibujado el diseño en mi salita y se lo pasé a Agnes por encima de la mesa con toda la dignidad que pude reunir, aunque tenía el cuello ardiendo.

Eliza se quitó el mantón y se llevó las manos heladas a las mejillas calientes, después las puso sobre el horno.

—Mi padre no tenía el fuego encendido —explicó—. Ni tampoco mi hermano. Me he acostumbrado a estar cálida todo el día viviendo aquí.

—¿Cómo está su hermano? —me interesé. Mostraba un gran afecto por su forma de hablar de él, pero no respondió de inmediato y su rostro se ensombreció.

—No goza de buena salud.

—Oh, entonces le deseo una pronta recuperación.

Me dio las gracias y le dio a Charlotte una castaña asada que había comprado. La contempló mientras se la comía feliz, pero el brillo de sus ojos había desaparecido. Charlotte comió y le sonrió, y regresó esa chispa de envidia y miedo, porque sabía que la quería y que Eliza se iría un día para casarse o para trabajar en otro lugar más convencional, y le rompería el corazón a Charlotte.

13

L legó antes de mediodía y oí los pies de Agnes en el vestíbulo. Me puse en pie y me acerqué al espejo, me arreglé el pelo y coloqué bien el collar. El corazón me latía fuerte y pasó un año entero antes de oír el golpe de Agnes en la puerta del salón, durante el cual me senté, me levanté y me volví a sentar.

—Señora Callard. —El doctor Mead estaba sonriendo cuando entró en la habitación. Entonces vi sombras bajo sus ojos y el rastro de una barba incipiente en el mentón.

—Está cansado —comenté.

—¿Sí? Supongo que así es.

—¿No ha dormido?

Suspiró y tomó asiento frente a mí.

—El invierno es siempre brutal. Han muerto cuatro niños del hospital de niños expósitos desde enero. Al último lo han enterrado esta mañana. —Habían aparecido unas arrugas diminutas en las esquinas de sus ojos, como grietas en el yeso.

—Es espantoso. Seguro que ha hecho todo cuanto ha podido. Y al fin nos está dejando el invierno.

Asintió sin mucha convicción y le dio un sorbo al té. Busqué un tema de conversación para entretenerlo.

—¿Cómo va la subasta?

—Cojea como una mula medio muerta.

—Pero su abuelo falleció hace semanas.

—Sí, y esto no muestra señales de acabar. Cuando no estoy en el hospital, me paso el tiempo en su casa, ayudando a mi madre y hermanas a examinar sus pertenencias como un sintecho, a reunirme con los subastadores y a empaquetar cosas para el Exeter Exchange. Mañana se valorará la biblioteca. Hay miles de libros, más de los que puede leer un hombre en diez vidas. Es un circo. —Bostezó.

—Oh, querido —fue todo cuanto pude decir—, ¿no tiene tías o tíos que puedan ayudar?

—Nadie vivo, así que todo recae sobre mi madre.

Acaricié la pequeña caja barnizada que tenía guardada en la falda. ¿Era ahora el momento adecuado? Decidí que sí.

—Esto es un regalo de mi parte —dije, dándosela y sintiendo un aleteo en el pecho de nuevo.

Tomó la caja y me miró con ojos curiosos, infantiles, y nuestros dedos se tocaron. Lo miré mientras abría la tapa y desenvolvía el paquete de seda que había dentro.

—Es un broche de luto —expliqué cuando se lo puso en la palma.

Había llegado esa mañana y era justo como esperaba: esmalte con forma ovalada, con incrustaciones de un joven con un tricornio colocando una corona funeraria en un plinto de mármol. Había unas palabras diminutas, del tamaño de alfileres, en el plinto, y decían: «Amistad de mármol, heridas de polvo», y apoyado en él había un bastón con la punta de oro, pues el difundo doctor nunca daba un paso sin el suyo, y era conocido por ello.

Observé su rostro mientras lo miraba. Era indescriptible. Pasó tanto tiempo contemplándolo que pensé que se había perdido en una ensoñación y estaba a punto de preguntarle si se encontraba bien cuando me miró de pronto, los ojos brillantes por las lágrimas. Se había quedado sin palabras y asentía en muestra de agradecimiento, y entonces mis ojos se llenaron también de lágrimas. Sentí como si el corazón abandonara de pronto mi cuerpo.

Me recompuse.

—Sé que son unos objetos más bien femeninos, no se sienta obligado a llevarlo. Es más bien un recuerdo. Yo tengo uno que guardo con gran estima y que saco muy de vez en cuando para mirarlo.

—El bastón. Su bastón. —Estaba sonriendo ahora, la sonrisa le llegó a los ojos, y comprendí que no había sonreído así en semanas.

—Está bañado en oro. No he podido resistirme.

Se metió la caja dentro del abrigo verde. Serví más té y añadí azúcar. Me sentía muy satisfecha, y nos inundaban los sonidos de Devonshire Street provenientes de la calle.

—Hay un pequeño espacio en el vestíbulo que llevo años queriendo ocupar con un cuadro —comenté—. Me gustaría mucho comprar una de las obras de su abuelo, si no se han vendido ya todas.

—En absoluto —respondió—. ¿Qué clase de cuadro le gustaría? ¿Un paisaje? ¿Un Hogarth? Dígame una escena, seguro que la tiene.

Sonreí.

—Puede sorprenderme. Elija usted el cuadro y su precio.

—Muy bien. Es probable que mi madre me obligue a pujar contra todo Mayfair, pero lo ganaré para usted, señora Callard.

—¿Qué pasará con su casa?

—Me la ha dejado a mí. Tenía la idea de convertirla en una escuela de medicina, para que los doctores puedan estudiar ahí.

—Suena maravilloso y exactamente lo que él habría querido.

—Sí. Imagino que le habría gustado la idea de que se convierta en un lugar de aprendizaje.

—Aunque ¿no le gustaría vivir allí y dejar su alquiler en Bedford Row?

Consideró un momento la pregunta.

—Su casa es grande. Sería un desperdicio para un hombre sin familia.

Dejé la taza con cuidado en el plato. Tenía la garganta seca.

—¿Y quiere eso?

Exhaló un suspiro.

—Tal vez. Pero hay algo que deseo más.

Me había quedado muy quieta.

—¿Y qué es? —Las palabras emergieron como un suspiro.

Se quedó mirando la chimenea apagada con la pirámide de madera fresca; tenía los ojos pensativos.

—No hay nada que quiera más que caminar sin dirección bajo el cielo abierto, con un pastel en la mano, y alejarme de subastadores, y de mi madre y hermanas, y de salones y Great Ormond Street, y de niños enfermos y moribundos, solo por una tarde. Desearía ver árboles y flores, y no carruajes, que ni una sola persona me detuviera para ofrecerme sus condolencias, ni me preguntara por un mal que tiene su padre, hermano, esposa o primo, o me hablara de su sobrina soltera, que está de visita en Londres ahora mismo, y me preguntara si estoy buscando esposa. Porque tengo muchos bienes, una profesión y familia, y un hombre sin una prometida y con todas esas cosas es más inusual que un pavo real blanco.

Me quedé en silencio, y un momento después hablé:

—He leído que hay pavos reales blancos en los jardines Ranelagh.

Se quedó mirándome y se echó a reír: una carcajada sonora, ondulante y feliz que me dio tanta alegría que no pude evitar reír también, aunque antes estuviera completamente seria. Las lágrimas cayeron por nuestros rostros y un minuto o dos más tarde nos recompusimos y nos sentamos rectos, con las manos en el vientre y una sensación mareante.

—Entonces eso lo resuelve todo —dijo, limpiándose los ojos—. Tengo que ir allí. Me gustaría que me acompañara. —Me removí en el asiento, pero antes de que pudiera murmurar una excusa, él siguió—: Pero no voy a pedírselo.

—Lo lamento, doctor Mead. —Y lo decía en serio.

Me estaba mirando con una expresión tan tierna que tuve que apartar la mirada. Lo que quería era la cosa más sencilla del mundo: que camináramos juntos, tomados del brazo. Era el deseo más corriente, pero no podía hacerlo por él. Ojalá pudiera, le pediría que me esperara mientras subía corriendo arriba a buscar mi sombrero y me encontraría con él en la puerta de entrada, me pondría los guantes y le preguntaría si nos íbamos en su carruaje o en el mío, sin pensarlo, ansiándolo incluso. Para la mayoría de las personas salir de su casa era tan fácil como escribir una carta o comer.

—Debe de tener a alguien con quien ir —le dije.

—No hay nadie con quien desee pasear —respondió—. Y un hombre no asiste a unos jardines solo sin atraer atenciones indeseables.

—Sí, debe tener cuidado con ladrones y oportunistas —le advertí.

Volvió a reírse y supe entonces a qué se refería, y me ruboricé por mi falta de experiencia.

—Eliza lo acompañará —anuncié de repente. Lo dije casi antes de pensarlo y cuando las palabras emergieron de mis labios nos sorprendieron a los dos.

—¿Eliza? —preguntó—. ¿Su Eliza?

—Sí. Esta tarde. Puedo darle una o dos horas libres si es lo que desea hacer.

Lo consideró y dejó con cuidado el plato en la mesa.

—Sería espléndido. ¿Está segura?

—Sí. Es una chica de Londres y muy capaz. Estará a salvo con ella. Voy a buscarla.

Las encontré a las dos en el comedor, fingiendo que tomaban el té mientras Charlotte leía en voz alta. Había una vieja publicación para niños abierta entre las dos en la mesa, y escuché desde la puerta cómo leía con su voz titubeante:

—Una mujer que pasaba por allí se le acercó y le preguntó de quién era hija. Soy, res... respondió, la señorita Biddy Johnson, y me he perdido. Oh, dijo la mujer, ¿eres la hija del señor Johnson? Mi esposo está buscándote para llevarte...

—¿Eliza? —Las dos alzaron la mirada, sorprendidas. Eliza estaba tan absorta con *Biddy Johnson* como la niña. Era una de las historias preferidas de Charlotte, sobre una niña pequeña que se había perdido en las calles de Londres—. ¿Puede venir un momento al salón? El doctor Mead está aquí.

Se quedó sin color en el rostro. Se levantó despacio, empujó la silla hacia delante y posó una mano reconfortante en el hombro de Charlotte.

—¿Se encuentra mal? —pregunté, alarmada.

Sacudió la cabeza y Charlotte también bajó de su silla, con intención de seguirla. Decidí no protestar y las conduje arriba.

—Al doctor Mead le gustaría que alguien lo acompañe a dar un paseo esta tarde y creo que usted es la persona idónea —le expliqué. Su rostro, que estaba arrugado por los nervios, se relajó de inmediato.

—¿Yo?

—Sí.

—La señora Callard me ha hablado de los legendarios pavos reales blancos en los jardines de Chelsea y me temo que tengo mucha curiosidad.

—Oh —murmuró la nodriza.

—¿Puedo ir yo? —preguntó Charlotte.

Todos nos volvimos hacia ella, sorprendidos. Casi habíamos olvidado que estaba ahí, pegada al cuerpo de su nodriza. Su expresión era determinada.

—Me haría muy feliz contar también con la compañía de la joven señorita Callard —respondió el doctor Mead—. Si su madre lo permite.

—No —dije de forma automática. Charlotte me lanzó una mirada muy molesta. Había un profundo odio en ella, y también miedo y resignación; una combinación aplacadora que me hizo vacilar—. Solo va a la iglesia. Nunca ha estado en Drake Street, mucho menos en Chelsea. —Me acordé de mi libro de mapas en su estante, en la salita. Sabía vagamente dónde se encontraba Chelsea y la zona oeste de la ciudad, probablemente a media hora o más en carruaje. Era impensable—. Está muy lejos.

—¡Deja que vaya, mamá! Por favor.

—No, y no quiero escuchar más hablar de ello.

Rompió a llorar de forma tan exagerada que los tres la miramos horrorizados. Eliza se arrodilló rápidamente para calmarla y le limpió la cara mojada.

—No quiero quedarme aquí encerrada para siempre —protestó entre tremendos sollozos—. ¡Quiero salir fuera!

Me quedé sin palabras. Debería de haberme acercado a consolarla, pero permanecí con la boca abierta mientras Eliza le murmuraba, abrazándola y limpiándole la cara con un pañuelo.

—¡Por favor! —gritó Charlotte—. Quiero ir con vosotros.

Nunca le había preguntado si deseaba salir fuera. Tenía seis años, en otros seis empezaría a convertirse en una jovencita. La estaba preparando para una vida como la mía en la que nada malo podía acontecerle. Y ya jugaba en el patio y miraba por debajo de la cortina del carruaje, y siempre se sentaba junto a las ventanas a mirar la calle. ¿Era correcto tenerla como un pajarillo encerrado? Uno que solo cantaba para mí.

—Por favor, mamá. —Sus sollozos eran entrecortados y nerviosos ahora. Estaba sentada en el regazo de Eliza, en la moqueta.

Todos me estaban mirando, esperando, y tras un momento, asentí: un movimiento diminuto, discreto, pero uno que todos vieron y que cambió el ambiente de inmediato. Charlotte corrió hacia mí y me abrazó la falda, y yo le di un golpecito rápido en la cabeza.

—Deben tener mucho cuidado con ella —indiqué—. No pueden perderla de vista ni soltarla de la mano. La traerán a casa a las cuatro. ¿Entendido?

Los dos asintieron e intercambiaron una mirada triunfante.

—Han de caminar a ambos lados de ella en todo momento y eviten hablar con nadie. ¿El trayecto hasta Chelsea es seguro?

—Muy seguro —respondió el doctor Mead—. Mi carruaje nos dejará en la verja y nos recogerá a las tres en punto.

No podía soportar su mirada tierna porque confirmaba lo que sospechaba desde hacía tiempo: la idea de que era cruel dejar a Charlotte encerrada y que permitir que saliera era lo correcto.

Se acercó a mí y me tomó la mano con la suya cálida.

—Estará a salvo. Tiene mi palabra de mármol.

Al principio no supe qué quería decir y entonces recordé el *memento mori: amistad de mármol, heridas de polvo.*

En cuanto giré la llave en la cerradura cuando salieron, mi estómago se convirtió en una masa de serpientes retorciéndose. Me dirigí del vestíbulo oscuro a la ventana del comedor para mirar la calle justo a tiempo para ver el carruaje del doctor Mead saliendo. Los caballos resplandecían y las ruedas empezaron a girar, y unos segundos después desaparecieron de mi vista. Me quedé un largo rato en la ventana, tratando de respirar con tranquilidad. Era un día de marzo perfecto: soleado y azul, con un viento amable que levantaba los dobladillos y sombreros. Casi podía saborear la frescura, sentir la luz del sol inundando mis ojos. Abrí un poco la ventana y de pronto todo se volvió más ruidoso, más cercano. Devonshire Street no era una vía pública, pero de pronto su proximidad era sobrecogedora.

Un vendedor de fresas pasaba por allí y se detuvo delante de la casa, levantando la cesta.

—¿Quiere una docena, señora?

A punto estuve de morir del susto y bajé el cristal con un ruido sordo. Había cometido un terrible error.

Llamé a Agnes y oí sus pies en las escaleras, y entonces apareció su semblante distraído en la puerta. Noté la garganta tensa y un nudo en el pecho, y ella me ayudó a tomar asiento.

—¿Deberíamos enviar a alguien a buscarlos? —pregunté—. Puede que no sea demasiado tarde.

—Estarán de camino a Saint Giles ahora, señora.

—Charlotte nunca ha... nunca...

—Lo sé, señora, pero estará segura con el doctor. Santo cielo, si pasara algo, ¿qué mejor compañía? Y también está con ella su nodriza. Cuidarán bien de ella, ya lo sabe, si no, no la habría dejado ir, ¿verdad? Deje que vaya a buscar algo para calmar sus nervios.

Apoyé las manos en las rodillas y me concentré en respirar profundamente. Cuando noté que presionaba un vaso en mi mano, bebí de golpe. Noté el ardor en la garganta y el fuego en el vientre.

—Intente no preocuparse, señora. Ha hecho algo maravilloso al dejar que Charlotte salga y se ejercite fuera de casa. Es una niña afortunada, es afortunada esta pequeña.

—¿De verdad?

—Por supuesto. Volverá con muchas historias sobre dónde ha estado y lo que ha visto.

—¿Sí?

—Sí, señora. Y esta noche dormirá como un tronco, quédese con mis palabras.

—No ha estado sin mí en toda su vida. Y ella quería ir, Agnes. Si la oyera pensaría que soy su carcelera.

—Tenga, dé otro sorbo. Vamos. ¿Por qué no se va a descansar? Le diré a Maria que le lleve una taza de chocolate. He vestido su cama, está fresca y blanca como un copo de nieve.

—¿Cree que el señor Callard querría que viviera así? —Me quedé mirando la pared—. ¿Cree que hubiera deseado que fuera una chica normal?

Se produjo un silencio.

—Está haciendo un buen trabajo, señora. Lo está haciendo lo mejor que puede.

No era lo mismo.

En la salita, mi libro de mapas yacía abierto en la mesa. Le había pedido al cochero del doctor Mead que me mostrara la ruta exacta que iba a tomar: al sur hacia High Holbourn, luego por St. Giles y Oxford Street, hacia el este, hasta que la ciudad diera paso al campo. Me agaché sobre el libro y tracé la ruta con el dedo. De la ruta salían calles pequeñas y callejones como ideas varias. Incluso en un día soleado como hoy, el doctor Mead no podía saber qué amenazas siniestras acechaban: quién los observaba pegado a un muro o los seguía en la distancia. Noté que volvía a cerrárseme la garganta y rápidamente pasé las páginas del libro para perderme en un mapa del este de Surrey.

Miré el reloj: llevaban fuera veinte minutos. El doctor Mead me había dicho que esperaba que llegasen a la una y media, y a las tres regresarían al carruaje y volverían por el mismo camino. Tenía entonces dos horas y media que ocupar. Hacía dos o tres meses que no limpiaba los retratos de mis padres, así que pedí una mezcla de vitriolo, bórax y agua, me puse un delantal y guantes, y cubrí la mesa del salón con una sábana vieja. Los saqué del marco y los dejé en la mesa, juntos, uno al lado del otro; me puse a hablar con ellos mientras comenzaba a cepillarlos suavemente con la mezcla, primero a padre, luego a madre, admirando cómo había capturado el artista el carácter juguetón de mi madre, y cómo levantaba una esquina de la boca con ingenio. Tal vez estaba enamorado de ella, pues no había reproducido la esencia de mi padre del mismo modo. Pero había cosas que solo yo sabía y que ningún retrato podía capturar: el olor de padre a pipa, las viejas canciones de marineros que tarareaba cuando subía las escaleras, pasando la mano grande por la barandilla. Ver cómo cerraban la casa fue horrible; me quedé en las puertas mientras echaban sábanas polvorientas sobre muebles y mesas, mientras hombres indiferentes registraban las habitaciones para tasar nuestro hogar y nuestras vidas, dirigidos por la tía Cassandra. Peor aún fue cómo me miraban esos hombres, como si estuviera dañada, pues no podía hablar y caminaba por las habitaciones como una sombra.

Años más tarde, Ambrosia me contó un rumor que había escuchado en el pueblo: que yo también había muerto y la joven de rostro blanco como la harina y ojos ensombrecidos era un fantasma. Sentía envidia de mi hermana, no por su carruaje espléndido ni por su casa, ni siquiera por su confianza en sí misma y la facilidad con la que se movía por el mundo. No, envidiaba cómo se enfrentaba al catorce de junio como a un día corriente del calendario, tal vez con una tristeza fugaz por la muerte de nuestros padres, si es que se acordaba. El significado de ese día podía entrar y salir de su cabeza igual de rápido, pues no tenía un recuerdo que permaneciera con ella, que la manchara, que la envenenara. Que cambiara el curso de su vida.

Una vez que madre y padre estuvieron limpios, les di con ceniza de madera y Agnes me trajo un plato pequeño con nuez y aceite de linaza, que esparcí con toques ligeros con una pluma por toda la superficie para que brillaran. Mientras trabajaba, miraba por la ventana la calle de abajo y no noté nada inusual salvo un hombre que estuvo cinco o diez minutos de pie en el lado opuesto de la calle, apoyado en una barandilla, fumando. Tenía la piel cetrina, con el pelo y las cejas muy oscuras, y llevaba un abrigo negro y un sombrero, pero lo que lo hacía inusual era la antorcha apagada de la cabeza. Era uno de los chicos que iluminaban a la gente con una antorcha; estaba esperando a alguien, o esperando a que se hiciera oscuro, aunque aún quedaban varias horas. Con cada calada que daba a la pipa, aguantaba el humo en la boca tanto rato que pensaba que se lo había tragado, pero entonces salía de entre sus labios formando una nube. Tras dos o tres caladas así, debió de sentirse observado y levantó la mirada para encontrarse conmigo en la ventana. No me moví, pero él sí, se sacó la pipa de la boca, se quitó el sombrero y se retiró con paso lento. No se me ocurría un trabajo peor que ese, merodeando en la oscuridad sin saber lo que había delante o detrás.

Cuando volví a colocar a mis padres en su sitio, ya había pasado una hora y media. Aparté el paño, me quité el delantal y los guantes, y de pronto me sentí muy cansada. Avisé a Agnes de que no tomaría el té ese día porque tenía el estómago revuelto. Me senté en el salón, mirando los retratos impolutos, y aguardé. El brandi me había dejado adormecida. Con el pequeño fuego encendido, el ambiente era cálido. Cerré los ojos y me dejé llevar por el sueño.

Pasaba algo. Sentí el aire removerse y abrí los ojos a la suave luz. Aún no había caído la noche, pero las cortinas estaban medio cerradas.

Había tres figuras agachadas sobre mí, con máscaras.

Recuperé la consciencia lentamente primero y luego de golpe al sentir como un disparo dentro del pecho. Me invadió el terror, anclándome al sillón e inclinando la habitación; la cabeza me daba vueltas. Abrí otra vez los ojos y comprobé que no estaba soñando; seguían ahí, acechando, esperando, sonriendo bajo sus temibles disfraces, con picos, como cuervos. Tres hombres dispuestos a matarme. Alguien gritó y traté de levantarme, la habitación rebotaba a mi alrededor como una pelota. Habían vuelto a por mí. Habían regresado. Estaba sucediendo. No tenía control sobre mis piernas, no sabía si estaba sentada, de pie, cayéndome o levantándome, pero de pronto me estaban agarrando y yo les arañaba, atacando, gritando y muriendo. El disparo sonaría en cualquier momento, sabía que llegaría y cada centímetro de mi cuerpo estaba preparado para el fuego. Estaba en el asiento de un carruaje, inmóvil y mojada por mi propia orina, mientras mis padres yacían a cada lado de mí con sangre que les brotaba, espesa y roja, manchándolo todo, empapando su ropa por los agujeros que les habían hecho, a madre en la cabeza y a padre en el pecho. Yo tenía la cara caliente por su sangre, la tenía en los ojos y en la boca y tuve que tragarla. Eran tres hombres. Uno había subido al carruaje, lo ocupó con su cuerpo oscuro, palpó los cuerpos de mis padres, quitó anillos y collares, incluso el prendedor de pelo de mi madre. Noté su pelo caer y acariciarme el hombro. Le quitó los zapatos a mi padre de los pies inertes y las zapatillas delicadas a mi madre, y el bolsillo de su vestido, mientras gruñía y maldecía detrás de la máscara y tiraba las cosas por la puerta a los otros. Y mientras tanto mis padres se desangraban y desangraban, la sangre se acumulaba en el suelo, corriendo bajo nuestros pies. Tenían los ojos abiertos y vidriosos.

Todavía me pitaban los oídos por los disparos, más fuertes que nada que hubiera oído nunca, llenándome la cabeza de un sonido ensordecedor. En la distancia lloraba un niño. Pero eso no era parte del recuerdo; yo no lloré y Ambrosia estaba en casa con un resfriado. ¿Quién lloraba entonces? Aún no me habían disparado a mí y tal vez no lo harían, ojalá pudiera...

—¡Señora Callard!

Me habían atrapado y yo luchaba con todas mis fuerzas. Pateé y mordí y golpeé y arañé, y entonces estaba en el suelo, la mejilla pegada a la moqueta. No veía nada, pero de pronto tenía los brazos libres y pude arrastrarme, encontré el atizador y lo agarré con fuerza. Empecé a agitarlo y asestarlo, llamando a Agnes y Maria a pleno pulmón.

—¡Alexandra, no!

El atizador golpeó un puño fuerte que me lo arrancó de la mano. Me aferré y tiré, pero él era más fuerte. Lo único que veía en mi pánico ciego y enfermizo era la terrible máscara negra, y el sombrero del hombre, y un abrigo verde. Y entonces el atizador cayó al suelo y reparé en que dos de las figuras llevaban falda. Mis ojos se adaptaron a la oscuridad y vi que la más alta tenía los brazos en torno a una niña, que estaba llorando.

«¡Hay una niña aquí!», gritó uno de los hombres treinta años antes en aquella carretera de Derbyshire, que serpenteaba como un río entre picos verdes y desfiladeros. Y ahora había aquí una niña, en mi salón, y la máscara había caído de su rostro, y era Charlotte. La mujer que la abrazaba era Eliza, su nodriza, y el hombre que me agarraba era mi amigo, el doctor Mead. Los miré confundida, aterrada. ¿Los habían cambiado a ellos o era yo? ¿Era una niña de diez años o una mujer de cuarenta? Sus rostros se ensombrecieron cuando la luz se atenuó y la habitación empezó a dar vueltas de nuevo. Noté que caía, caía, caía.

Me desperté en mi dormitorio cuando el doctor Mead me estaba dejando sobre la cama. Me quitó los zapatos, realizando las tareas con gran cuidado y atención. No se había dado cuenta de que me había despertado y lo estaba observando, y cuando me miró tenía el rostro tan lleno de pena que me partió en dos. Me eché a llorar: sollozos fuertes, desgarradores que salían de un lugar muy profundo, ese resquicio, ese ojo de la cerradura de dolor que nunca podía abrir porque no sabía dónde terminaba él y dónde empezaba yo.

—Señora Callard —habló con voz suave—, tome.

Me pasó algo por debajo de la nariz y me pidió que inspirara, y un viento helado derribó mis sentidos, vaciándome la mente y haciendo que me lagrimearan los ojos. Estaba sentado en un lado de la cama con una mano cálida en mi frente y poco a poco el sonido entrecortado y temible que estaba emitiendo cesó. Me limpió las mejillas y la nariz con un pañuelo y se lo metió en el bolsillo. Cuando paré, no podía mirarlo. Estaba sentado demasiado cerca; su presencia era invasiva, dulce. Quería que se fuera de mi habitación y de mi casa.

—Váyase —le pedí.

Se quedó inmóvil y la cama crujió debajo de él. Me volví y miré la pared de mi izquierda, una pintura de dos lecheras en un campo.

—Señora Callard —dijo con tono suave, intenso—, estoy profundamente preocupado por...

—Váyase ahora —susurré, mirando los baldes de las lecheras, sus expresiones soñadoras—. Ya.

Permaneció sentado un momento y entonces se levantó tembloroso, las manos junto a los costados.

—Volveré con una tintura —anunció.

—Es usted un hombre cruel.

Me volví para mirarlo directamente a los ojos. Su rostro tenía un aspecto todavía más espantoso que tras la muerte de su abuelo. Estaba despeinado y tenía el cuello de la camisa desgarrado, como si se hubiera metido en una pelea de taberna. Comprendí con horror que seguramente lo hubiera hecho yo. No llevaba puesto el abrigo verde, seguramente se lo hubiera quitado para subir mi cuerpo escaleras arriba. Me ruboricé de vergüenza y repulsión, y él abrió la boca sin hacer ningún ruido.

—Pensamos en sorprenderla —balbuceó—. Compramos máscaras en los jardines, fue idea mía.

—¿Sabe que mis padres fueron asesinados delante de mí por unos asaltantes de caminos? Eran tres hombres con máscaras y saquearon sus cuerpos mientras aún estaban calientes. Yo estaba sentada entre ellos.

Palideció y en su rostro apareció la pena y el arrepentimiento.

—No lo sabía —respondió con tono grave—. Daniel no me lo contó.

—Vaya, qué pena —fue mi respuesta dura—. Si lo hubiera hecho, podríamos haber evitado este altercado.

—Me dijo que murieron en un accidente de carruaje.

Se me había soltado el pelo de los prendedores. Como si no fuera ya bastante humillante, estaba tumbada en la cama, con todo el pelo alrededor de los hombros y el vestido arrugado en torno a mi cuerpo, y con un hombre en la habitación. Unas horas antes le había dicho que nuestra amistad estaba hecha de mármol, las heridas de polvo. Había intentado animarlo permitiéndole que saliera con mi nodriza y mi hija. Y aquí estaba, arrasada como la basura en un río, vacía y empapada en vergüenza. Me invadió una rabia cegadora y volví a pedirle que se fuera. Volvió a protestar, pero yo me quedé callada y al final salió con un gesto humilde. Oí la puerta al cerrarse suavemente y el dolor de mi pasado cayó a mis pies, invitándome a bañarme en sus aguas tentadoras. Me hundí en ellas y dejé que me arrastraran.

14

El doctor Mead intentó visitarme cinco o seis veces en los días siguientes, pero no se lo permití. Me quedé en mi habitación; me desplazaba formando un infeliz triángulo de la cama a la silla junto a la ventana y a veces al suelo, miraba el contenido de mi caja de ébano, leía cartas antiguas o dormía. A veces miraba el cielo y no me movía hasta que la luz se disipaba y las ventanas de las casas de enfrente se iluminaban y veía a sus ocupantes sombreados desplazándose de forma descuidada. Comía en la cama y acababa con una botella de brandi que Agnes rellenaba discretamente cuando el dosel de mi cama estaba echado. Por la noche oía a hombres en las escaleras, que golpeaban el cristal con los picos de las máscaras y miraban. Una vez me desperté por la noche convencida de que había alguien debajo de mi cama y me puse a llorar como una niña en la oscuridad, demasiado asustada para revisar el espacio negro de debajo. Cuando lo único que encontré fue polvo que se me pegó a los dedos, no supe si reír o llorar más fuerte. Treinta años se habían disuelto en cuestión de unos días, devolviéndome a aquella mañana ventosa en la que mi vida terminó con tres disparos. Ahora estaba atrapada como una mosca en la cera. Cada vez que miraba mi camisón esperaba ver un vestido rosa con unas botas negras asomando por debajo de la falda. El vestido acabó empapado de sangre, como si la rueda de un carruaje hubiera pasado por un enorme charco de sangre mientras yo estaba allí al lado. En mi sueño intermitente oía los disparos y los caballos relinchando, y sentía el viento silbar en las montañas.

El cuarto día dormí hasta el mediodía. Mi habitación olía a cerrado y abrí la ventana para que entrara el aire. Era un día espeso, denso, con lluvia en el ambiente y nada de brisa. Agnes me trajo la bandeja del desayuno y le pedí que me subiera una bañera y agua para poder lavarme. Me tomé mi tiempo para enjabonarme el cabello y la piel, y limpiarlos; me quedé sentada en la bañera hasta que el agua se quedó fría y empecé a temblar. Miré el camisón en la cama. La idea de ponérmelo me deprimía.

Ya era por la tarde y olía la comida de la cocina. Eso me hizo decidirme: estaba preparada para salir del ambiente viciado de mi dormitorio y sentarme derecha a una mesa en lugar de comer en la cama desplomada como una inválida. Me vestí y bajé las escaleras, pasando por el comedor para revisar la puerta como de costumbre antes de comer. Las velas de la mesa del vestíbulo estaban encendidas y la puerta estaba, efectivamente, cerrada con llave. Todo estaba en orden, pero había algo diferente. Levanté la mirada y me encontré con un par de ojos grandes. En la pared, encima de la mesita, había una pintura enorme con un marco dorado de una mujer con vestido rojo acariciando un perro. Me acerqué a ella muy despacio, tratando de recordar cómo había llegado hasta aquí, pero no pude. Su expresión era vibrante y juguetona, y tenía un papel junto al codo derecho, como si la hubieran interrumpido en ese momento en mitad de la lectura de una carta. En el cuello descansaba una cruz grande, papal en su fastuosidad, y llevaba puesto un bonete de interior blanco. Entonces me fijé en otra cosa, que en un principio me había parecido parte de la pintura: había una nota dentro del marco que asomaba entre el lienzo y la madera. La saqué y la desdoblé.

Querida señora Callard:

Me comentó su deseo de adornar su vestíbulo con una pintura de mi elección de la colección de mi abuelo. Esta, de la difunta Mary Edwards, del artista William Hogarth, es mi preferida y creo que se sentirá en casa con usted. Hay algo en su actitud que me recuerda a usted. Espero sinceramente que acepte mi visita pronto. No hay nada que desee más que presentarle mis más sinceras disculpas en persona, porque una carta —y una pintura— no son suficientes.

Sinceramente (de mármol),
Elliot Mead

Me había conseguido un Hogarth. Lograr una obra de semejante valor de la colección de su abuelo no habría sido tarea fácil. Imaginaba que su madre habría ejercido una enorme resistencia, tal vez comparada únicamente por la del subastador. Y aquí estaba. Examiné el tema, que el doctor Mead había comparado conmigo, pero no hallé similitud entre nosotras. Ni siquiera me gustaban los perros.

Sentadas a la mesa, Eliza y Charlotte levantaron la mirada, alarmadas, cuando entré en la habitación. Estaban inclinadas sobre sus platos con el cuchillo y el tenedor en cada mano, entregadas a una conversación. Charlotte hablaba en voz baja con una sonrisa en la cara que desapareció cuando entré. Tomé mi asiento de siempre y esperé a oír el murmullo de Agnes en el pasillo, llevando la bandeja con mi comida arriba. Cuando la oí, la llamé. Se produjo un breve silencio, seguido por un:

—Señora, ¿es usted?

Apareció en la puerta una bandeja plateada con un cuenco con caldo y un poco de pan y queso, la comida propia de una sirvienta que llevaba comiendo varios días, muy diferente al plato de hígado con cebolla que estaban degustando Charlotte y Eliza.

—¡Señora! —exclamó—. Está mejor. Me alegro mucho. Deje que le prepare esto. —Se puso a organizar mi sitio con la servilleta y el cuenco.

—No soy una inválida, Agnes. Ni tampoco deseo seguir comiendo como una. Tomaré un poco de hígado, si es tan amable de ir a buscar un plato.

Empezó a retirar las cosas de inmediato mientras el rubor se extendía por su cuello.

—Ahora mismo, señora. Me alegro de que haya recuperado el apetito.

Salió apresurada de la habitación con el cuenco de caldo repiqueteando en la bandeja y las tres nos quedamos en un silencio incómodo hasta que regresó con la vajilla y cubertería y lo dispuso todo a mi alrededor con meticulosa ceremonia. Me quedé quieta hasta que colocó la última cuchara. Cerró la puerta despacio al salir, como si estuviera abandonando la habitación de un enfermo.

—¿Está mejor, señora? —preguntó con tono amable Eliza. Sus ojos eran solemnes.

No dije nada y empecé a servirme col en el plato. Aún no había mirado a Charlotte por miedo a verme reflejada en sus ojos. Había llamado a la puerta de mi habitación una o dos veces en los últimos días, sin duda alentada por Eliza, pero no la había dejado entrar.

—Señora —volvió a hablar Eliza—, perdone si hablo de forma inapropiada, pero le pido disculpas por lo del otro día. No sabíamos que le causaríamos tanta angustia.

La miré con dureza.

—¿Qué le ha contado el doctor Mead?

Apareció una pequeña arruga entre sus cejas.

—Solo que creía que éramos intrusos y que por eso... —Tragó saliva—. Fue muy desconsiderado por nuestra parte. No sabíamos que la asustaríamos tanto.

Me quedé mirándola, preguntándome si Elliot Mead le habría contado la verdad. Por la visión periférica, vi el rostro pálido de Charlotte, sus ojos grandes y oscuros mirándome.

—Esta col necesita más crema —le dije a Eliza—. ¿Puede llevarla de nuevo a la cocina?

No podía soportar la fuerza de su desdichada compasión. Era peor incluso que el miedo que había visto cuando se quitó la máscara. Sentí un pequeño tirón en las costuras de mi juicio, como si fueran a descomponerse de nuevo. Eliza se levantó y salió con el plato de col, cerrando la puerta tras ella.

Me serví comida en el plato, aunque no tenía ningún apetito.

—Cuéntame, Charlotte, ¿qué te pareció el jardín? —le pregunté.

Sentada frente a mí con su vestido blanco como la nieve, mantuvo la mirada fija en el mantel de la mesa. Tenía el pelo recogido en una trenza que le caía por un hombro con una cinta rosa en el extremo.

—¿No te resultó placentero? —insistí. Tensó la mandíbula y miró la puerta.

Solté el tenedor.

—No busques a tu nodriza, contéstame.

—Sí, mamá —contestó con desprecio.

—¿Qué fue lo que te gustó exactamente?

Se quedó mirando su regazo.

—Me gustó estar fuera. Había mucha gente allí.

—¿Y todos llevaban máscaras?

—No —susurró.

—¿Qué más viste?

Alarmada por las preguntas directas que normalmente reservaba para las lecciones, Charlotte se puso a rascar una mancha del mantel.

—Muchas cosas. Vi un perro divertido, como el de la tía Ambrosia. Y había una orquis… orquer…

—¿Orquesta?

—Sí, tocaban música, como en la iglesia. Y la gente comía de pie.

Fue entonces cuando me di cuenta: el hueco en el centro de su boca. La lengua rosa asomaba por él como un junco, suavizando su discurso. Sentí una punzada aguda de terror que me recorrió de la cabeza a los pies al acordarme del atizador, de blandirlo y agitarlo... ¿dónde?

—¿Cuándo has perdido el diente? —pregunté con dureza y su aprensión se volvió terror.

En ese momento regresó Eliza y la expresión de Charlotte se tornó de alivio. Ahora me tenía miedo y sería así siempre.

—A Charlotte le falta un diente —expuse, tratando de sonar tranquila—. ¿Cuándo se le ha caído?

—Ah, fue ayer, señora. Se movía desde el lunes, ¿no? Y anoche se le cayó solo. —Estaba contenta, parecía aliviada de hablar de otra cosa y se colocó detrás de Charlotte, con las manos en sus hombros—. Lo hemos guardado, ¿verdad? Para enseñárselo a usted. Pensamos que le gustaría verlo, ya que es el primero que se le cae.

Entonces no le había golpeado en la cara con el atizador.

—Charlotte me estaba hablando de los jardines —proseguí con tono cortante—. Dígame, ¿allí todo el mundo lleva máscara?

—No —respondió Eliza.

—Las máscaras me parecen elementos peligrosos. Ocultan. La ocultación es algo deshonesto, ¿no está de acuerdo? ¿Por qué va a ocultar una persona quién es a menos que no tenga buenas intenciones? —Mastiqué un pedazo de hígado. Encontré un poco de ternilla y la saqué con los dedos—. No tengo ni idea de por qué se las pone la gente en los bailes. Seguro uno prefiere saber con quién está hablando.

—Nunca he asistido a un baile —señaló Eliza.

Podía imaginarme las fiestas típicas de los que eran como ella: sirvientes libres, la cerveza derramada por el suelo y violines enloquecedores, chicas mostrando sus corsés mientras bailaban desnudas. Eliza se metió la mano en el bolsillo de la falda y sacó lo que parecía una moneda. Era de bronce, adornada con un sol fiero y el año 1754; me la pasó por encima de la mesa.

—¿Qué es? —pregunté.

—Una entrada —respondió—. El doctor Mead nos ha comprado una entrada anual, por si queremos regresar.

Miré a Charlotte.

—¿Y tú tienes una de estas?

Asintió.

—Bien. —Tomé el tenedor y guardé un segundo o dos de silencio—. Ya puedes ir olvidándote.

Después de la cena fui a sentarme a mi escritorio y tras una hora solo había escrito las palabras «Querido doctor Mead» en lo alto de la hoja. Solté la pluma, volví a tomarla y me la pasé por la muñeca. Fui a por mi mapa, busqué Bedford Row y me quedé mirándolo hasta que el cielo comenzó a oscurecerse. Nunca había ido a su casa, ni siquiera la había visto. No me había sentado en uno de sus sillones, ni había bebido de su porcelana, ni había oído su reloj marcar la hora. No sabía cómo eran sus habitaciones ni cómo se desplazaba él por ellas. Deseé que llamara a la puerta para poder rechazarlo una vez más.

Oí ruido en la puerta de la salita.

—¿Señora?

Era la voz de Eliza. Le dejé pasar y con ella entró Charlotte con el camisón puesto y la preciosa melena suelta. Sonrió, dejando a la vista el hueco en su sonrisa, y me tendió la palma de la mano. En ella tenía el diente perdido, diminuto y blanco, como un pedacito de porcelana. Lo tomé y le di las gracias, y lo dejé delante de mí, sobre la mesa.

—Charlotte, dale un beso de buenas noches a tu madre —le indicó Eliza.

Le acerqué la mejilla, le deseé buenas noches, y las dos salieron y cerraron la puerta. Encendí una vela y alcancé la pluma.

Querido doctor Mead:

Gracias por la pintura, aunque no puedo aceptarla. No estoy habituada a gestos de semejante grandiosidad; la muestra total del afecto de Daniel durante todos los años que estuvimos juntos fue un corazón hecho de hueso de ballena, y solo la mitad. Sería una hipócrita si dejara nuestra amistad convertirse en polvo, pero le agradecería que me permitiera lamerme las heridas otra semana más. Después puede venir en paz.

Su amiga (de mármol),
Alexandra Callard

Dejé la carta en la mesita del vestíbulo para el correo de la mañana y me llevé la vela a la cama.

Fue el viento lo que me despertó al golpetear en la ventana. Me di la vuelta e intenté ignorarlo, pero persistía y, en algún momento, me di cuenta de que el ruido venía de dentro de la casa. Me incorporé, alarmada, y entrecerré los ojos en la oscuridad. Arriba crujía el suelo de madera y abrí la cortina para mirar el patio, iluminado tenuemente por la luna. Estaba vacío. Debí de salir de mi cuarto al mismo tiempo que Agnes, porque me la encontré bajando los escalones en camisón con una vela, los ojos muy abiertos detrás de la llama. El ruido empezó de nuevo y nos dimos cuenta al mismo tiempo de que era la aldaba.

—¿Quién diablos es a esta hora? —preguntó.

Quien fuera no dejó de aporrear y aporrear. Estaba al mismo tiempo intrigada y asustada, y aguardé un instante en lo alto de las escaleras mientras Agnes bajaba, ajustándose el mantón alrededor de los hombros. El sonido se volvió más urgente y oí a

Agnes murmurar que probablemente se tratara de un borracho que volvía de la taberna y se había equivocado de casa. Decidí que las probabilidades de que alguien con la intención de robar o asesinar se anunciara de ese modo en la puerta principal eran muy escasas y ganó la intriga, por lo que seguí a Agnes. Esperé en el vestíbulo oscuro para dejar que respondiera ella, pensando en qué podía agarrar por si acaso nos atacaba: ¿los candelabros de latón de la mesita? Había una daga bajo llave en algún cajón del estudio de Daniel. Pero ¿dónde estaba la llave? Me sorprendió descubrir que no la necesitaba porque en la entrada, bajo la luz de la luna, no había ningún vecino empapado en brandi, ni siquiera un guarda nocturno con noticias de un crimen, sino el doctor Mead.

Estaba despeinado y tenía la mirada de un loco. Pasó junto a nosotras y entró en la casa.

—¡Doctor Mead! ¿Qué significa esto?

—He recibido su carta —fue todo cuanto gritó por encima del hombro antes de cruzar el vestíbulo y subir los escalones de dos en dos.

Agnes gritó, cerró la puerta y nos miramos la una a la otra, horrorizadas.

—¿Qué ha escrito en la carta, señora? —susurró en la oscuridad—. ¿No se encuentra bien la niña?

—¿Qué carta?

—La que dejó en la mesa esta tarde.

Arrugué la frente, confundida.

—Solo que no podía aceptar la pintura. Pero ¿cómo es que ya la ha leído? ¿Por qué ha venido tan repentinamente?

—Hice que la entregaran, señora; el muchacho del correo pasaba por aquí cuando estaba echando las cortinas.

¿Qué estaba sucediendo? La señora escarlata de la pared nos miraba con ojos tranquilos. Algo iba mal. Sentí un profundo temor. Torpemente, cerré con llave la puerta de entrada y avancé después por la oscuridad aterciopelada hasta las escaleras. La luz de la luna entraba por el cristal de encima de la puerta, alumbrando los primeros escalones, y con Agnes y su vela detrás de mí, los subí, sintiendo que estaban hechos de arena, hasta que llegué a la primera planta.

—¿Doctor Mead? —Un momento después oí sus pasos en las escaleras y apareció delante de mí.

—Alexandra.

Que me llamara por mi nombre de pila me dejó helada. Me agarró del brazo y me llevó a mi dormitorio... no, al dormitorio de Charlotte. De nuevo sentí que estaba en un sueño extraño, uno que no tenía sentido y que probablemente nunca lo tendría. Y entonces lo vi.

Las cortinas del cuarto de Charlotte estaban abiertas y la luz de la luna lo inundaba, proyectando su brillo plateado en las camas, que estaban vacías, muy bien hechas, con las almohadas suaves y esponjosas. Las habían hecho con cuidado, no con prisas. Me quedé parada en la puerta, meciéndome ligeramente. Me esforcé por entender lo que estaba viendo, pues mis ojos funcionaban, pero no mi mente.

El doctor Mead volvió a salir corriendo, comenzó a moverse por la casa como un sabueso, miraba en cada habitación, buscaba en la salita, el estudio, la cocina. Lo oí cerrar puertas y subir y bajar escaleras, y sentí un pequeño mordisco en mi mente, un gusano que salía de una manzana.

Volvió sin aliento y se acercó a mi lado, pero no le veía la cara. No podía ver nada; estábamos casi en total oscuridad, aunque la vela de Agnes seguía encendida, temblando en las sombras.

—Es Eliza —dijo.

—¿Dónde está?

Parecía más preocupado de lo que debería por la idea de que una sirvienta huyera en la noche. ¡Ojalá pudiera verle la cara!

—¿Dónde está Charlotte? —pregunté.

Se acercó entonces a mí y me tomó las manos. Solo entonces comprendí el terror en sus ojos.

—Charlotte —dijo y su voz era suplicante—. ¿Es suya?

Nunca antes había sentido una conmoción como esa. Y entonces un brillo de revelación, como la primera luz del amanecer.

—¡Conteste! —insistió—. ¿Es suya?

Retiré las manos de las suyas.

—¿Qué significa esto? ¿Dónde está? Tiene que estar en la casa, en alguna parte.

—Alexandra, ¡tiene que responderme! ¿Es Charlotte su...?

—¿Por qué me pregunta esto? —grité. Me pitaban los oídos, oía campanas distantes, campanas de advertencia. Una especie de terror comenzó a empaparme.

—Eliza dejó a una niña en el hospital de niños expósitos hace seis años. La identificación que dejó era la mitad de un corazón hecho de hueso de ballena.

Me puse a temblar.

No es posible.

A ciegas, abrí la puerta de mi habitación, que estaba iluminada por la luz de la luna, y saqué la pequeña caja de ébano. Las figuras pintadas sabían tan bien como yo qué faltaba, pues habían sido testigos de lo sucedido. Tal vez lo supe en cuanto vi las camas vacías, o antes incluso, cuando el doctor Mead empezó a aporrear la puerta. Puede que antes; una parte diminuta de mí sabía que este día llegaría y, aun así, no estaba preparada para ello. Sus ojos grandes y oscuros, el tono rojizo de la melena oscura, las pecas. Cómo reían detrás de las puertas como enamoradas y bailaban como hermanas. La noche que buscó el retrato de Daniel en secreto. Cómo palidecía cada vez que yo entraba en la habitación. Cómo se le iluminaba el rostro cada vez que llegaba Charlotte. Eliza. Bess. Elizabeth. La certeza creció y sangró como tinta en el agua, como sangre. Yo era agua; ella era sangre.

Rebusqué en la caja, buscando las dos mitades de un corazón de hueso blanco con letras de enamorados, la tarjeta con una cuerda con el número 627, pero por supuesto, no estaban.

«Dale un beso de buenas noches a tu madre», le dijo Eliza a Charlotte.

Su madre había estado aquí todo este tiempo. Y ahora la furcia se la había llevado.

TERCERA PARTE

BESS

15

—Estaréis a salvo conmigo siempre que os mantengáis cerca, chicas. Encenderé la antorcha cuando estemos al sur de Holbourn. Después cruzaremos tan rápido que os mareareis. ¿Qué os parece?

Nos aferramos como sombras a Lyle, el chico de la antorcha del que me había hecho amiga en Bloomsbury y que nos conducía por las calles oscuras. Yo rodeaba a Charlotte con un brazo y en el otro llevaba la bolsa de lona con la que había llegado, pero con cosas diferentes esta vez, con ropa interior, un vestido, medias y zapatos, y las cosas que había tomado de la alacena: pan, un pastel frío de cerdo, una botella de cerveza, dos manzanas y un poco de pan de jengibre envuelto en papel.

La noche era fría, las calles estaban vacías. Nadie salía de casa cuando oscurecía, cuando los noctámbulos de Londres salían de sus agujeros y el peligro acechaba en cada callejón, incluso en las calles anchas y de bien, y la piel me hormigueaba por el miedo. En especial aquí: las pocas figuras solitarias probablemente fueran ayudas de cámara en busca de tabaco para sus empleadores, u hombres que salían de las tabernas, pero había algo incómodo en el silencio que hacía que ansiara las puertas abiertas y calles ruidosas de Ludgate Hill. Pronto estaríamos allí, Lyle nos estaba llevando, y con cada paso nos acercábamos más, y nos alejábamos de Devonshire Street. El único sonido era el de nuestros pies en la carretera y nuestro aliento en las gargantas. Las ventanas nos observaban, sus cristales oscuros como ojos en blanco.

—¿Crees que te ha descubierto ya? —preguntó Lyle y su voz rebotó en la carretera.

—Aquí no —siseé.

Lo conocía desde hacía solo unas semanas y aquí estábamos, depositando nuestra confianza y nuestra libertad en él. Conocí a Lyle una noche poco después de llegar a la casa de la señora Callard, cuando la novedad de la casa me tumbó en la cama y tuve la sensación apabullante de que me estaban enterrando viva. Tomé la llave de la jarra de la trascocina y me dirigí a los escalones del sótano, solo para sentir el frío en los brazos y el aire de la noche moviéndome el pelo. Sentada en el escalón superior, mirando la carretera vacía, me habló una voz.

—¿Necesitas luz?

Y apareció Lyle blandiendo su antorcha apagada como si fuera una espada. Me sobresalté y me llevé la mano a la boca, pues sabía que un grito despertaría a la casa y también a las de ambos lados.

—No —siseé—. Vete.

No me hizo caso.

—¿Una calada? —Me ofreció su pipa y sacudí la cabeza, temblando. Quería volver adentro, pero sabía que, al hacerlo, el sarcófago se sellaría detrás de mí durante otro día. Era moreno, con aspecto extranjero, de piel cetrina y expresión dura, pero su acento era como el mío. Llevaba un sombrero negro hundido sobre el rostro y un abrigo fino negro que le quedaba muy bien. Todo en él era sombrío, como si lo hubiera creado la noche y pudiera fundirse con ella a voluntad.

Se apoyó en la barandilla y me miró por encima de la pipa.

—Supongo que no eres una prostituta de Covent Garden esperando a un señorito, por cómo asoma tu camisón por debajo de la capa. —Me ruboricé y me ajusté más la capa alrededor del cuerpo. Él echó la cabeza hacia atrás y rio escandalosamente—. Además, estamos muy lejos de Covent Garden. Y eso es una casa de ricos. —Señaló con la cabeza la casa—, pero tampoco pareces buscar trifulca.

—No soy una ladrona.

—Por lo que mi estimación —continuó—, porque está oscuro y no te veo bien, es que eres una fregona y que estás esperando a alguien.

—Soy nodriza —dije enfadada—. Pero tú eres un hombre de demasiadas palabras, eso es lo que eres, y quiero que te vayas.

—¿A quién esperas entonces? ¿A un señorito?

—No.

—¿Esposo entonces?

—No estaría aquí si estuviese casada, ¿no?

—Entonces es mi noche de suerte.

Y con esto me guiñó un ojo y se fue sin mirar atrás. Lo vi de nuevo unas noches más tarde, esperándome al otro lado de la calle, apoyado en la barandilla, y sonreí muy a mi pesar. Se llamaba Lyle Kozak. Nunca encendía la antorcha cuando estábamos hablando, no fueran a encontrarlo ojos curiosos. Era un chico de la antorcha (o fustigador de la luna, como se llamaba a sí mismo, pues era difícil encontrar trabajo en una noche clara) desde que tenía diez u once años. Tenía veintitrés ahora y llevaba a casa tanto dinero como su padre, que era sastre. Lyle y sus padres llegaron a Londres desde Belgrado veinte años atrás y vivía en St. Giles con ellos y sus hermanas y hermanos. Él era el mayor y trabajaba por la noche para poder cuidar de los niños durante el día. Me dijo que solo necesitaba tres o cuatro horas de sueño y que podía dormir en un tendedero teniendo en consideración la familia tan grande que tenía y el caos y el ruido que provocaban. Hablaban serbio en casa y él había aprendido inglés en las calles, copiando el acento y haciéndolo propio. Lo que más le gustaba era el *cockney* y atesoraba palabras y frases como una urraca. Llevaba dos pistolas baratas y con probabilidades de explotar si las usaba, pero nunca había tenido que hacerlo porque sacarlas solía bastar para que los bandidos se giraran sobre sus talones («y si no son buenas para disparar, servirán para cascar el pastel de crema», añadió con tono alegre).

De todo esto me enteré en nuestras reuniones a la luz de la luna. Nos sentábamos en los escalones, la mayoría de las veces en los del número nueve, cuyos inquilinos estaban en el continente, según me había comentado Maria. Compartíamos su pipa y a veces yo traía algo para tomar: una botella de cerveza del fondo de la alacena que después llenaba de agua para que Maria no se diera cuenta, y una magdalena del desayuno que partía por la mitad.

Le hablé de Alexandra Callard y de cómo acariciaba los retratos de sus difuntos padres, pero no podía tocar a su hija. Le hablé de Charlotte, que adoraba los animales, leer historias y comer naranjas con crema. Le conté que Ned se había asomado al patio trasero para pedirme dinero y que casi me costó mi empleo. Una noche decidimos caminar por la plaza al ver luz en una de las casas y fue entonces cuando le conté mi plan de llevarme a mi hija a casa.

Me dijo que estaba loca y cuando se ofreció a ayudarme le dije que sí.

Y entonces la señora Callard nos atacó. La mariposa se convirtió en una bestia. Tenía la misma mirada que el ganado de Smithfield conducido a los mataderos; le vi la mirada asesina. Era una mujer peligrosa, eso estaba claro. ¿Qué clase de madre podía usar un atizador para pegar a su hija? No era segura y nosotras no estábamos a salvo en esa prisión, en esas mazmorras sobre el suelo con su dragón dormido en el interior. ¿Quién sabía cuándo volvería a despertar? Charlotte, aterrada y temblando (aunque siempre sería Clara para mí, llevaba un mes llamándola

Charlotte y ya estaba acostumbrada), había dejado a la madre que conocía y se había encontrado a la vuelta con un monstruo. La pobre niña lloró y lloró en mis brazos hasta quedarse dormida, su cuerpo mojado y temblando aferrado al mío. Por la mañana supe que teníamos que marcharnos; la manecilla del reloj había completado el círculo y había llegado nuestra hora.

El problema era que la vida en Devonshire Street era muy confortable. Yo estaba cómoda: había engordado de comer tanta crema y me brillaba más el pelo por el jabón. Tenía las manos más suaves, había desaparecido el olor a salmuera. Me había acostumbrado a la moqueta bajo los pies, las habitaciones cálidas, las cenas abundantes. Estaba bien en esa pequeña habitación donde vivíamos y jugábamos y dormíamos y cantábamos. Podría haberme quedado allí para siempre, haber cerrado la puerta y haberme tragado la llave. Pero había cosas que aún no sabía: ¿cómo habían sacado a Charlotte del hospital de niños expósitos y había acabado viviendo en esta casa? ¿Cómo sabía la señora Callard de su existencia, pero no me conocía a mí? Aunque había alguien que sí me conocía.

Cuando entré en su casa, estaba muy nerviosa por si me reconocía. El salón, lo llamó. El salón de la casa. No sabía que fuera posible vivir así, elegir encerrarse del mundo, no salir nunca. La comida entraba por la puerta de la calle, el dinero provenía de un abogado. El té de China, el brandi de Francia. No había visto que tuviera familia, ni amigos que la visitaran por la tarde. Así y todo, parecía... satisfecha.

Charlotte, por el contrario, no. El día que la conocí, sentí que deseaba una vida diferente. Sabía francés y música, y podía leer palabras más largas que mi brazo, pero no sabía lo que era rodar un aro por la calle, ni darle una manzana a un caballo, ni hacer una bola de nieve. Al principio era tímida y vivía dentro de sus libros, preguntándome si había visto bosques y ríos y barcos. ¡Una niña de Londres que no había visto un barco! A veces me quedaba paralizada ante la idea de que esta niña suave y delicada pudiera pregonar por la calle conmigo, con una cesta de limones en el brazo. Parecía algo sacado de sus historias. Más de una vez me había resignado a seguir siendo su nodriza hasta que se hiciera mayor, a vivir nuestros días cómodas y felices a costa de la señora Callard. De ese modo, cuando nos marcháramos, el acento de Bloomsbury y la cara bonita de Charlotte le asegurarían un puesto como dama de compañía. Eso era lo mejor a lo que podía aspirar conmigo.

Pero entonces los muros se cerraron en nuestra prisión y se volvió irritable y penosa, pegada a mí de tal forma que me dolía el corazón, pues esto no era mejor que una prisión, no era más amable que un asilo. Era suficiente para volverse loca. No sabía si la propia señora Callard estaba loca o si ella misma se había procurado ese estado. Parecía estar siempre entretenida con sus cartas y periódicos. Pero ¿qué era un papel cuando tenías un mundo ahí fuera? Su única compañía era el doctor Mead, que pasaba por alto su extraño modo de vida, pero creo que ella le divertía.

Pobre doctor Mead, cómo lo había embaucado. Si hubiera un resquicio en mi corazón para el arrepentimiento por haber llevado a cabo mi sucio engaño, lo sentiría. Pero no había espacio porque mi corazón estaba lleno con mi hija. Mi hija, con la que había estado soñando estos seis años y a quien quería más de lo que creía posible. Mi hija, que yo había creado y que había crecido en mi interior, que se movía, llevándose mi alma a cada lugar al que iba. Su pelo oscuro que se rizaba en la espalda, las manos cálidas encontrando las mías, cómo bostezaba cuando se cansaba de leer. Que supiera leer... No podría estar más orgullosa ni aunque volara. ¿Cómo podía haber hueco para la pena, el arrepentimiento o la compasión? Nunca antes me había enamorado, hasta ahora. Cuando se reía, o me enseñaba un dibujo, o me llevaba hasta el agujero de un ratón en la cocina... casi me ahogaba.

Eres mía, me gustaría haberle dicho la misma noche que llegué. *Yo soy tu madre.*

Y entonces se presentó la oportunidad. A la hora de dormir, unas tres semanas tras mi llegada, terminamos nuestro juego de cartas y le puse el camisón. Me senté a su lado en la cama con una vela mientras me leía su historia preferida, un cuento moralizante de una publicación para niños sobre una niña pequeña y mimada llamada Biddy Johnson. Ya me lo había leído antes, pero yo estaba cansada y apenas la escuché mientras recitaba las aventuras de una joven que huía de su nodriza y se perdía en Londres. Tras aceptar una naranja de un extraño, la estúpida Biddy fue secuestrada por una banda de ladrones que la llevaron al campo e intentaron matarla. Pero en el último momento la salvó el valiente señor Tommy Trusty, que la devolvió a Londres y a su familia. Charlotte no conocía todas las palabras y se saltó algunas partes, y cuando terminó, dejó el cuento en la colcha y se acurrucó contra mí. Yo estaba pensativa y la pequeña me tiró de la manga.

—¿Te gustan las naranjas, Eliza? —me preguntó—. Creo que son mis preferidas porque Biddy Johnson tiene una.

Me quedé mirando el cuadrado de cielo oscuro que se veía por la ventana con la esperanza de que no sintiera mi corazón acelerado.

—Sí —respondí.

—A mí me gustan con crema —añadió, somnolienta—. Y cuando están cortadas puedes metértelas en la boca y parece que estás sonriendo. Así. —Usó los dedos para tirarse de las comisuras de los labios, formando una mueca, y yo sonreí y pensé si el momento era ahora o si habría uno mejor.

—Charlotte —hablé, y me salió como un suspiro—, ¿alguna vez has pensado en escapar?

Nuestros rostros estaban cerca, notaba su aliento dulce en la mejilla. Tenía los ojos muy oscuros y brillaban, alarmados. Negó con la cabeza muy despacio y capté el olor a jabón de su pelo, que le había lavado la noche anterior. Y entonces asintió muy ligeramente y volvió a tirarme de la manga, pero no me miró a los ojos.

—Yo también —susurré.

—Por favor, no te vayas —me pidió en voz baja.

Me moví en la cama estrecha y aspiré su olor cálido. La rodeé con un brazo.

—Si yo me fuera, ¿me acompañarías? Podríamos irnos juntas.

—*Yo soy tu madre.* ¿Cómo decirlo si no era con esas palabras?

Me miró, pensativa.

—¿Como Biddy Johnson y Tommy Trusty?

—Como ellos. —Mi voz era tan suave ahora que apenas la oía—. Charlotte, ¿y si te dijera que...? —Me levanté de la cama y me arrodillé en el suelo para verla mejor. Estaba apoyada en el cabecero, la cara vuelta hacia la mía, limpia y blanca con su camisón. Sabía que tenía algo muy importante que decirle, pues tenía la carita seria y temerosa, como si de algún modo entendiera que lo que estaba a punto de contarle iba a cambiar su vida—. ¿Quieres escuchar una historia?

Asintió y le agarré la mano.

—Había una vez una niña pequeña —comencé— que vivía en una casa grande a las afueras de Londres. Había una pradera al final de la calle, con verjas negras y árboles altos. Tenía todo cuanto quería: sirvientas, vestidos de seda y lazos en el pelo. Tenía una tortuga y un pájaro en una jaula dorada. Bebía chocolate para desayunar y comía mermelada cada día. Vivía como una princesa, pero se sentía sola y nunca salía de su casa. Se sentaba junto a la ventana para ver a la gente pasando por la calle. Quería estar entre esas personas y soñaba que un día su madre verdadera vendría a rescatarla.

»Un día, su madre le contó que iba a tener una nodriza. Y la mujer que llegó para cuidar de ella tenía el pelo oscuro como el suyo, que se volvía rojo bajo el sol, y tenía unos ojos marrones como los suyos. Comían siempre juntas y jugaban con las muñecas de su habitación, y la niña pequeña le leía, porque la nodriza no sabía leer. Y una noche, cuando estaban metidas en la cama y la niña se estaba quedando dormida, la nodriza le susurró: «Soy tu madre verdadera y he venido para llevarte conmigo». Hicieron un plan para huir juntas y una noche echaron sus cosas en una bolsa y se marcharon. Y solo las estrellas las vieron y la luna les pidió que no dijeran nada.

El silencio era denso. No se movió, no respiraba, tenía los ojos oscuros asustados, los labios apretados. Esperé, observándola, conteniendo las ganas de agarrarla.

—Yo soy tu madre —susurré al fin—. Te dejé en un hospital cuando eras un bebé y la señora Callard te llevó a casa y cuidó de ti. Por mí. Siempre tuve la intención de regresar. Y ahora estoy aquí.

Parpadeó una vez, dos. Apareció una arruga en su frente.

—¿Es verdad? —preguntó.

Asentí. Me di cuenta de que necesitaba algo más; tenía una historia y ahora necesitaba la verdad. Volví a sentarme en la cama y la abracé, y ella me lo permitió y apoyó la cabeza en mi pecho. El corazón seguía latiendo furioso y susurré por encima del estruendo que hacía.

—Cuando naciste —comencé—, te envolví en una manta y salí de mi casa con mi padre, lo llamo Abe, es tu abuelo. Fuimos al hospital de niños expósitos, donde vamos a la iglesia. Allí cuidan de bebés hasta que sus madres van a recogerlos. Cuando naciste tú, el veintisiete de noviembre, te llevé allí para que cuidaran de ti. Y te dejé algo que era muy especial y que me dio tu padre: un corazón blanco, más o menos así de grande. —Lo dibujé en la palma de su mano—. Él lo cortó por la mitad, con una línea torcida como esta, me dio una de las partes y se quedó él con la otra. Sobre él grabó la letra B con la navaja, por mi nombre, Bess. Yo grabé una C debajo, por tu nombre, que entonces era Clara.

Era como una cría de búho, los ojos ocupaban todo su rostro.

—¿Te llamas Bess? —susurró.

—Elizabeth. Pero a algunas Elizabeth las llaman Eliza, y a algunas las llaman Bess, y otras son Lizz, Lizzie, Beth o Betsy. Hay muchos nombres derivados de Elizabeth. Pero tú debes llamarme Eliza aquí, ¿me lo prometes? Ahora soy Eliza.

Asintió y la abracé con fuerza.

—¿Mi papá es el mismo? —preguntó y le dije que sí, y que la querría mucho si la conociera. Me escuchó muy seria y luego preguntó—: ¿Qué pasó después?

Le acaricié el pelo grueso y oscuro y le conté que en el hospital me prometieron que la mantendrían a salvo para su mamá, hasta que estuviera preparada para recogerla.

—Y aquí estoy —afirmé. Las palabras cayeron entre las dos y aterrizaron como piedras en la cama—. Sé que te gustan las historias, pero esta es verdad.

Esa noche se fue a la cama aparentemente igual que siempre, pero pensativa, y un poco después de correr las cortinas, cuando me tumbé en la cama dándole vueltas a lo que había hecho, oí su voz tranquila al otro lado de la habitación.

—Eliza —susurró.

—¿Qué?

Para mi sorpresa, me pidió que me quedara donde estaba y yo estaba demasiado impactada para hacer nada cuando salió de la cama con rapidez y fue a la puerta. Me quedé allí, oyendo sus pies, y no había pasado un minuto cuando volvió y cerró la puerta. Llevaba algo detrás suyo. Se acercó a mí y su rostro resplandecía de triunfo.

—¿Adónde has ido? —murmuré.

—Al cuarto de mamá.

—¿Dónde está ella?

—En la salita.

Tendió la mano con el puño cerrado. Puse mi mano debajo y algo cayó en ella, duro, pequeño y afilado. Era un objeto duro, como un pedazo de cerámica, y tardé un instante en comprender qué era lo que me había dado. Lo miré, luego a ella y de nuevo la forma dentada que sostenía entre el dedo índice y el pulgar. Era tal y como lo recordaba; la B redondeada y la C bruta que había hecho con un cuchillo en Billingsgate, cuando tenía el vientre abultado.

No dije nada, pero sentí al fin que estaba completa de nuevo.

Charlotte devolvió el objeto antes de que la señora Callard lo echara en falta, pero saber que estaba en la casa era como una comezón, un deseo. Me cantaba desde su habitación, como si me hubieran cortado mi propio hueso y lo hubieran escondido. Que estuviera escondido me hacía quererlo más y al fin había llegado el momento.

Me sorprendió ver a la señora Callard entrando en el comedor, rígida y orgullosa tras los acontecimientos de unos días antes. La casa había estado conteniendo el aliento con su señora indispuesta, y su presencia volvía a equilibrar la balanza, aunque vibraba de miedo y dignidad, asustada por cómo la veíamos ahora. Cuando me mandó a hacer una tarea sin sentido a la cocina, llegó mi oportunidad. Subí las escaleras a hurtadillas y entré en silencio en su habitación, que, por suerte, estaba abierta. Había estado dentro una vez, cuando me hizo encerrar a Charlotte en su dormitorio, pero ese día era un lugar diferente. Ahora sus cosas estaban desperdigadas, la cama estaba sin hacer y había ropa interior y camisas por todas partes. En el tocador había un decantador de cristal con un centímetro de brandi, un papel arrugado y frascos de tinta por cada superficie. Era una habitación llena de basura e indulgencia: huesos de peras con moho y jabón derretido en un plato cerca de una bañera de cobre. La señora Callard ordenada y de espalda recta que se presentaba ante el mundo entero era en la intimidad desaliñada.

Charlotte me había hablado de la caja de ébano y la llave que la abría, que estaba guardada en el tocador. Por un momento me dieron ganas de sentarme frente al espejo y acercarme sus perlas al cuello, pero no había tiempo. Encontré la llave en una cajita forrada de terciopelo que olía ligeramente a pastas y me acerqué a su escritorio. Saqué la caja de ébano pintada con figuras japonesas y la abrí, respirando agitadamente. Rebusqué entre sus recuerdos, tan solo con una sensación lejana de culpa, buscando blanco entre el dorado y el esmalte. Primero encontré otra cosa que no esperaba: la pequeña tarjeta de latón con el número 627. La apreté en la mano, sintiéndola real y dura en la palma, y fue entonces cuando vi su compañero: el lado izquierdo del corazón, pálido y brillante como un fragmento de luna. Tracé con un dedo la forma que había grabada en él y supe que era una D por los libros de Charlotte, unos que ya era demasiado mayor para leer y que permanecían intactos en la estantería: D de dado. D de diamante. D de Daniel. Lo tenía la señora Callard. Se lo había dado a ella. Y entonces otra cosa de la caja captó mi atención: una cara que me miraba. Fruncí el ceño y moví los objetos, no podía creerme lo que estaba viendo. Como si lo hubiera conjurado, una miniatura ovalada de Daniel del tamaño de un guijarro. Lo tomé para mirarlo de cerca y aunque lo reconocería en cualquier lugar, reparé en que no lo conocía en absoluto; así no era como lo recordaba, aunque la expresión de triunfo seguía ahí. Aquí estaba más joven, llevaba un uniforme, parecía fresco como una moneda nueva. No pude evitar sonreír y por primera vez sentí su presencia en la casa donde había vivido y donde había muerto. Pensé en la puerta bien iluminada junto al café de Russell, su forma de mirarme desde el otro lado de la calle. Si hubiera girado a la izquierda y no a la derecha aquel día, si hubiera caminado por la amplia avenida de Fenchurch Street y no hubiera girado a la izquierda en Gracechurch Street, no estaría aquí, en una habitación de Bloomsbury, a punto de convertirme en ladrona. Los últimos siete años me habían conducido a este momento. Todas las cosas que necesitaba estaban en esta casa, y ahora las había encontrado. Me metí las dos partes del corazón de hueso de ballena en el bolsillo junto a la tarjeta de latón y cerré con cuidado la caja. Bajé a buscar más crema para la col.

—No tendrás miedo de la oscuridad, ¿no, chica? —le preguntó Lyle a Charlotte.

Estábamos moviéndonos hacia el este por calles estrechas cercanas a Grays's Inn. Charlotte, tan desacostumbrada a los extraños y a caminar por la calle, se había cerrado como un mejillón y no respondió. Vi que miraba la antorcha apagada de Lyle, que se alzaba por encima de su cabeza. Nunca antes había necesitado a un chico con antorcha, cuando oscurecía solo transitaba las calles que conocía si es que tenía que salir. Los guardas nocturnos (Charlies, como los llamaba Lyle) estaban fuera con sus palos y candiles, anunciando la hora y el estado del tiempo, recorriendo las calles como gatos sobrealimentados antes de retirarse a jugar a las cartas y a beber brandi. Lyle evitaba las vías públicas y usaba las calles y callejones, viviendo como vivía en la oscuridad. Sus pies eran sus ojos y sus orejas.

—¿Y quién es él? —preguntó en una de nuestras reuniones a la luz de la luna.

Tomé un trago de cerveza y le pasé la botella.

—El marido de la señora, pero está muerto.

Soltó un silbido.

—¿Y cómo lo conociste?

—En el café de Russell, cerca del Exchange. ¿Lo conoces?

—A la luz del día no. ¿Y qué hacía una muchacha como tú en un café? No dejan entrar a las mujeres. Ah, era uno de esos cafés, ¿no? Muchas manos en un plato para mantenerlo agradable y cálido para los señoritos.

Sabía que estaba bromeando y le di un codazo.

—Calla o encontraré un lugar para tu antorcha tan oscuro que nunca volverá a encenderse. No, él salía y yo estaba pasando por allí.

—¿Y así te contaminó? ¿Porque pasabas por allí? Esa es nueva.

—No sabía que estaba casado. No sabía nada de él, solo en qué trabajaba. Sigo sin saber nada y vivo en su casa. No hay ningún retrato de él, ni cosas suyas. Es como si nunca hubiera estado aquí.

—¿Lo buscaste?

—No.

—Podría haberte ayudado si lo hubiera sabido.

—Creo que los dos sabemos que no lo habrías hecho.

La noche era fría y yo pensaba que Lyle regresaría al trabajo, pero volvió a hablar:

—¿Sabes qué habría sido si no fuera un fustigador de la luna?

—¿Qué?

—Me gusta cultivar cosas. No es fácil en una cuarta planta, pero en las ventanas tenemos romero, salvia y tomillo. Intenté incluso cultivar tomates el verano pasado, pero no se pusieron rojos. Quiero tener mi propio jardín fuera de la ciudad. Lambeth, tal vez, o Chelsea. Algún lugar verde y espacioso donde pueda cultivar cosas para los mercados: manzanas, coles, zanahorias, nabos. Me encantaría llevarlo todo en un carro a Covent Garden.

—Nunca he probado el tomate. Y tampoco he conocido a nadie que sueñe con trabajar en los mercados —comenté—. Se trabaja muy temprano por la mañana y en los inviernos fríos, hay que estar fuera todo el día.

—Yo estoy fuera por la noche y en los inviernos fríos, ¿no? Lo mismo da.

Me encogí de hombros.

—A mí no me importaría no volver a ver un camarón.

—Prefiero oler a tomates que oler a gambas. Tú no hueles. Eres una cama de rosas.

Pero sabía que no y aunque el olor de Billingsgate se había desvanecido con el almidón y la soda cáustica, y los dos escapamos un momento de nuestras vidas para imaginarnos como nodriza y jardinero horticultor, yo seguía siendo una vendedora de camarones, y él, un chico de la antorcha.

La siguiente vez que vino, sacó la mano de detrás de la espalda y en ella tenía una de las frutas redondas y brillantes con más color de toda la calle, de todo Londres. La mordí y la dulzura fría y húmeda me inundó la boca. No sé cómo encontró un tomate en Londres en invierno, pero así era Lyle: traía luz y traía tomates.

—Para. —Le agarré el brazo y nos detuvimos en una calle estrecha con edificios derruidos: almacenes o depósitos cerrados durante la noche.

Lyle encendió la antorcha una vez que cruzamos la avenida de Holbourn, y arrojó luz alrededor de nosotros. Teniendo en consideración el camino que habíamos seguido, esperaba que estuviéramos al sur de Clerkenwell. Esta no era la ciudad que conocía, el Londres nocturno; me había unido a los habitantes de las sombras, a los criminales. Miré detrás de nosotros, la oscuridad más espesa que el petróleo. ¿Había oído pasos?

—No podemos parar —respondió, animándonos a seguir. Llegamos a la boca de un callejón, en una calle más amplia y tranquila con ventanas iluminadas en las plantas superiores, distantes pero reconfortantes.

—¿Cómo estás, ángel? —susurré.

Charlotte estaba cansada, tenía los ojos somnolientos. Era muy grande para que la llevara en brazos, pero me habría gustado poder hacerlo.

—Llegaremos pronto —le aseguré—. Vas a conocer a tu abuelo y pondré un bonito armario junto a tu cama, que está al lado de la mía. Mañana por la mañana iremos a buscar una casa nueva, para nosotras dos. ¿Qué te parece?

Estaba callada. Unos minutos después, la antorcha de Lyle iluminó la señal del Drum and Monkey y busqué el chapitel de la iglesia más abajo. Supe entonces que estábamos a unas pocas calles de distancia de Ludgate Hill. Le dije a Lyle que podía marcharse ya.

—No habré hecho mi trabajo si os dejo —repuso.

—¡Eh! —se oyó un grito en la oscuridad que me dejó paralizada del miedo—. ¡Eh, vosotros!

Apareció la figura delgada de un hombre. Agarré la mano de Charlotte con tanta fuerza que podría habérsela arrancado y me preparé para salir corriendo.

—Necesito luz para un carruaje que va al Soho —indicó el hombre, los zapatos resonando en el empedrado.

—Tengo gente ya —respondió Lyle.

—Ah, ¿sí? —El hombre nos miró y su rostro se solidificó delante de la llama. Era viejo, con la piel colgando y una peluca de aspecto ridículo. Pasamos por su lado y mantuve la cabeza gacha. Capté el olor a brandi.

Un violín alegre tocaba en la taberna del fondo de la calle y dentro la gente bailaba y daba zapatazos en el suelo. No tenía ni idea de qué hora era. Pasamos en fila india por Bell Savage Yard y llegamos a Black and White Court. La antorcha de Lyle se puso blanca y nos detuvimos en la boca de nuestro alojamiento. Estaba todo en silencio; un perro ladraba en la distancia, pero el edificio parecía dormido. Exhalé una bocanada de aire que no sabía que estaba conteniendo. Lyle tenía una mirada triunfante y dibujó una sonrisa en los labios.

—¿Qué te debo? —le pregunté.

—¿Qué te parece un beso?

La llama se ahogó y chisporroteó. Acerqué a Charlotte a la luz y se quedó como una estatua, con los ojos serios. Me incliné hacia ella y le hablé al oído:

—Charlotte, ¿qué le tenemos que decir a Lyle por traernos sanas y salvas a casa?

Lyle me miró, se quitó la cofia y se agachó a la altura de Charlotte, pero ella no dijo nada. El joven sonrió y se puso derecho.

—Duele el rechazo —señaló—. Primero tu madre y ahora tú.

Tu madre. No lo había escuchado antes y me resultaba extraño, maravilloso.

—Gracias, Lyle. —Nos miramos el uno al otro un momento, en la boca negra de la calle—. No vas a contar nada, ¿verdad?

—No diré nada, tienes mi palabra. ¿Quién es Bess? —Me guiñó un ojo—. Bien, voy a buscar a un viejo borracho que se pase
el trayecto dormido en el carruaje. Hasta la próxima, os deseo
buenas noches, señoritas Bright.

—Buenas noches, Lyle. Gracias.

No sabía cuándo volvería a verlo ni cómo podría encontrarme. Tal vez era mejor así. Me puse de puntillas y le di un beso en
la mejilla. Aspiré su olor: a tabaco y algo dulce, hierbas o tierra.
Antes de que me apartara, me tomó la mejilla con la mano y me
movió hacia su cara. Tenía los labios a centímetros de los míos.

—*Laku noč* —me dijo y se disolvió en la noche.

16

E l patio estaba vacío y nos escabullimos por él hasta la puerta principal, que abrí fácilmente para entrar en el vestíbulo negro como el carbón. Aunque no veía nada, conocía por instinto la distancia hacia las escaleras y las encontré con el pie. Agarrando la mano de Charlotte, palpé el camino hasta el número tres, dejé la bolsa en el suelo y busqué dentro la llave.

—¿Eliza? —oí un susurro en la oscuridad.

—¿Sí, mi amor?

—¿Dónde estamos?

—Ya te lo he dicho, estamos en mi casa. Aquí vivo yo.

—¿Por qué está tan oscuro?

—No hay lámparas de aceite, aquí utilizamos velas. Y no tengo ninguna. Tendríamos que haberle pedido una a Lyle, ¿verdad? No tengas miedo. Acuérdate de Biddy Johnson. Ella no estaba asustada, ni siquiera cuando la banda de rufianes vino a por ella.

El aterrador silencio que siguió me confirmó que había dicho las palabras inadecuadas.

—Pero aquí no hay bandas —susurré—. Todos están dormidos, por eso está tan oscuro y silencioso. No vas a creerte el ruido que hay por la mañana, con todo el mundo yendo a buscar agua y bombeándola. ¡No vas a poder oír tus propios pensamientos! Gracias a Dios...

Encontré la llave y busqué la cerradura. Contuve la respiración hasta que oí el familiar *clic,* después recogí nuestras cosas y animé a Charlotte a entrar.

El salón estaba helado. La cortina delgada estaba descorrida y la luz de la luna inundaba el suelo. El fuego estaba apagado y había ollas y sartenes sucias en la chimenea. El suave olor a pescado frito me revolvió el estómago. Miré la cama de Abe y al principio creí que estaba vacía. Apenas tenía forma bajo la manta, tumbado de lado con su cofia, de cara a la pared y roncando suavemente. Decidí no despertarlo y llevé a Charlotte a la habitación.

—Aquí estamos —susurré, soltando la bolsa. Charlotte se meció suavemente en los tablones de madera hundidos del suelo. Tenía ahorrado un mes de salario de la señora Callard y me arrodillé junto a la cama para buscar a tientas mi caja de dominó debajo del colchón.

No estaba.

Retiré el colchón por completo, dejando a la vista las cuerdas que había debajo. No había nada encima, ni tampoco debajo. Hice lo mismo con la otra cama y oí el ruido que hizo la madera al caer al suelo, pero tan solo había paja y cuerda y los listones de madera, que estaban vacíos. Miré a mi alrededor, desesperada; aquí también estaba la cortina abierta. Y entonces la vi en la cómoda de debajo de la ventana, junto a una jarra descascarillada que usaba para asearme. Abierta, con la tapa quitada. Supe que estaba vacía desde el otro lado de la habitación.

Respiraba de forma entrecortada, formando pequeñas nubes. Abe seguía roncando en la otra habitación y oí el crujido de la madera cuando Charlotte se removió, incómoda. Un pánico frío, enfermizo, comenzó a extenderse por mi estómago y me hizo agacharme en el colchón. Tenía la mente despejada. La caja estaba aquí cuando vine en mi media jornada libre, poco más de una semana antes, lo comprobé. Pero ¿la abrí? Esa mañana estaba feliz y distraída, e impaciente por regresar a Devonshire Street. También fui a la casa de Ned, pero no estaba, y pasé media hora con su esposa Catherine y los niños, con el bebé en brazos mientras Catherine cortaba verduras para hacer un caldo. Tenía la cara demacrada, la mandíbula tensa mientras me contaba que mi hermano llevaba dos noches sin regresar a casa. Me preocupé, pero no demasiado, de una forma vaga, manejable, como el hambre antes de volverse inanición. Le aseguré que volvería y ella asintió, porque así era, volvería, pero las dos sabíamos que el problema era más serio que eso.

Fui a la otra habitación a despertar a mi padre.

—Abe —lo llamé, sacudiéndolo con firmeza.

Se despertó al instante, en medio de un ronquido, y se incorporó en la cama, mirando con el ceño fruncido la oscuridad.

—Bess, ¿eres tú? ¿Qué haces aquí?

—He vuelto a casa. ¿Cuándo ha estado Ned aquí?

—¿Ned? —Tardó un momento en responder con voz ronca—. Hace una semana más o menos. Pero ¿por qué estás en casa? Pensaba que estabas...

—¿Entró en mi cuarto?

Abe tenía el rostro arrugado en un gesto de confusión.

—Puede, no me acuerdo bien. —Bostezó y se sentó más recto—. Tiene problemas, Bess.

—¡Sucio embustero! ¿A qué te refieres? ¿Qué clase de problemas? La cama crujió bajo su peso.

—Lo están siguiendo los oficiales. Puede que esté ya en la cárcel por lo que sé. O en la picota. No tengo forma de ayudarlo y él ya no puede ayudarse a sí mismo.

Tuve la sensación de que, uno a uno, los tablones del suelo se desvanecían debajo de mí. Charlotte miraba desde la puerta del dormitorio, inmóvil y muda, fuera de la vista de Abe. Sabía que tendría que acercarme a confortarla, llevarla a que conociera a su abuelo, pero no podía moverme ni un centímetro.

El sueño no llegó esa noche, pero la culpa y el miedo se acurrucaban a cada lado de mi cuerpo y apoyaban la cabeza en mi almohada. Sin el dinero era imposible no pensar que tenía un problema. Por la mañana tendría que contar a Abe lo que había hecho: robar a una niña con la que pretendía esconderme en algún alojamiento destartalado en las madrigueras sin ley entre el Fleet Ditch y St. Paul. Pero ahora, sin mis ahorros, no podía permitírmelo. Ese dinero me aseguraba no tener que encontrar un trabajo de inmediato, pero ahora tendríamos que hacerlo las dos. Y quedarnos aquí, en Black and White Court, no era una opción, porque en cuanto se enterara el juez...

Me estremecí. La habitación estaba congelada y había metido a Charlotte en la cama, en el estrecho colchón que había junto al mío. Ella estaba acostumbrada a plumas, no a paja, y la única manta fría y húmeda llevaba mucho tiempo sin lavarse. Fingía que estaba dormida, el pelo oscuro sobre la almohada, la cara blanca calmada. Me acosté a su lado con el vestido y las botas, observándola de cerca, acariciándole brazos y piernas y cantándole, respirando su olor a jabón. Le tomé las manos blancas como los lirios que tan solo habían atado cintas de seda en su pelo y habían pasado las páginas finas como pétalos de los libros.

Me puse bocarriba y mi aliento formó una nube a la luz de la luna. Suponía un gran esfuerzo cerrar la cortina fina. Miré los tejados, pensando si la señora Callard estaría despierta o si no se enteraría de nuestra huida hasta la mañana. No podía imaginarme cómo reaccionaría ahora que había destapado su prolijo disfraz: ¿con asombro silencioso o con rabia violenta? Que me hubiera llevado a Charlotte desordenaría su ordenada vida, volviéndola un caos. Sin duda se lo contaría primero a las sirvientas y enviaría a Agnes a buscar al guarda, que se lo contaría al juez. Pero ¿cómo iba a escapar de un enemigo que no conocía?

La noticia se expandiría por toda la ciudad, empezando por Bloomsbury y filtrándose hacia el este, sur y oeste, llenando callejones y parques, susurrada sobre manos enguantadas y murmurada por lavanderas tendiendo sábanas. Ella tenía el dinero para difundir la noticia en cada rincón de la ciudad, y también para peinarla. Era la gran diferencia entre nosotras. Para ella el dinero era un estanque del que beber profusamente. Yo estaba sedienta.

Sentí rigidez a mi lado y volví la cabeza; Charlotte me miraba en la oscuridad. Nos miramos la una a la otra y sus ojos eran indescriptibles.

—¿Eres de verdad mi madre? —susurró.

—Sí —respondí también en un susurro.

—¿Ese es mi abuelo?

—Sí. Mañana lo conocerás. Es hora de que cierres los ojos. Por la mañana iré a buscar una hogaza de pan y un poco de leche para calentarla en el cazo. Te van a gustar las lecheras. Llevan los cubos de leche en palos sobre los hombros y tienen cofias con volantes del color de la crema.

Se quejó de que tenía frío y yo le froté una y otra vez los hombros. Tanta madera y carbón en Devonshire Street y ahora no teníamos nada de eso. Cerró los ojos y yo le canté bajito para que se durmiera, como cuando la despertaba un mal sueño. Ahora vivía en uno. De Devonshire Street a Black and White Court; de Bloomsbury al Fleet. Parecía sacado de uno de sus libros para niños. Pero en las historias sucedía a la inversa.

Cuando la luz del amanecer apareció por encima de los tejados, la otra habitación estaba sumida en silencio; Abe se había ido al mercado. Decidí que era mejor que no supiera que Charlotte estaba aquí, así no tendría nada que ocultar. Cuando regresara, nos habríamos ido con nuestras cosas a un nuevo alojamiento y entonces podría inventar un plan. La culpa me asolaba; aquí había mucho que hacer y nadie que lo hiciera si yo no estaba. El suelo y la chimenea estaban llenos de mugre y humo del carbón, también las ventanas, y hacía falta un nuevo cubo de soda cáustica para que Abe lavara su ropa. Pero no había tiempo y tendría que apañárselas sin mí.

—Tengo frío —repitió Charlotte, acercándose a mí en la cama. Le di un beso en la cabeza y le eché mi manta por encima, arropándola bien.

—Ah —dije de pronto al acordarme—. He estado guardando ropa para ti todo este tiempo. ¿Quieres verla?

Un tanto curiosa, me observó mientras me acercaba al baúl de la esquina de la habitación y sacaba pilas de lino, algodón y lana. No tardé mucho en vaciarlo y levanté las prendas más bonitas para enseñárselas: un vestido beige que se ajustaba de forma muy bonita en la cintura; un elegante abrigo de fieltro con solo un agujero pequeño debajo de la axila.

—¿Te gustan?

Su rostro era suave como el mármol. Por supuesto que no le gustaban. Estaba acostumbrada a la seda de Spitalfields y yo le estaba enseñando lana que había llevado otra persona, probablemente una niña que había muerto. Las prendas pesaban con sus vidas anteriores y las doblé y guardé. Charlotte parecía a punto de ponerse a llorar.

Se oyó un golpe en la puerta y nuestras miradas se encontraron en un sobresalto mudo. No le había dicho que nos estábamos escondiendo, pero lo sabía. Volvió a oírse el golpe, rápido e impaciente.

—Abe, ¿estás ahí? —Era Nancy Benson, que vivía abajo. Contuve la respiración sin atreverme a moverme no fuera a crujir el suelo—. ¿Abe? Me pareció oír pasos anoche, he venido a echar un vistazo.

La puerta de la habitación estaba cerrada, pero ¿y si tenía llave? Si entraba aquí y nos veía… Noté su presencia detrás de la

pared, imaginé sus dedos regordetes en el pomo, y pedí mental-
mente que se fuera. Tras un minuto o dos, abandonó y los escalones crujieron cuando bajó. Decidí no ir a buscar agua a la bomba
del patio, no podía arriesgarme a que Nancy estuviera husmeando como un sabueso. No nos asearíamos entonces, por lo que no
tenía sentido encender el fuego.

Me vestí rápido y abrí la ventana para que saliera el aire rancio. Me acordé de Agnes, que decía que una casa ventilada era
una casa saludable. Se me revolvió el estómago al pensar que el
número trece de Devonshire Street estaría ya en pie. Sin duda,
Agnes se estaría retorciendo las manos, su rostro amable invadi-
do por la confusión. No me creería tan malvada como para llevarme a la niña. Solo unas semanas antes estábamos sentadas a
la mesa de la cocina después de que todas se hubieran ido a la
cama, con una vela entre las dos y un vaso de jerez.

—La niña no es suya —me susurró, los labios brillantes por la
bebida.

Yo estaba callada y oía el silbido del viento en el patio de fuera. Cuando confié en mí misma para hablar, me esforcé por mostrar una mezcla de sorpresa y desconfianza.

—¿Por qué dices eso?

—No se puso gorda —indicó—. Tenía el vientre plano como
la baqueta de un tambor. El mismo apetito. Y… —Movió los ojos
azules por las esquinas oscuras de la habitación, como si la señora Callard pudiera estar agachada allí—. Sangró todos los meses.
Y entonces, un día, unos meses después de la muerte del señor,
llegó una cuna y la colocaron en el cuarto infantil. Por entonces
no era un cuarto infantil, claro, era un dormitorio más. El señor
dormía ahí a veces si llegaba tarde y se quedaba cada vez más a
menudo antes de morir… si es que volvía a casa, claro. —Se detuvo, disfrutando de su entretenimiento y de contar con un pú-
blico. Maria no era mujer de chismes y Agnes estaba encantada
de tener a alguien con quien discutir el más gordo de todos. No
fue difícil hacer que hablara—. ¿Por dónde iba?

—La cuna —respondí.

—Ah, sí, la cuna. Yo le pregunté: «¿Para quién es eso, señora?». Y ella me dijo con total claridad: «Para mi bebé. Estoy esperando un bebé». Podrías haberme noqueado con una simple
pluma. Al principio pensé, y esto no se lo conté a Maria... Pensé
que había conocido a alguien, tan pronto tras la muerte del señor. Fue terrible que pensara eso, lo sé. —Le dio otro sorbo al
jerez con delicadeza y adoptó una postura más confidencial, inclinándose tanto que podía olerle el aliento—. No imaginé que
se refería a que iba a llegar ese mismo día.

Me las arreglé para poner cara de sorpresa.

—Nos envió a hacer recados. A mí a la mercería, a pesar de
que teníamos de todo, y a Maria a pagar una factura. Y entonces,
cuando volvimos, había un ruido extraño. Al principio pensé que
el gato se había quedado atrapado en alguna parte. Pero subí y
ahí estaba, tumbado en la cuna. Un bebé. No sé cómo funciona
eso, yo no tengo hijos propios, pero estoy segura como que me
llamo Agnes Fowler de que los bebés no nacen en el tiempo que
se tarda en ir a comprar botones. Si no la conociera, habría pensado que lo había comprado en la tienda de Fortnum.

—Tal vez lo hizo —dije y las dos nos reímos.

Nos serví otro vaso de la botella, aunque Agnes fingió que
ponía reparos. Empezaba a sentir afecto por ella, con sus ojos
azules brillantes y el pelo blanco, su piel suave y empolvada. Era
rolliza como un cojín e indiscreta como una alcahueta. Un simple
«buenos días» podía dejarte en una habitación quince minutos
mientras te relataba alguna historia, y un «buenas noches», podía
dejarte anonadada por cómo dos palabras podían conducirla a
una historia sobre un marinero de Newcastle que intentó vender-
le una cabra en Spitalfields.

—¿Entonces no amamantó ella a la niña? —me interesé.

—Cielos, no. La gente de dinero no hace eso, por supuesto.
Llegó una ama de leche esa noche y se quedó aquí aproximadamente un año. Belinda se llamaba. Una muchacha joven como tú.

Había oído hablar de las amas de leche, pero no conocía a nadie que hubiera tenido una ni tampoco conocía a nadie que lo fuera, pues los ricos solían enviar a sus bebés fuera de la ciudad mientras lactaban. Me quedé mirando la llama de la vela danzando en la oscuridad y me imaginé a otra mujer alimentando a Charlotte, meciéndola durante la noche. Y entonces nos interrumpió la señora Callard, que entró en la cocina como una llovizna.

Al día siguiente le pregunté a Maria qué sabía sobre el nacimiento de Charlotte. Me lanzó una mirada dura desde detrás de un velo de harina.

—No más que cualquier otra persona, imagino —respondió y tomó el rodillo.

Me alegré de que Agnes no se preocupara aquel día por sus asuntos, era un corderito confiado. Con una punzada de remordimiento, me pregunté qué pensaría ahora de mí.

—¿Dónde vamos? —preguntó Charlotte con tono suave cuando el reloj marcó las ocho.

—Vamos a buscar al tío Ned —dije mientras le subía la ropa interior—, para recuperar nuestro dinero. Toma las botas, nos las pondremos cuando bajemos las escaleras. —Le di un par de botas pesadas de niño que estaban ya muy usadas y no le harían daño en los pies.

—¿Dónde vive? Tengo frío.

—No vive lejos de aquí. ¿A que estás preciosa con tus prendas nuevas? —Le había puesto un vestido de algodón marrón estampado con un mantón cálido de lana y unas medias grises de lana. Con el pelo oscuro oculto debajo de una cofia blanca, le había limpiado toda huella de Bloomsbury y la había convertido en una niña de la zona.

Bajamos en silencio las escaleras, pasando por la puerta de Nancy con los dedos en los labios antes de dirigirnos a la puerta trasera que daba a Fleet Lane. Con mucho cuidado y evitando las vías públicas, nos dirigimos al norte. Advertí a Charlotte de que mantuviera la vista fija en el suelo mientras caminábamos, pero ella miraba a cada hombre, mujer y niño con el que nos cruzábamos. Se quedaba mirando cada señal de tráfico pintada, cada excremento de caballo y vendedor ambulante.

Nadie quería vivir en un lugar peor del que procedía, pero era lo que le había sucedido a Ned. Three Fox Court estaba a casi un kilómetro al norte, en las lindes del mercado de carne de Smithfield; era un lugar tan frío y estrecho que el sol nunca lo alcanzaba. Con el terrible hedor del ganado y el matadero al lado, estaba lleno de ratas y moscas, y el suelo se lavaba cada día con sangre. Tenías la sensación de que estabas borracho allí, con todos los edificios cerniéndose sobre ti, amenazando con enterrarte. Había un grupo de niños agachados en la esquina más oscura, descalzos a pesar de los charcos fríos. Sus rostros marchitos les daban aspecto de monos organilleros, y entre ellos, la más enjuta de todos, estaba la hija mayor de Ned y Catherine, Mary.

—Mary Bright, ¿qué haces aquí? —pregunté al acercarme a su pequeño grupo hostil.

Estaban jugando con basura que habían recogido: raspas de pescado y algo que parecía el cráneo de un conejo. Una de las niñas más pequeñas se levantó la falda y se puso a orinar. Me moví para que no me cayera en las botas y agarré a Charlotte por el hombro. Mary se quedó mirándola con resentimiento. Se llamaba así por mi madre y tenía cuatro años, aunque parecía que fueran cuarenta. No llevaba cofia y tenía el pelo castaño cortado como el de un niño. No había heredado ninguno de los rasgos suaves de Ned, ni su pelo rojo; era igual que Catherine: ojos pequeños, una nariz larga y puntiaguda y pecas. El vestido sin forma que llevaba era del mismo color que la pared. Bien podría haber nacido de la mugre y las sombras de Three Fox Court, una criatura de Smithfield, hecha de restos de huesos.

—Vengo a ver a tu padre, ¿sabes dónde está?

Sus ojos eran dos rendijas y volvió la cabeza hacia la casa con una cautela que no correspondía a su edad. Los otros miraban con ojos desconfiados. Entré por la puerta del fondo y subí las dos plantas de escaleras hasta las habitaciones de Ned, agachándome por debajo de ropa mohosa y pasando por al lado de un niño de dos o tres años que estaba sentado en un escalón, llorando a pleno pulmón y con la cara de un intenso tono morado. Tenía un moratón debajo de un ojo. Charlotte se aferró a mi falda cuando aporreé la puerta de Ned. Detrás de ella se oyó un grito y el bebé llorando, y luego un siseo urgente. Volví a llamar.

—¿Quién es? —preguntó la voz de Catherine.

Respondí y la puerta se abrió.

Catherine apenas nos miró antes de tirar de nosotras para dentro. Se le salía el pelo fino de la cofia y el bebé que llevaba en brazos era una bola escarlata de furia. Ned estaba apoyado en la mesa con las mangas de la camisa subidas, como si estuviera preparado para pelear. Estaba demacrado y tenía ojeras.

—Pensábamos que eran los agentes —explicó Catherine con una mano en la cadera, aunque no era un gesto desafiante; parecía estar sosteniéndose el cuerpo—. ¿Quién es esta? —preguntó al fijarse en Charlotte que, a pesar de mis esfuerzos por hacer que pasara desapercibida, seguía desprendiendo el aire de una niña disfrazada.

—Quiero mi dinero —le exigí a Ned, acercándome a él con la palma extendida y la mano de Charlotte en la otra mano—. Vamos, Ned. Me lo robaste cuando no estaba, como el cobarde que eres, y lo quiero de vuelta. No vayas a decirme que lo has gastado.

—¿Has robado a Bess? —preguntó Catherine con voz aguda—. ¿Cómo has podido hacer eso, Ned?

Mi hermano estaba callado y miraba con odio la mesa. El bebé Edmund había dejado de llorar al oír mi voz y nos miraba a Ned y a mí desde los brazos de su madre, con las mejillas mojadas por las lágrimas.

—Lo ha vendido todo —explicó Catherine—. El armario, la cama, las sartenes. Las sábanas. Incluso el orinal.

Me fijé en que la habitación estaba prácticamente vacía. La poca comida que tenían estaba en un estante para mantenerla fuera del alcance de los ratones y había un colchón burdo en un rincón, hecho de paja envuelta en mantas. También había una pequeña pila de ropa sobre una banqueta rota y un cuenco tan descascarillado que no podría contener una sopa. Al parecer, todo esto era la suma de las pertenencias del señor y la señora Bright.

Ned levantó por fin la mirada y asintió en dirección a Charlotte.

—Aquí está tu desdicha, ¿no?

—No la llames así. No la mires siquiera. Estoy hablando contigo.

—La has encontrado, ¿eh? No me lo digas, la has traído aquí para ahorrarle una vida de riqueza y privilegios.

—Eres un ladrón.

—No soy yo quien ha robado a una niña. ¿Crees que le estás haciendo un favor al llevártela de aquella casa que vi? Estará muerta en una semana.

La escondí detrás de mí.

—Si muere, será tu culpa —rugí—. ¡Me has robado mis ahorros! ¿Qué has hecho con ellos, Ned? Porque si te lo has gastado todo en licor, me sorprende que sigas vivo, y también me decepciona, francamente.

—Vete a nadar al Támesis, Bess.

—Era de Charlotte y mío. Seguro que tus hijos no han visto un solo penique.

—Ja. —Catherine soltó una risotada—. Es verdad.

Rápido como un rayo, Ned saltó de la silla y le dio un puñetazo en la cara. El sonido retumbó en la habitación y nos dejó en
silencio. Después sucedieron varias cosas al mismo tiempo: el
bebé se puso a llorar de nuevo, Charlotte se pegó a mi falda y
empezó a llorar de forma ruidosa y Ned puso las manos sobre la
mesa y se echó sobre las muñecas. Estaba temblando, pero tal
vez no de ira. Estaba empapado en sudor. Experimenté una intensa necesidad de escapar, no podía soportar estar un minuto
más en esa miserable habitación.

—Si te viera mamá —dije a falta de unas palabras mejores.
Ned no se movió y yo miré su pelo rizado por encima de las orejas y me pregunté dónde estaba mi hermano.

Agarré a Charlotte y la saqué de la habitación.

17

La entrada a Black and White Court era un pasadizo de no más de sesenta centímetros de ancho, Ludgate Hill arriba, entre una tienda de víveres y otra de barriles. El pasadizo conducía a Bell Savage Yard, que era largo y estrecho, rodeado de ropa tendida entre los edificios, y Black and White Court estaba a continuación, al fondo de la calleja de la derecha. Con Charlotte delante de mí, llegamos a Bell Savage Yard justo cuando un hombre alto y bien vestido con un sombrero negro como la tinta llegó al fondo y desapareció por la esquina. Bell Savage Yard y Black and White Court se unían como una vía a Fleet Lane y Old Bailey, pero no era una vía muy transitada. En conclusión, solo pasabas por allí si tenías que hacerlo.

El hombre podía ser inofensivo, me dije a mí misma, un visitante, un alguacil, un inspector. Sabía, sin embargo, que no era así. Maldije entre dientes y tiré de Charlotte para que se detuviera. Ella me miró como preguntándome qué sucedía y yo vacilé un momento, dando saltitos y girándome una, dos veces antes de maldecir. Finalmente decidí marcharme como la gallina que era.

—¿Bailando una giga?

Medio oculto por una sábana tendida, Lyle Kozak estaba pegado a una pared de Bell Savage Yard cruzado de brazos, mirando a todo el mundo como si estuviera contemplando un juego emocionado. No pegaba mucho con la luz del día y sin su antorcha, aunque sus rasgos seguían teniendo un aire sombrío, como si lo hubieran dibujado con carboncillo. Le brillaban los ojos negros incluso en la distancia.

—Tienes mejor aspecto en la oscuridad —señalé y sonrió.

—Los de Billingsgate sabéis cómo enamorar.

Giré la cabeza hacia el pasadizo y se puso alerta de inmediato, siguiéndome a la marea de Ludgate.

—¿Cómo te va, señorita? —le preguntó a Charlotte mientras caminábamos. Esperó a contar con la atención de la niña antes de sacarse una moneda de la oreja y dársela. Ella sonrió y la aceptó, y reparé entonces en que no la había visto sonreír desde que nos fuimos de su casa—. Cómprate un bollo de pasas en la panadería de ahí, ¿la ves? Venga. —Tras un momento de duda y un gesto de asentimiento por mi parte, entró por la puerta que teníamos al lado y yo miré a Lyle con dureza.

—¿Has visto a ese hombre que iba delante de mí?

—¿Ese peripuesto? Sí, lo he visto. Cazarrecompensas, seguro.

Maldije y miré a un lado y a otro.

—¡Tengo todas mis cosas ahí! Y Abe… no sabrá que me he ido otra vez.

—Vaya, pero no te ha encontrado. Ahí no hay nada que no pueda conseguirte yo. ¿Tienes contante?

—Sí.

—¿Cuánto?

—Unos seis chelines.

—Dilo un poco más alto, creo que los sordos de Westminster no te han oído.

—Ah, cállate, ¿vale? No hagas como que eres el único que está alerta. He conseguido llegar hasta aquí.

—Yo lo he conseguido —repuso con un guiño de ojo irritante. Charlotte salió de la tienda con un bollo del tamaño de su cabeza—.

No es todo para ti, ¿no? —bromeó Lyle cuando ella se acercó a nosotros—. No vas a terminar de comértelo hasta el sábado.

En ese momento salió del callejón una mujer con sus hijos y la reconocí. Era Helena Cooky, una tímida madre de cinco niños que vivía con su esposo y su madre en el número ocho. Me eché la capa por la cabeza y volví la cara al escaparate de la panadería. Lyle se movió de inmediato para taparme. Esperé hasta que Ludgate Hill se los tragó.

—¿Tienes hambre? —me preguntó Lyle cuando se fueron.

—Sí, supongo.

—Vamos al puesto de carne a que comas. Hola, Tom Thumb. —Agarró al primer niño que encontró, un muchacho sucio y de aspecto holgazán de unos trece años, y luego a dos más, un niño de ojos grandes de unos ocho años y una criatura menuda y fornida que parecía un perro peleón. Le dio a cada uno un penique para que vigilaran las tres salidas de la calle—. El primero que lo vea, que lo siga a su trinchera —les indicó—, y que vuelva aquí luego y nos espere. Recibirá algo más de contante. —Salieron corriendo, todos deseosos de ganar.

Quince minutos después, Lyle, Charlotte y yo estábamos sentados en un banco en el sótano oscuro y cargado de humo de un puesto de carne del mercado del Fleet. Teníamos cada uno un cuenco con estofado, una rebanada de pan y una taza de té con leche. Desde que vivía en Devonshire Street, mi apetito había aumentado y mi cintura también. El corsé me apretaba y Lyle observó cómo disfrutaba de la comida con una sonrisa. Sorprendentemente, él comía con delicadeza, casi como un señorito. No apoyaba los codos en la mesa ni bebía el caldo del estofado del cuenco como hacían algunos hombres. En lugar de eso, masticaba pensativo mientras le contaba que Ned me había robado el dinero y que pronto no tendría dónde quedarme.

—Necesitas una salida, entonces —indicó cuando la joven con cicatrices del puesto nos sirvió más té de la tetera.

Asentí y le limpié el cuello del vestido a Charlotte, donde se había derramado estofado. Estaba fascinada por el lugar, que era oscuro, ruidoso y estaba cargado del intenso olor a carne asada de la cocina, cuerpos sudados y cerveza. Estaban ocupados casi todos los asientos de los bancos largos y había platos sucios en todas las superficies. El humo se pegaba al techo alto y la gente se daba codazos mientras reía, chismorreaba y reñía. El barullo resonaba en mis oídos, antes no solía hacerlo.

—Esto es lo que vamos a hacer —anunció Lyle, inclinándose hacia delante—. Mi hermana trabaja en Lambeth, en una granja junto a la ciénaga. Está a unos tres o cuatro kilómetros de donde estamos ahora. Iré a verla y le preguntaré si puede conseguirte un puesto de trabajo, de lechera o similar, donde puedas ir con Charlotte.

—Nunca he estado en Lambeth. ¿No está ahí la campiña?

—Sí. —Lyle se volvió hacia Charlotte y comprobó que estaba escuchándolo—. ¿Sabes ordeñar una vaca?

Pareció tan ofendida que no pudimos contener una carcajada.

—De acuerdo —dije—. Pero solo si ella puede venir, Lyle. No sirve de nada encontrar un empleo para mí si no van a aceptarla a ella.

El chico movió una mano.

—Les diremos que eres viuda. Podemos buscar un poco de latón para tu dedo.

Suspiré, me rasqué la cara y me metí el pelo debajo de la cofia.

—¿Quién te envía? Debí de hacer algo bueno en una vida diferente.

—O algo malo en esta.

—Supongo que tendré que esconderme hasta que sepamos algo de tu hermana. Iré a la casa de mi amiga Keziah. ¿Puedes venir allí cuando sepas algo? Vive en Broad Court, en Shoemaker Row, junto a Houndsditch. ¿Lo recordarás?

—Shoe Court, Houndsmaker Row, Broad Ditch.

—¡Lyle!

—Lo sé, chica.

—Solo espero que ese hombre no me encuentre antes.

—Tienes suerte. ¿A quién tiene que encontrar ese cazarrecompensas? ¿A una mujer castaña con una niña pequeña? Hay tres mil así por toda Londres. Vamos —dijo, terminándose la taza—, voy a ver qué me cuentan los Tom Thumb y a recoger tus cosas. ¿Dónde nos vemos?

Lo pensé un momento.

—Paternoster Row, detrás de St. Paul, donde están los puestos de libros.

Lyle asintió.

—Nos vemos allí en veinte minutos, media hora como mucho. Después podrás irte con tu amiga. Pero recuerda mantener la cabeza gacha.

—¿Has terminado ya de decirme qué tengo que hacer? —bromeé y le di la llave de mi casa, que se metió dentro del abrigo.

—Nadie le dice a Bess Bright lo que tiene que hacer, ¿eh? Estoy cuidando de ti, parece que no estás muy acostumbrada.

Las calles de Ludgate Hill estaban más tranquilas y Paternoster Row era una avenida opulenta y plomiza a las sombras de St. Paul. Nadie sospecharía de una madre y una hija buscando libros de rezos en los puestos de madera que había fuera de las imprentas, donde la industria de las hojas y las palabras era un mundo alejado del mío. No conocía a nadie que supiera leer o escribir, ni a ninguno de estos impresores, cuyos clientes venían a buscar Biblias de cantos dorados si tenían dinero o volúmenes de segunda mano si no lo tenían. Le dije a Charlotte que íbamos a mirar libros y se animó de inmediato. Lyle se dirigió a mi calle y nosotras caminamos despacio por Ave Maria Lane.

—Charlotte, tiene que parecer que estamos haciendo un recado —le expliqué muy despacio—, pero no te pares demasiado tiempo en ningún lugar y no mires a nadie a los ojos.

—¿Por qué no?

—Porque no queremos que nos vean.

La calle estaba bañada por la sombra y posicionadas delante de las imprentas había dos docenas de puestos abarrotados de libros. De la mano, caminamos hasta el fondo antes de regresar. Asentí brevemente a un vendedor que inclinó el sombrero y sacudí la cabeza a uno que me ofreció una Biblia barata. Una mujer que vendía turbantes pasaba por allí, enrollándoselos en las manos, y dos sacerdotes con sotana caminaban por la calle empedrada hablando en voz baja.

—¿Por qué no buscamos alguno de tus libros aquí? —le sugerí a Charlotte.

—¿Mis libros? —preguntó, confundida.

—No, los tuyos no. No están aquí, pero habrán impreso las historias más de una vez.

Frunció el ceño y fue entonces cuando lo vi, en el puesto de al lado. El cazarrecompensas se movía por Paternoster Row mirando los puestos de libros, parándose en algunos que atraían su atención. Tan solo le vi la espalda, la capa y el sombrero, y un vistazo breve del lateral de su rostro suave y amplio. No lo vi bien antes, pero supe enseguida que se trataba del mismo hombre igual que un conejo reconocía a un zorro. Sentí que me bañaban en hielo y agarré con fuerza la mano de Charlotte para alejarme, pero ella tiró de mí y alcanzó un libro rojo pequeño.

—¿Qué es esto? —me preguntó.

Intenté alejarla, cada músculo de mi cuerpo vibrando de miedo y nervios, pero ella me rechazó con firmeza.

—Estoy mirando esto.

—¿Puedo ayudarla, señorita? —El vendedor del puesto se acercó a nosotras y sentí que me derretía.

—Suelta eso —siseé.

—¡Lo quiero! Es rojo, como *Biddy Johnson*.

—No tengo dinero —murmuré—. Déjalo.

Noté la presencia insoportable del cazarrecompensas más cerca, oí sus zapatos moverse por el suelo.

Busqué nerviosa algo, cualquier cosa para volvernos invisibles. Si se acercaba a mí y le veía la cara, y luego la mía...

—Habla en francés —le musité, nerviosa—. Cuéntame la historia del jardín, ¡rápido!

Charlotte se me quedó mirando con los ojos muy abiertos, pero era lo bastante mayor y lista para percibir el peligro. El hombre se movía muy cerca detrás de nosotras y la animé sin palabras a que se pusiera a hablar.

—*Le jardin est magnifique en été* —dijo. Sentí que se había detenido detrás de nosotras. Me volví despacio hacia el puesto, tratando de aparentar naturalidad, y Charlotte prosiguió, vacilante—: *Les roses s'épanouissent sous le chaud soleil et les parterres sont d'un éclat de couleurs.*

—Discúlpeme, ¿señorita?

Cerré los ojos y noté que el suelo se movía debajo de mí. ¿Podía fingir que no lo había oído? Pero entonces noté una mano en el hombro, como una piedra, y me giré para mirarlo a la cara con expresión confundida.

—*Oui?* —Era la única palabra que me sabía. Me miraba detenidamente; tenía los ojos pequeños y parecían en su cara las pasas de un bollo. No llevaba peluca y su ropa y sombrero eran caros. Le devolví la mirada, rezando con todas mis fuerzas para que Charlotte se quedara callada.

—¿Habla inglés? —me preguntó. Hablaba en *cockney*, pero con un acento suavizado. Nadie lo confundiría con un rico, aunque deseara parecerlo.

Fruncí el ceño y sacudí la cabeza, señalando con una mano que no le entendía y apretando con fuerza los dedos de Charlotte con la otra. La pequeña hizo una mueca y el hombre la miró.

—Buen día —se despidió tras una eternidad de agonía pura y, con una última mirada, continuó con las manos a la espalda.

—¿Quién era...? —preguntó Charlotte ni cinco segundos después y yo le siseé antes de que acabara la pregunta y me volví hacia el puesto. Me subí el mantón sobre la cabeza para que pareciera una capucha.

Sabía que el hombre no se había ido de Paternoster Row, lo sentía como un bulto bajo la piel. Cuando pasaron un minuto o dos, eché un vistazo a la calle y lo vi en uno de los últimos puestos, sopesando algunos volúmenes en sus guantes negros y poniéndolos de nuevo en su sitio. Por si seguía vigilándonos, fingí que no habíamos encontrado nada de interés y, moviéndonos muy despacio, volvimos por donde habíamos llegado. Parecía que estábamos dándole la espalda a un león. No había rastro de Lyle, pero decidí que no podíamos seguir esperando.

—Lo has hecho muy bien —felicité a Charlotte, mirando a todas partes cuando giramos a la derecha en lugar de a la izquierda, alejándonos de Ludgate Hill y de Lyle. Estaba temblando—. Has hecho lo que te he pedido y has hablado muy bien. Estamos jugando a un juego, ¿sabes? No podemos mirar a las personas ni hablar con ellas, y tenemos que movernos lo más rápido posible. Si alguien nos dirige la palabra, tenemos que hablar en francés y decir que no sabemos inglés.

—¿Por qué?

—Porque esas son las reglas del juego —contesté.

—¿Dónde vamos? Dijimos que nos encontraríamos con Lyle en los puestos de los libros. —Comprendí, con alivio, que no tenía ni idea del peligro real que habíamos corrido.

—Ahora no podemos hacerlo, pero no te preocupes. Nos encontrará.

La calle donde vivía Keziah estaba vacía cuando llegamos. Me acerqué rápido a su ventana para llamarla, oculta todavía bajo el mantón para evitar la atención de los vecinos con vistas al patio oscuro. Habíamos atravesado la ciudad de un lugar a otro para hacer hora mientras pasaba la tarde, hasta estar segura de que Keziah había recogido sus cosas en el carro y había vuelto a casa. Todo el tiempo tenía la sensación de que nos seguían, de que el hombre estaría al girar cualquier esquina, apoyado en una puerta, esperando a que volara directamente hasta su telaraña. Nuestra danza tediosa por la ciudad, donde sentía en todo momento que todos los ojos nos miraban, nos había dejado a ambas cansadas y nerviosas, y entonces comenzó a llover. En Cornhill, Charlotte se quejó porque estaba mojada, le hacían daño las botas y necesitaba el orinal, así que le levanté la falda para que orinara en un callejón. Se negó, blanca por el miedo, e insistió en que necesitaba el orinal, así que tuve que levantarme yo la falda para enseñarle cómo se hacía. Una sombra le cruzó el rostro, como si se avergonzara de mí, pero no le hice caso.

Al fin apareció la cara de Keziah en la ventana y un instante después la puerta se abrió y nos indicó que entráramos a sus habitaciones.

Los chicos Gibbons estaban comiendo pastel de carne en la mesa grande, las piernas colgando a escasos centímetros del suelo. Keziah se agachó delante de Charlotte y le puso las manos en los hombros.

—¡Tú debes de ser Clara! Estaba deseando conocerte. —La abrazó y Charlotte se quedó rígida como el palo de una escoba, los ojos oscuros enormes en su cara pálida.

—Soy Charlotte —protestó y Keziah se echó a reír.

—Así es. ¡Ya eres libre! Es tu vivo retrato, Bess.

Charlotte se apartó y se pegó a mi falda.

—Charlotte, esta es mi amiga Keziah, y sus hijos, Jonas y Moses. Vende vestidos a todas las damas refinadas del East End. —Charlotte miró a su alrededor, la habitación desaliñada y los niños sentados a la mesa, que la contemplaban en silencio. Le quité el mantón mojado y le atusé el cabello—. Ha conocido a mucha gente en las últimas horas, ¿verdad? A más que en todo un año, diría. Siéntate con Moses y Jonas mientras yo hablo con Keziah.

Sacudió la cabeza y me arrodillé delante de ella.

—¿Qué pasa? ¡No seas tímida! Acuérdate de Biddy Johnson. ¿Por qué no les hablas de ella a los chicos? Venga. —Intenté empujarla a la mesa, pero sacudió de nuevo la cabeza y parecía a punto de ponerse a llorar. Suspiré—. De acuerdo, ven a sentarte conmigo entonces.

Keziah colgó los mantones en la barra de delante del fuego y nos sentamos a ambos lados, yo en la mecedora con Charlotte en las rodillas. La silla sólida con su ritmo estable siempre me había reconfortado y la empujé con aire ausente mientras le contaba a Keziah lo sucedido la noche anterior y esa mañana. Sus ojos oscuros estaban serios y mientras escuchaba, se quitó la cofia y jugueteó con los mechones de pelo.

—Podéis quedaros aquí todo el tiempo que necesitéis —me dijo cuando terminé y yo le di las gracias.

Noté que Charlotte pesaba y vi que se había quedado dormida. Ahora podía hablar con libertad.

—La señora Callard ha mandado a un oficial a buscarme —susurré—. Lo he visto en Black and White Court y ha estado a punto de darnos alcance. —Tragué saliva, como si la pregunta que seguía a mis palabras me estuviera ahogando—. ¿Crees que me colgarían, Kiz?

—¡No pueden colgarte por recuperar a tu propia hija!

—Ellos no saben que es mi hija. La señora Callard jurará que es suya.

Keziah se mordió el labio y reparé en que los niños nos miraban con los ojos muy abiertos desde la mesa. Mi amiga los miró y luego a Charlotte.

—¿Estás segura de que es tuya? —murmuró.

—Sí. Mira lo que encontré en su casa. —Saqué del bolsillo las dos partes del pequeño corazón de hueso de ballena. Keziah me las quitó, asombrada—. El mío es el que tiene la B y la C. La señora Callard tenía la otra parte.

—D de Daniel. ¡Entonces esto es todo lo que necesitas! ¿Habrá un registro de esto en el hospital de niños expósitos?

—Sí, lo anotaron. Pero ¡lo he robado de su casa! —Negué con la cabeza—. No entiendo cómo sabía qué era el distintivo, pero a mí no me reconoció. No tiene sentido.

Keziah abrió la boca y volvió a cerrarla. Suspiró entonces.

—No lo sé, Bess. Nada de esto tiene sentido.

De pronto me sentía profundamente agotada. La luz se estaba disipando en la ventana y apoyé la cabeza en el respaldo de la mecedora, solo un momento, mientras Keziah iba a limpiarles las manos a los niños y a encender el fuego. Recorrí la habitación con la mirada y reparé en las paredes con humedades y en las manchas de la colada colgada encima de nuestras cabezas. Los cuencos de Keziah habían estado siempre descascarillados y a las sillas les faltaba alguna que otra varilla, pero ahora mis ojos iban directamente a todas las faltas y desperfectos. Si no estuviera tan cansada, me habría enfadado porque una mujer que trabajaba seis días a la semana desde el amanecer hasta el anochecer, y su esposo desde el anochecer hasta el amanecer, no tuviera ni una mínima parte del dinero de la señora Callard. La señora Callard, que era irritable, orgullosa y escueta con todo aquel con quien hablaba, que lo único que hacía era subir y bajar escalones con sus zapatillas de seda y pedir que le sirvieran el té en una bandeja de plata.

Se oyeron pasos en la calle, pero una cortina roja y fina cubría ahora la ventana. También servía para ocultarme a mí. Empecé a comprender entonces qué tenía que soportar Keziah día tras día. Debía esconder a sus hijos y ahora yo tenía que ocultar a la mía. Pero la diferencia era que yo tenía la esperanza de que esto acabara, de que un día pudiéramos movernos con libertad por las calles, con las cabezas desnudas y sin temer por las personas que nos encontrábamos. No había un final para Keziah y sus hijos, ellos siempre vivirían como ratas bajo el suelo de madera. Ya lo sabía antes, pero nunca entendí lo que se sentía hasta ahora. Por qué tenía las orejas alertas constantemente por sus hijos, y que se le acelerara el corazón por ellos. La observé mientras limpiaba la chimenea, barriendo las ascuas hacia una sartén, y sentí una oleada intensa de amor y lealtad. Abracé a mi hija contra el pecho y comprendí que el amor y el miedo no eran en absoluto diferentes.

Nos quedamos con Keziah toda esa semana, esforzándonos por resultar de utilidad y no una molestia. Yo le di varias monedas para la comida y la renta, y la ayudé a zurcir ropa para el mercado y a cuidar de sus hijos cuando ella no estaba. William mantuvo su rutina de siempre, durmiendo o ensayando durante el día y saliendo con el violín cuando caía la noche. Dormíamos en la mecedora junto al fuego. Charlotte se comportaba de forma retraída y en los momentos de calma veía cómo observaba la habitación con interés. No estaba acostumbrada a dormir, comer y vivir en una habitación, pero Keziah la mantenía caliente y ordenada, y cocinaba bien, comida sencilla de los mercados. Charlotte tan solo había vivido con tres personas, de las cuales dos trabajaban para ella, pero poco a poco empezó a relajarse en la compañía de los Gibbons, pues el suyo era un hogar tradicional, con una madre, un padre y dos hijos, como los que aparecían en los cuentos que leía. Era el motivo por el que yo me sentía cómoda con ellos, y creo que también ella.

La segunda noche mostró interés por las pilas de ropa y frivolidades de Keziah que había en la esquina de la habitación. Jonas aceptó de buena gana cuando empezó a ponerle cofias y abrigos mientras los demás los contemplábamos desde las sillas, delante del fuego. Su hermano mayor decidió que iban a abrir una tienda; volcó una caja vieja para usarla de mostrador y le puso el precio de un penique a cada prenda. Keziah y yo usamos dedales y botones como monedas, y Charlotte jugó feliz durante una hora o más, con un vestido de rayas que era diez tallas demasiado grande y un tricornio masculino. Nos pasaba prendas y nosotras fingíamos que las inspeccionábamos en busca de rotos y manchas. William trajo a casa una bolsa de castañas asadas y las compartimos antes de cerrar la tienda y acostar a los niños. Por la mañana, Keziah salió a trabajar y William se fue a ensayar con su cuarteto; yo me quedé jugando a las tiendas con los niños de nuevo. A los chicos les gustaba tener a Charlotte como compañera de juegos y ella cada vez se mostraba menos tímida con ellos. Encontró una baraja de cartas y les enseñó a jugar al *gin rummy* y a ser pacientes. Ellos le hablaron del canario de la señora Abelmann y ella les pidió verlo, pero, por supuesto, la respuesta fue que no. Charlotte nos leyó mientras yo bostezaba; cerré los ojos una hora y, al despertar, los encontré en el suelo del dormitorio, recogiendo motas de polvo y jugando a ver quién podía reunir los montones más grandes. La tarde llegó y pasó, le siguió la noche y seguía sin saber nada de Lyle. Un rato después de haber quitado las cosas de la cena y que todos se hubieran marchado a la cama, me desperté de un sueño inquieto al oír a William, que entraba en la casa. Cerró la puerta con cuidado y se sentó en el banco para quitarse los zapatos en la oscuridad.

—¿William? —susurré.

Se detuvo y esperé, atrapada debajo de Charlotte, que respiraba profundamente, mientras él se movía por la habitación para buscar una luz. A la luz de la alacena, vi que llevaba puesta una peluca gris y un bonito abrigo azul.

—¿Qué hora es? —le pregunté.

—Pasadas las dos —susurró. Se sentó en la silla de enfrente, mirando la puerta del dormitorio, pero no entró.

Me froté los ojos y, aunque estaba oscuro, me fijé en que estaba preocupado.

—¿Qué pasa?

Pareció sopesar durante un momento qué contarme.

—Esta noche he tocado en el Assembly Rooms, en Picadilly —comenzó con seriedad—. Estábamos colocados junto a una puerta divisoria grande que la gente cruzaba para cambiar de habitación. Mientras cambiábamos la partitura, oí una conversación entre dos huéspedes que estaban al otro lado. Estaban hablando de una niña perdida.

La luz chisporroteó y titiló.

—Uno de los hombres, un teniente general, creo, no oí el nombre, estaba contándole al otro la historia de una niña pequeña robada de una casa de Bloomsbury, la hija de una viuda rica. Han alertado a todos los guardas de la zona y la están buscando.

El corazón me latía acelerado.

—Están buscando a una mujer de unos veinticinco años con el pelo y los ojos oscuros, y un vestido estampado de algodón.

Me hundí en la mecedora y me removí debajo de Charlotte, que seguía dormida. Nos quedamos un minuto entero en silencio, mientras yo absorbía la enormidad de lo que me estaba contando.

—¿Has oído algo más? —pregunté entonces.

Negó con la cabeza y la llama chisporroteó.

Me froté con fuerza la cara.

—¿Dónde está Lyle? Me dijo que vendría pronto. Pero si me están buscando por todas partes, ¿cómo voy a llegar a Lambeth?

William estaba pensativo y un momento después habló.

—No buscan a un niño pequeño. Charlotte puede ponerse la ropa de Moses y ocultarse el pelo debajo de una cofia.

—Buena idea. Al menos es algo. El único problema es… ¿y si la hermana de Lyle no me encuentra trabajo? Oh, espero que venga pronto. Si no, no sé qué voy a hacer.

Pensaba que William se levantaría, pero tenía aspecto serio y afligido, como si hubiera algo más.

—¿William?

Se removió en la silla, con aspecto culpable.

—No sé cómo decirte esto, Bess.

Noté la boca muy seca y la habitación se volvió fría de pronto.

—¿Qué pasa?

—Siendo Keziah y yo quienes somos... si alguien te ve aquí, les puede parecer raro. No podemos haceros pasar por familiares y si miran por la ventana y ven a una niña blanca...

Cerré los ojos.

—Por supuesto. Lo entiendo. Me iré pronto, te lo prometo.

William asintió y se fue a la cama, dejándome en la oscuridad, asolada por la culpa. Si me quedaba, seguro que era cuestión de tiempo que me encontraran; Charlotte abriría la cortina o, cansada de la situación, gritaría o saldría fuera. Y mientras tanto estaba poniendo en peligro a mi amiga y a su familia. Imaginé a una multitud en la puerta de Keziah con antorchas llameantes en las manos y los rostros marcados por el odio. No había apetito igual al que suscitaba un criminal vengado. Iría directo a la horca; Paddington Fair, llamaban al día de ejecución, que me traía a la mente guirnaldas y pícnics. La viuda del número siete hacía cuerdas para el verdugo.

Pensé en Abe, dormido en casa. ¿Sabía acaso que era una criminal buscada? No lo podía leer en el periódico, pero sí podía haberlo oído de Nancy o cualquiera de los hombres de Billingsgate y sus esposas, que podían haberle contado que me estaban buscando. ¿Qué pensaría al enterarse de que su hija era una ladrona de niños? Por supuesto, no le conté la verdad cuando conseguí el empleo en Devonshire Street. Abe se quedó desconcertado cuando le dije que iba a ser nodriza, y no sabía ni la mitad de la verdad. Mi plan era volver con Charlotte y decirle que la había encontrado y que el puesto de trabajo no estaba hecho para mí, con la esperanza de que no me pidiera detalles. Abe era un hombre discreto y no chismorreaba. Tendría que enviarle un mensaje cuando llegara a Lambeth para decirle que no se preocupara, pero él era el menor de mis problemas y daba gracias a los cielos porque no hubiera visto a Charlotte aquella noche.

Dormí a ratos esa noche, imaginando los periódicos y qué publicarían. Seguramente habían impreso mi nombre y dónde vivía. Convencí al doctor Mead de que mi apellido real era Smith, le aseguré que había ido a recoger a mi hija con uno falso, y que me llamaban Eliza y no Bess. Me creyó, estaba acostumbrado a las medidas que tomaban las mujeres para ocultar a un hijo ilegítimo. Para ocultar su vergüenza. «Tu desdicha», la llamó Ned. Me hubiera gustado ofrecerle eso a él. Por culpa suya estaba aquí encerrada como un polizón, abusando de la amabilidad de mi amiga. Aunque a lo mejor estaba más segura aquí que en otro alojamiento, sin arrendadora que sospechase y sin vecinos que evitar. Sabía lo rápido que se formaban las opiniones sobre los recién llegados y lo sólidas que se volvían. Aquí tenía una mecedora cómoda en la que dormir esta noche y un poco de dinero para cuando tuviera que buscar otro lugar donde vivir.

No tuve que esperar mucho. Antes de que fuera totalmente de día, oí un suave golpeteo en el cristal. Estaba adormilada, con el brazo dormido debajo de Charlotte, pero no había querido moverme para no despertarla. El golpe había sido tan leve que pensé que podía venir de las habitaciones de encima, pero entonces volví a oírlo, inconfundible en la ventana. Me espabilé de inmediato y levanté con cuidado a Charlotte para dejarla en la mecedora con una manta e ir a subir la persiana. El amanecer asomaba en el patio y al principio no vi a nadie; el miedo se tornó alivio cuando comprobé que se trataba de Lyle, con la cofia por encima de los ojos. Corrí a la puerta para dejarle entrar tras tomar la llave del gancho que había detrás de un cuadro. Ninguno de los dos dijo nada mientras me seguía adentro y dejaba la antorcha al lado de la puerta. Sobre el hombro llevaba una bolsa enorme que reconocí como propia y la dejó suavemente en el suelo.

—Has venido —susurré.

Se quitó la cofia. Fue un gesto educado que hizo que me gustara todavía más y entonces caí en lo mucho que había pensado en él, en lo mucho que quería verlo. Me arrodillé junto a la bolsa y empecé a rebuscar en el interior.

—¿Has llevado esto encima toda la semana? —pregunté.

—Lo escondí en un almacén, un amigo lo estuvo vigilando. ¿Qué pasó en Paternoster?

Le conté lo del cazarrecompensas y nuestra huida y él maldijo y volvió a ponerse la cofia, después se la quitó y se rascó la cabeza. Quería preguntarle por qué había tardado tanto, pero de pronto me sentí tímida y confundida. Saqué la ropa de la bolsa y la doblé formando una pila en la mesa de la cocina, de espaldas a él.

—Por si te estás preguntando por qué vengo ahora, me di cuenta al ir a recoger tus cosas de que podía haber alguien vigilando la zona. No sé en qué estaba pensando al entrar ahí con tanto descaro. Así que al salir me puse a dar vueltas por si acaso y estuve en un café una hora. No sé cómo pueden bebérselo los señoritos, qué bebida más horrible. ¿Esta es la casucha de tu amiga?

—Keziah está dormida.

—Está fuera de combate. —Señaló a Charlotte, que estaba envuelta en una manta cálida con los pies colgando sobre el suelo. Nos quedamos mirándola y entonces recordé por qué había venido.

—¿Alguna noticia de Lambeth?

—Ah, sí. Tienes un puesto en la granja como lechera. Bueno, Beth Miller y su hija Clara lo tienen. Le hemos dicho al granjero que tiene nueve años, así que posiblemente tenga que ponerse de puntillas. Trabajará contigo. Eres la viuda de un marinero de Shadwell y compartirás una cama en la granja.

Sentí un enorme alivio. Me volví y le di las gracias, y él me miró fijamente, sujetándose la cofia.

—Se acabó esconderse. Estarás bien con nuestra Anna, ella cuidará de vosotras.

—¿Cuándo puedo empezar?

—Pasado mañana. Bueno, supongo que ya es de día, así que mañana. Nos vemos en el puente de Westminster mañana a medianoche y te llevaré allí. Anna nos estará esperando. No está lejos del río, a unos tres kilómetros más o menos.

—¿Será lo bastante lejos?

—¿Una granja en Lambeth? Con el Támesis de por medio, es como si estuvieras fuera del país.

—¿Y el cazarrecompensas?

—Ah, él. Te estaba buscando. Se llama Bloor, trabaja en una madriguera de Chancery Lane. Me aseguré de que estuviera fuera para echar un vistazo; mucho pastel de cerdo, pero es un tipo escurridizo. Podrías huir de él si tuvieras que hacerlo. —Esbozó una sonrisa ladeada y yo se la devolví—. No te preocupes mucho, pronto estarás fuera de aquí —dijo con tono suave, cubriendo el espacio entre nosotros.

La luz tenue de la cortina roja caía sobre nosotros y dejaba la mitad de los rasgos oscuros de Lyle a la sombra. Cuando estaba callado tenía un aspecto muy solemne y ahora me miraba como si quisiera decir algo más. Di un paso involuntario hacia él.

Oí tos en la otra habitación; ya había amanecido y la casa se estaba despertando. De arriba llegó el sonido distante del movimiento. Me ajusté el mantón, que se me había bajado de los hombros.

—A medianoche —afirmé—. En el puente de Westminster. Allí estaré.

18

be cerraba el puesto de camarones a las tres y me conocía la ruta que tomaba hasta casa con los ojos cerrados: por Thames Street hacia arriba, hasta el puente de
Londres, después al norte por Fish Street Hill hasta el Monumento, antes de ir hacia el oeste desde Great Eastcheap hasta St.
Paul. No quería acercarme mucho a Billingsgate ni tampoco a
Black and White Court, así que me aposté en medio, apoyada
en la barandilla de un cementerio descuidado cerca de Budge
Row, con el mantón alrededor de la cabeza. Llegué a las tres
con la esperanza de que se ciñera a sus horas de siempre y no
pasara por la taberna Darkhouse para tomar una cerveza ni se
quedara en el astillero a escuchar la lectura del periódico. Mantuve la mirada fija en el tráfico que se dirigía al oeste y cuando
pasaban veinte minutos de las tres, a punto estuve de pasar por
alto su forma vieja y derrotada que caminaba por el otro lado
de la carretera. Eché a correr, esquivando un carro y, sin decir
nada, lo empujé a un pasadizo oscuro. Él intentó soltarse, mirando con los ojos entrecerrados el espacio poco iluminado. Me
llevé un dedo a los labios y abrió mucho los ojos. Lo llevé a la
calle que había más adelante, un lugar elegante, empedrado,

con un único árbol en medio, rodeado de casas adosadas de ladrillo rojo.

—Bess... —comenzó, pero siseé para que se callara y me tapé más la cabeza con el mantón.

—No puedo quedarme. He venido a decirte que me marcho esta noche. Siento que tenga que ser así y que no haya ido a casa.

—Entonces, ¿tienes a la niña?

—¿Te has enterado?

—Yo y todo el mundo. Bess, está en todos los periódicos, en todas las calles. La historia de Elizabeth Bright, la nodriza que ha robado a la niña que cuidaba. ¡Por todo Billingsgate! Los porteadores me han estado preguntando si es verdad, no se lo pueden creer. *¿Tu Bess, robando a una niña?* No sé qué decirles. No he podido dormir. No estaba contigo cuando viniste a casa la otra noche, ¿no? Estabas sola.

—Estaba en el dormitorio.

Abe inspiró y exhaló el aire, sacudiendo la cabeza.

—Estás jugando a un juego peligroso, niña. ¿Dónde has estado?

—Estamos en casa de Keziah, pero me marcho esta noche. Voy a Lambeth, a una granja. Mi amigo Lyle está ayudándome. He quedado con él en el puente de Westminster y va a acompañarme. Su hermana es lechera y nos ha encontrado un empleo, a Charlotte y a mí.

Sacudió la cabeza.

—Espero que no te encuentren. Los guardas te están buscando. Y otro tipo, un cazarrecompensas. Ha venido tres veces ya, aporreando la puerta, preguntando si has vuelto para ver a tu padre. Temía que vinieras cuando estuviera él allí.

—Sé que me está buscando y, con suerte, no me encontrará. Toma. —Me saqué del bolsillo los pocos chelines que me quedaban y le di tres. Fue a protestar, pero los dos sabíamos que era en vano y que los necesitaba. Sin decir nada, se los metió en el bolsillo con un suspiro—. Te enviaré más cuando pueda.

—Santo cielo, espero que tengas cuidado.

—Lo tengo. Estaba conmigo aquella noche, cuando volví, y no te enteraste. Ojalá la hubieras conocido, Abe. Te encantaría, lo sé.

Parecía muy viejo y me dio la sensación de que las arrugas de los ojos y la boca se acentuaron.

—Esto no está bien, Bess. Ojalá no lo hubieras hecho. Qué desastre. ¿No estaría mejor en esa casa elegante de la que viene? ¿Qué clase de vida puedes ofrecerle tú? Tendrías que haberla dejado donde estaba.

Sentí un arrebato de furia.

—Vivía con una madre que no la amaba, que no quería tenerla. Aquello parecía una prisión, Abe. Nunca salía a la calle. Puede que yo solo tenga un chelín a mi nombre, pero soy su madre.

—Puede que lo seas, pero un niño también necesita un padre. ¿Cómo esperas vivir?

—Ya te lo he dicho, tenemos empleo las dos. Es lo bastante mayor para trabajar. Por Dios, tú me pusiste a trabajar en tu puesto cuando murió mi madre, no es muy diferente. Yo solo te he tenido a ti y nos ha ido bien, ¿no?

Volvió a sacudir la cabeza. En ese momento, una de las puertas pintadas de la plaza se abrió y salió una sirvienta con un recogedor. Nos lanzó una mirada dura, vació el recogedor en la calle y se quedó allí parada, esperando. Vi cómo nos miraba, a dos vagabundos mal vestidos que no tenían nada que hacer en esta bonita plaza. Le devolví la mirada y di media vuelta para regresar al pasadizo.

—Tengo que irme ya, pero he venido a decirte que estoy bien y que nos veremos… Oh, no sé cuándo nos veremos, pero lo haremos.

Le di un abrazo. Olía al mercado, que para mí era como el olor a casa. La enormidad de lo que estaba haciendo, de lo que estaba abandonando, me golpeó entonces y lo abracé con fuerza, esforzándome por no llorar mientras lo apretaba. No había necesidad de que habláramos. Nos despertábamos juntos, íbamos al trabajo juntos. Podía recorrer la ciudad, los cafés, tabernas y mercados, pero siempre volvía con él y había una cesta nueva de camarones esperándome, como si supiera que iba a llegar. Nuestras palabras estaban en cómo me quitaba el plato del regazo cuando me quedaba dormida y cómo le daba yo su sombrero antes de que saliéramos de casa. Cómo nos sentábamos juntos en silencio un domingo cuando llovía fuera y calentábamos té con las hojas usadas de la mujer que limpiaba.

No sabía cuándo volvería a ver mi casa, no podía imaginar un día en el que pudiera volver a caminar por el patio donde vivía y entrar por la puerta. Nunca lo olvidaría: el suelo de madera donde aprendí a gatear y el techo inclinado. Los dibujos que pegué a la pared de pequeña, ahora desteñidos, de cosas frívolas como bailes y amantes, y poemas que recogía de la calle que no podía leer, pero en los que aparecían niñas con mirada anhelante en los campos, de pelo oscuro y largo como el mío. El encaje sucio de la ventana y el sillón donde se sentaba Abe, con el cojín rojo viejo, y la puerta de la habitación donde Ned y yo soñábamos y susurrábamos y reíamos, con la jarra esmaltada a un lado, y el baúl de mi madre con rosas talladas.

—Mucha suerte, Bessie —me deseó Abe y se le quebró la voz—. Vigila tus espaldas.

—Gracias.

Le di un beso en la mejilla, conteniendo el llanto, y no pude volver a mirarlo: la duda y la vergüenza y el miedo en sus ojos claros, pues eran un reflejo de los míos. Le di otro abrazo fuerte y me mezclé entre la multitud.

Cuando el reloj marcaba las diez y media, estábamos ya preparadas para irnos. Tardaríamos una hora o más en cruzar la ciudad

hasta el puente de Westminster y había empezado a caer una llovizna suave. Bordearíamos el río, manteniéndolo a nuestra izquierda, y seguiríamos el recodo, como el tabaco subiendo por
una pipa. Había vuelto a llenar la bolsa de lona y Charlotte y yo
estábamos abrigadas contra el viento y la lluvia. La idea de William de hacer que Charlotte pareciera un niño había sido buena,
aunque ella se quejó cuando le alisamos el pelo, se lo recogimos
debajo de una de las cofias de Moses y la vestimos con el abrigo
y los pantalones de Jonas.

—¡Ya no eres una señorita! —exclamó Keziah y Charlotte puso
mala cara, lo que nos hizo reír a todos.

Los chicos observaron alegres mientras le abrochaba el abrigo
y le ataba las botas. Cuando el reloj marcó las diez, se me revolvió el estómago mientras repasaba una vez más nuestras cosas:
vestidos, mantones y ropa interior, dos mantas, varias mechas de
velas, dos tazas de latón y platos, una botella de cerveza, y las
cartas de juego de Charlotte y su ejemplar de *Biddy Johnson*. Le
había pedido el favor a Keziah de que le comprara una naranja,
que guardaría hasta necesitarla. Había cierto matiz definitivo en
todo esto, como si fuéramos a emprender un largo viaje a una
tierra extranjera y no a varios kilómetros de donde nos encontrábamos.

—¿Seguro que no quieres que os acompañe William? —preguntó Keziah.

—Gracias, pero no. Tenemos que ir nosotras solas. No irás a
seguirnos, ¿verdad? —le pregunté a William y él negó con la cabeza. No tenía trabajo esa noche y había ido a buscar cerveza
para acompañar nuestro estofado.

Charlotte, posiblemente consciente de lo que se avecinaba,
había estado muy quisquillosa con la comida y se había negado a
comer. Yo perdí los nervios y le dije que al día siguiente tendría
que empezar a trabajar y que no podría hacerlo con el estómago
vacío. Después me enfadé conmigo misma. Debería de estar me-
tiéndola en la cama con una muñeca, no obligándola a caminar

por todo Londres en mitad de la noche. Pero acostarla en una cama me parecía muy lejano, una cosa muy sencilla que nunca podría volver a dar por sentada.

Lo odiaba y me avergonzaba de ello, pero en la parte más oscura de mi mente apareció un pensamiento diminuto mientras la niña lloriqueaba: no seguir la dirección del río, sino internarnos en la ciudad, por las vías donde el laberinto de calles pequeñas y callejones daban a las carreteras amplias y vacías con casas altas, y llamar a la puerta del número trece. Dejé que la imagen tomara forma, imaginé el rostro blanco por el asombro de la señora Callard, el alivio de Agnes. Y Charlotte, aferrada a mí, llorando en la puerta... No. No estaba bien. Nunca haría eso. Ella era mía.

Le conté que nuestra vida sería ahora dura, que tendría que trabajar y levantarse temprano, que estaría cansada y hambrienta, pero que mamá estaría a su lado. Sabía que le parecería difícil, que la habían mimado mucho y yo tendría que espabilarla ahora. Batiendo mantequilla, ordeñando vacas, levantando cubos; la preparé para todas estas cosas en las horas que esperamos en la casa de Keziah, pero ella me escuchaba como si se tratara de una historia y no la vida real. ¿Y si se negaba a trabajar? ¿Y si tenía pataletas y nos hacía perder el empleo? ¿Entonces qué? No, no podía pensar en eso. Lo único que teníamos que hacer por ahora era llegar a salvo a Westminster y esperar a Lyle en el puente. No sabía si contrataría un carro para el trayecto o si vendría a pie. Tendría que estar muy atenta y tratar de no llamar la atención.

Nos despedimos con besos en la casa de los Gibbons. Se me revolvió el estómago más que nunca porque vi miedo en la cara de Keziah. Le aseguré que encontraría el modo de enviarle un mensaje y ella se rio y me dijo que si alguna vez aprendía a escribir, enmarcaría mi primera carta en la pared, y las dos sonreímos y nos abrazamos con fuerza. Y entonces cerramos la puerta y vi la cortina roja retorcerse cuando miraron por la ventana. Sentí que me ahogaba de la emoción y también sentí alivio porque ya no estarían en peligro más tiempo.

—¡Adiós! —se despidió Charlotte y tuve que acallarla. Se apartó de mí con el ceño fruncido, como si fuera a reñirle de nuevo.

Me agaché y le metí bajo la cofia varios mechones de pelo que se le habían soltado.

—Tenemos una larga caminata por delante —le avisé—. Sé que está oscuro y que llueve, pero no tenemos elección. ¿Vas a quedarte a mi lado y a seguir adelante, aunque quieras parar?

Me miró con solemnidad y le acaricié la mejilla. Asintió.

—Buena chica. Vámonos.

Hicimos el trayecto hasta el puente de Westminster lo mejor que pudimos en la oscuridad. No podíamos caminar justo por al lado del río, pues la orilla del Támesis estaba llena de pequeños embarcaderos complicados, escaleras y muelles, y no había un camino por allí, pero me aseguré de mantenerlo a la vista mientras nos dirigíamos hacia el oeste. La seguridad de que el río estaba ahí, ancho y reluciente bajo el cielo oscuro, era un alivio; había dedicado mi vida al agua y era un consuelo tenerla a mi lado, como un perro viejo y leal.

Le hablé a Charlotte del mercado mientras caminábamos. Le conté de dónde venían los barcos y qué transportaban, y las personas que trabajaban allí. Le gustó escuchar la historia del tiburón muerto que colgaron en el embarcadero como si fuera una sirena fea a la que le habían sacado los dientes de uno en uno.

A mitad de camino dejó de llover, pero me invadió una sensación temible cuando Thames Street terminó y comprendí por qué. Nos acercábamos al río Fleet, que se extendía al norte de Londres y fluía por debajo de la ciudad, reapareciendo de nuevo por debajo de Farringdon, donde se vaciaba en el Támesis. Tan solo había un modo de cruzarlo: por el puente que había en el extremo de Ludgate Hill. Las calles y los estrechos carriles tan

cercanos al río eran oscuros y silenciosos. Había cervecerías y tabernas a lo largo de la ribera que estarían ahora llenas de hombres que trabajaban en los muelles y fareros, pero era todo cuanto
encontraba a esta hora de camino a casa. Llevé a Charlotte hacia
el norte con paso rápido, repitiéndole de nuevo que no mirara a
nadie, y ajustándome más el mantón en la cabeza. El estrecho
puente y las calles de ambos lados estaban, por suerte, vacías y
cruzamos rápido sin mirar atrás.

Eran las doce menos cuarto cuando llegamos a la orilla norte
del puente de Westminster, mojadas, pero triunfantes. Había algunas antorchas encendidas aquí, en la parte más elegante de la
ciudad, y el río brillaba oscuro bajo nosotras, estirándose y boste-
zando en su curva. La luna estaba detrás de una nube, lo que nos
había venido bien para que no nos vieran. Posé la mano en la
balaustrada y al fin me permití relajarme. Lyle llegaría en quince
minutos. Lo habíamos conseguido, habíamos llegado.

—Ya hemos hecho la parte más difícil —le dije a Charlotte,
levantándola para colocarla en el pequeño muro de piedra—. ¿Y
qué tengo en mi bolsa para esta pequeña niña tan buena? —Se
quedó mirando con la lengua rosa asomando por el hueco del
diente. Saqué la naranja y la alegría le inundó el rostro. Me pidió
que la pelara—. Vamos al centro del puente y lo haré mientras
esperamos a Lyle.

Había otras personas allí: dos hombres hablando que pasaban
por el otro lado del puente y un vagabundo echado contra la balaustrada, envuelto en harapos. Le agarré la mano a Charlotte y
caminé con ella por encima del río, señalando los barcos que se
movían en direcciones diferentes; el tráfico era más tranquilo por
la noche.

—Eso es un arrastrero, ¿lo ves? Como te he contado, recoge el
camarón de Leigh —le expliqué—. ¿Y ves aquellos pequeños que
van entre el barco grande y el muelle? Son gabarras, las que llevan
el cargamento hasta la orilla, porque el barco es demasiado grande
para llegar allí, ¿ves? Parece que llevan madera, mira.

Seguimos avanzando y nos detuvimos en mitad. Pasó un carruaje por nuestro lado. Los carruajes del correo estarían saliendo ahora de Londres, comenzando sus largas rutas hacia el campo. Le dije a Charlotte que podríamos escribirles una carta a Moses y Jonas cuando llegáramos para que se la leyera su padre. Le froté las manos con las mías, la lluvia había enfriado el ambiente. Unos minutos después vi a Lyle aproximándose desde la orilla norte, agachado por el viento, con la cofia muy baja. El corazón se me aceleró y sonreí, me aparté de la balaustrada para que nos viera mejor. Pero no hizo señal alguna de reconocernos y no redujo el paso al acercarse; tampoco sonrió. Cuando la distancia entre nosotros se hizo más corta, comprendí que no era Lyle. El hombre tenía la cara pálida y era más alto, más esbelto, con los ojos claros y grandes. Vi un destello de pelo rojo a los lados de la cofia.

—Ned —dije, sorprendida—, ¿qué haces aquí? —Estaba sonriendo, pero también fruncía el ceño, y me sentía rara, como si lo estuviera viendo en un sueño. Y entonces lo entendí.

Otro hombre se movía hacia nosotras desde la dirección de la que venía Ned, un hombre alto con un sombrero negro y un abrigo grueso. Llevaba unos guantes de piel. Ned y él eran los hombres que había visto en el lado opuesto del puente cinco minutos antes.

Sentí como si me echaran un cubo de hielo por la espalda y el cazarrecompensas me miró con dureza, vio el reconocimiento en mis ojos, reflejado en los suyos. Yo aferraba ahora con mucha fuerza la mano de Charlotte y ella puso mala cara. La coloqué detrás de mí con la esperanza de que no viera que estaba temblando.

Ned no me miró y se volvió hacia el cazarrecompensas.

—Es ella —indicó, asintiendo en dirección a Charlotte.

—Ya nos hemos visto antes —comentó el hombre. Su voz era profunda y ronca como la piel.

—No...

Se lanzó hacia nosotras. Ned me agarró las muñecas, sujetándome mientras yo gritaba, y el cazarrecompensas tomó a Charlotte por los hombros, que se puso a llorar y se aferró a mí.

Nuestras manos se separaron y las suyas volaron en el aire, buscándome.

—¡Ned, no! ¡No hagas esto!

En el extremo norte del puente aguardaba un carruaje, que avanzó hasta nosotros y se detuvo. En un torbellino de oscuridad, como sombras que forcejearan, el cazarrecompensas metió a mi niña llorando dentro y sus gritos rasgaron el aire y mi propia alma. Un momento después tomaron las riendas del carruaje y el caballo se movió. Las ruedas giraron y el carruaje dio la vuelta para retroceder por donde había venido. Al mismo tiempo, una figura corría hacia nosotros desde la orilla norte. Llevaba un instrumento largo en la mano, como un bastón, o una antorcha.

—¡Lyle! —grité—. ¡Tiene a Charlotte!

Ned me inmovilizó las muñecas con demasiada fuerza y le escupí en el rostro justo cuando Lyle nos alcanzó y le asestó un puñetazo en la cara. Pero Ned estaba preparado y esquivó el impacto, al tiempo que se soltaba y se volvía hacia Lyle. Antes de que me diera cuenta, los dos se estaban peleando en la carretera. La antorcha había caído en alguna parte y estuve a punto de tropezar con ella cuando salí corriendo detrás del carruaje que atravesaba la noche y desaparecía en el extremo del puente. No servía de nada correr detrás, ya sabía dónde iba.

Me quedé impactada, destrozada, mirando el lugar por el que había desaparecido, tratando de aceptar lo que había sucedido. Detrás de mí, sobre los adoquines solitarios, resonaban gruñidos y golpes mientras los dos hombres se desgarraban entre sí. Lyle había empezado a usar la antorcha como maza y oí el ruido sordo que produjo al impactar contra mi hermano. Quería que Lyle lo matara. Si tuviera una pistola, un cuchillo, una porra, lo habría hecho yo misma; habría aporreado y clavado y arrancado la vida de su cuerpo hasta que manara sangre escarlata de él y sus ojos vidriosos ya no vieran las estrellas. Pero no, su sangre no correría roja. Su sangre sería tan negra como su alma.

CUARTA PARTE

ALEXANDRA

19

El hombre pelirrojo vino esa tarde. Yo estaba sentada en una silla junto a la ventana, bajo una manta, mirando la calle. Era el sexto día y había llovido toda la mañana; la lluvia siseaba en las ventanas y volvía la carretera resbaladiza. Cuando sonó la aldaba en el vestíbulo, volví a abandonar mi mente y me marché a aquel lugar distante en el que parecía existir ahora. Pero el ruido me devolvió a mi asiento y me puse alerta de inmediato. No había carruaje en la calle. Era alguien que venía a pie. El corazón se me aceleró un momento y entonces, tan rápido como había llegado, el espasmo de intriga pasó y me retrepé mientras el gris volvía a consumirme. Con toda probabilidad sería el doctor Mead, que me había atendido estos últimos días con la dedicación de un sobrino solícito, como si yo fuera su tía inválida. No aceptaba sus tónicos ni rapés, no me preocupaba por comer ni beber, tomaba algún trozo de carne y bollo de pan en esta silla, cuando comía, y permanecía hasta la madrugada en la oscuridad, sin encender velas, para ver mejor la calle. Ninguna de mis prendas de vestir eran lo bastante cálidas, ni siquiera con el fuego alto, así que me había acostumbrado a echarme uno de los abrigos viejos de Daniel en los hombros, como si fuera un general retirado.

Esperé a que Agnes me anunciara quién era y, un minuto después, la puerta se movió en la moqueta y sentí su presencia en la
habitación. No me giré en la silla y, cuando me dijo que había
venido un caballero a verme, al principio no supe su nombre. Lo
dejó pasar y cerró la puerta. Al fin me volví y miré a la cara al
hermano de Bess. Lo reconocí de inmediato como el hombre delgado y de cara pálida que vi husmeando por el muro del patio
unas semanas antes.

Agnes estaba equivocada: no era un caballero. Vestido de forma andrajosa, más que estremecerse, se sacudía, y su mirada era
muy intensa; sentí como si me estuviera tocando y su fervor me
repulsó. Su comportamiento era lo menos repulsivo, no obstante.
Cuando me ofreció información sobre el paradero de Charlotte o,
más bien, sobre dónde estaría, al principio pensé que me estaba
engañando. No dije nada mientras me contaba tartamudeando
que, por un precio, me revelaría la ubicación de Bess y Charlotte.
Sabía que huirían de la ciudad esta noche y podría traerme a la
niña. Se tropezaba con las palabras y temblaba tanto que pensé
que estaba enfermo, pero entonces me fijé en una pequeña marca
y en su palidez gris, y, aunque no debía haber pasado la veintena, había ya un mapa violeta de vasos sanguíneos bajo su piel.
Oh, es un borracho, pensé con cierto interés. En cierto modo, expli-
caba por qué era capaz de traicionar a su hermana, y ahora ya sí
supe que Bess era su hermana, pues tenían la misma nariz menuda y los ojos grandes y ligeramente saltones que le había pasado
a Charlotte. Eso significaba que este hombre era también pariente
de Charlotte.

Escuché lo que tenía que decir y luego le pregunté por el precio que pedía. Se quedó muy quieto y pensativo y entonces se
recompuso, se aclaró la garganta y anunció, con falsa osadía, que
cien libras bastarían.

—Muy bien —acepté tras un largo silencio.

Dejó entonces el rostro a la vista y reparé en que estaba sonriendo.

—Gracias, señora, la complaceré, no va a lamentarlo, se lo agradezco mucho.

Me pregunté si estaría llevando a cabo el plan de otra persona. Lo quería ya fuera de la habitación: olía la bebida en él y había algo profundamente molesto en su desesperación y su forma deferencial de tratarme. Pero dudó y me dio la sensación de que quería preguntarme algo. Aguardé.

—Solo una cosa, señora —murmuró, moviendo los pies—. Como es mi hermana la que se la ha llevado y no me gustaría verla en prisión... sobre todo por mi culpa, ya entiende. Como es mi hermana, esperaba que la dejara ir. A cambio de la pequeña.

—Ah —dije, comprendiendo. Habían ideado juntos el plan, entonces. Todo este tiempo yo me había dedicado a revisar las cerraduras de puertas y ventanas, pensando que mantendría fuera a los ladrones. Y en cambio había invitado a uno a vivir conmigo, en mi casa, y ahora le estaba ofreciendo mi dinero a otro—. Muy bien —repetí—. Se llevará a un hombre con usted, al señor Bloor, de Chancery Lance. Su oficina tiene el símbolo de un halcón. Dígale que se lleve un carruaje.

Asintió con la boca en movimiento todo el rato, como si estuviera masticando tabaco. Tan pronto se marchó me estremecí, sobrepasada por el deseo de abrir las ventanas y airear la habitación.

El reloj avanzaba en la repisa de la chimenea dentro de su estuche de caoba y yo observaba la manecilla dorada dar vueltas y más vueltas bajo la luz suave que quedaba en la habitación. El doctor Mead no vino, ni tampoco nadie más. En una mesa a mi lado había un montón de periódicos, en todos ellos había puesto avisos diarios para procurar el regreso de Charlotte, así como también estaban los detalles de Benjamin Bloor, el cazarrecompensas privado que había encontrado el doctor Mead en el *General Advertiser*. Había un grabado de él, en el que aparecía con una cofia, sosteniendo una maza mientras profesaba sus servicios de investigación y reprimenda. El doctor Mead lo había dispuesto todo: el encargo, el pago. El señor Bloor vino a casa para informarse de todo, tomó numerosas notas en un cuaderno forrado de piel. Me sorprendió su tamaño; sus manos eran como sartenes pequeñas. Tenía la piel suave y bronceada como el cuero y unos ojos pequeños y tercos muy cerca de una nariz deformada. No tenía ningún retrato de Charlotte para darle, ninguna miniatura y ni tan siquiera un dibujo. Él me aconsejó publicar anuncios en los periódicos y el doctor Mead también se ocupó de eso: doce en total.

—Y la chica, Bess —comentó el señor Bloor—, supongo que querrá que la arresten.

Me quedé en silencio un minuto. El reloj seguía avanzando y el señor Bloor y el doctor Mead esperaron, mirándome fijamente.

—¿Qué implicaría eso? —pregunté.

—Bueno, informaría al juez y cuando la encontrasen, la retendrían en una celda hasta el día del juicio.

—¿Y luego?

—Y luego bien la absolverían. —Había un matiz en su voz que implicaba que no era lo más probable—. O la acusarían. En este caso, lo más probable es que acabase en Newgate, si es que la mandan a prisión. O puede que la trasladasen a las colonias. O que la colgasen. Depende de quién sostenga el mazo ese día. —Sonrió al decir esto, como si hubiera hecho una broma.

Tragué saliva y me removí en el sillón.

—Cuando la encuentre tráigala aquí. Decidiré entonces.

El cazarrecompensas enarcó una ceja y apuntó una nota breve en su cuaderno. El doctor Mead me tomó la mano y la apretó.

Y más adelante vino el hermano de Bess. No confiaba ni un ápice en él y no estaba segura de que fuera a regresar con la niña. A las doce menos cuarto decidí que había quedado demostrado que yo tenía razón y me preparé para ir a la cama; me eché el abrigo por encima y tomé el vaso de brandi. Pero antes de que pusiera un pie en las escaleras la aldaba volvió a resonar en la casa como un martillo. Me quedé paralizada con una mano en la barandilla. Las sirvientas estaban dormidas y no les había contado lo que me había prometido el hombre, Ned. Envalentonada por el licor bajé yo misma; oí el crujido y el murmullo de Agnes dos plantas más arriba. El vestíbulo estaba totalmente negro y llegué a la puerta envuelta en el abrigo de Daniel. Moví las cerraduras y la abrí. Había dos personas fuera: la presencia poderosa del señor Bloor y, forcejeando en sus brazos, llorando profusamente, había un niño pequeño. Detrás de ellos, un carruaje aguardaba detenido en la calle. Me quedé mirándolos, confundida, y me pregunté cómo este hombre idiota podía haber confundido a este niño con Charlotte.

Entonces el señor Bloor le quitó la cofia de la cabeza al pequeño y vi una masa de pelo oscuro peinado en una trenza elaborada y unos ojos, grandes y asustados.

Me puse de rodillas y extendí los brazos hacia ella. Se apartó de mí, pero el señor Bloor la agarró fuertemente y la niña protestó. La llevamos dentro justo cuando apareció Agnes a los pies de las escaleras con una vela. Profirió un grito fuerte y mis piernas cedieron.

—Señorita Charlotte —estaba bramando Agnes, una y otra vez, y sí era Charlotte. Estaba aquí, delante de nosotras, sonrojada, sucia y tosiendo. Agnes estaba fuera de sí, lloraba y abrazaba a la niña, y unos minutos después llegó Maria envuelta en una manta, y su presencia y los ruidos molestos que hacían lo confirmaban: Charlotte estaba en casa y seis largos días y noches de infierno habían terminado.

Me ayudaron a sentarme en una silla y contemplé a las dos mujeres que murmuraban y le daban palmaditas, le quitaron el abrigo mojado y le limpiaron la nariz cuando estornudó. El señor Bloor se alzaba sobre esta imagen sentimental como una estatua de Pall Mall mientras Charlotte lloraba, tosía y chapurreaba, y en un remolino de actividad la llevaron arriba para darle un baño.

—Necesitará atenciones —advirtió el señor Bloor—. Le sugiero que envíe a buscar un médico.

Mi mente nublada trataba de encontrar sentido a sus palabras. Oía a Charlotte chillar arriba, llorar desesperadamente, y el sonido era insoportable, como el de un violín desafinado. El señor Bloor anunció su despedida, se colocó de nuevo el sombrero con los guantes negros y dijo que volvería mañana. No me moví, seguía aferrada a los reposabrazos de la silla de respaldo alto del vestíbulo, acariciando la madera suave con los pulgares.

Tuve que contárselo todo al doctor Mead, por supuesto. Que Charlotte no era mía, sí de Daniel, pero no mía. Que la había recuperado, como a Moisés de entre los juncos, y la había criado como hija propia. Aquella terrible noche, cuando Bess se la llevó (ahora que sabía quién era, no podía pensar en ella como Eliza), nos sentamos en la habitación de Charlotte a la luz de la luna, yo en su cama, él en la de Bess y la historia salió a la luz. Me escuchó en silencio mientras le hablaba de esa noche de invierno, tantos años atrás, en la que Ambrosia llegó a mi casa cuando yo me preparaba para irme a la cama. No había pasado mucho tiempo desde que era viuda, Daniel llevaba muerto siete meses. El paisaje de mi vida se había borrado y vuelto a pintar de cero, y me estaba empezando a habituar a él.

Mi hermana apareció en mi dormitorio en un remolino de cintas y falda, trayendo con ella el frescor de una noche de noviembre. Tenía las mejillas rosas y los ojos brillantes.

—Daniel tiene una hija —anunció.

Me puse de pie ante ella, descalza con el camisón y el pelo suelto, sin lograr entenderla. Lo repitió y le pregunté si estaba segura, y me contestó que sí, sí, lo estaba, y que qué quería hacer yo al respecto.

—¿Hacer al respecto? —pregunté, sorprendida.

—La niña está en el hospital de niños expósitos, a menos de un kilómetro de aquí. ¿Vas a dejar que se quede allí, en una habitación con niños enfermos, hasta que sea lo bastante mayor para trabajar de sirvienta?

—¿Sirvienta? —repetí, aunque no era el detalle más impactante de todos.

Busqué el borde de la cama y me senté, tomando la almohada de Daniel en mi regazo y escuchando con incredulidad cómo me contaba Ambrosia que, meses antes, en enero o posiblemente febrero, fue a una de las tabernas más escandalosas que había cerca del Exchange, donde permitían la entrada a las mujeres y donde las prostitutas se paseaban por las mesas. Fue con una amiga y su esposo, un sargento, a quien acompañaba un grupo de soldados de buen ánimo, y sentada allí, a la mesa abarrotada, entre el humo y el serrín, vio a Daniel al otro lado de la sala. Había demasiado ruido para llamarlo y, además, un momento después se levantó para marcharse, pero llevaba de la mano a una mujer, una niña en realidad, a la que tomó por una prostituta. Alcanzó su bebida y los siguió, deteniéndose junto a la mesa donde estaba Daniel para preguntar quién era la chica bonita. Sus acompañantes se encogieron de hombros y salió a la calle para buscarlo. Al girar una esquina los vio moviéndose juntos en la oscuridad. Ella volvió a su mesa y no contó nada. Después murió Daniel y se olvidó de todo, hasta aquella noche fría, cuando la invitaron a la lotería en el hospital de niños expósitos para que presenciara a las mujeres dejando a sus bebés. Me habló de las bolas de colores y cómo las sacaban las muchachas de una bolsa; un deporte horrible, pero emocionaba a las mujeres y los invitados pagaban bien por ello. Pero allí, continuó mi hermana, vio a esa misma mujer, de ojos oscuros, asustada, acompañada de su padre, con un bebé en un brazo y la otra mano en la bolsa de tela. Tardó un instante en ubicarla, pero cuando lo hizo, no cupo duda de que era la misma chica. Desde detrás de su abanico, Ambrosia la observó extraer una bola y entrar en una habitación al lado de aquella, y diez minutos más tarde emergió con los brazos vacíos y el rostro blanco. El padre de la mujer la sacó muy serio del salón, por donde circulaban bandejas con ponche entre los invitados y el tintineo de los vasos y las risas ahogaban las súplicas de las madres y el llanto ocasional de los bebés. Ambrosia cerró el abanico, entró en la habitación de al lado y preguntó con tono muy dulce al trabajador el nombre de la chica de pelo oscuro con el vestido gris, a lo que le respondió que no quedaba registrado el nombre de las madres. Preguntó después, todavía con más dulzura y un movimiento del abanico, por los distintivos y qué clase de objetos dejaban, y si podía enseñarle uno para que pudiera describírselo a sus amigas de fuera. Con aliento a café, el hombre le explicó que las madres no casadas dejaban partes de sí mismas, se cortaban los vestidos y arañaban sus iniciales en monedas para dejárselas a los niños, por si alguna vez regresaban. En la mesa, junto a su codo, había una pequeña D dentada que parecía una ficha de juego o un broche pequeño y cuando lo señaló, el hombre estuvo más que encantado de mostrárselo y dejó el extraño objeto en su mano enguantada. Era la mitad de un corazón hecho de hueso de ballena, con las iniciales B y C.

Fue una suerte que estuviera sentada porque cualquier duda que pudiera tener, de que esa chica fuera una prostituta, que pudiera ser el bebé de cualquier otro hombre entre Westminster y Whitechapel, se evaporó cuando saqué mi pequeña caja de ébano y enseñé a Ambrosia la mitad del corazón. Se puso pálida como el hueso del objeto. Sabía, por supuesto, que Daniel se iba con mujeres, se lo pregunté a él la tercera o cuarta vez que acudió a mí por la noche. Siempre me quedaba rígida y me asustaba, y me cerraba como una ostra antes de sellar por fin esa parte de mí misma.

Esa noche Ambrosia siguió a la mujer de pelo oscuro y vestido gris y a su padre. Los persiguió de forma discreta en su carruaje hasta una zona sucia y abarrotada de la ciudad, donde las casas altas daban paso a callejones sin salida y callejas oscuras. Esperaba llegar a un burdel, pero el cochero paró en Ludgate Hill, en la estrecha entrada de una calleja, y tuvo que pedirle que esperara mientras ella salía detrás de ellos y los seguía hasta una puerta que parecía pertenecer a unas viviendas corrientes. Esperó a que apareciera alguien, consciente de que podrían robarle sus cosas en cualquier momento, y preguntó quién era la chica del pelo oscuro que vivía con su padre y que estaba esperando un bebé. La vecina se sorprendió, pero dijo que parecía que hablaba de Bess Bright, que vivía en el número tres, y confirmó el nombre de la calle. Y no, no era una prostituta, trabajaba vendiendo camarones. Eso bastó a Ambrosia para acudir directamente a mí, a Devonshire Street.

Escuché todo esto con el camisón puesto, sentía que tenía la cabeza llena de lana mientras me decía que lo dispondría todo y enviaría a una de sus sirvientas a recuperar el bebé, le indicaría que diera el nombre y la dirección de Bess, por si algún día volvía a por el bebé nunca podrían rastrearla. Además de asegurarme de que era lo más piadoso que podía hacer, Ambrosia me dijo que el bebé sería una compañía para mí y que, además, era muy improbable que tuviera ninguno propio siendo una viuda y tras haber celebrado mi cumpleaños treinta y cuatro dos semanas antes. Insistió en que no solo se lo debía a Daniel por sacarme de la horrible mansión de la tía Cassandra, sino que además podría ofrecer a la niña una vida cómoda. Parecía que todo el asunto se reducía a que había aparecido un perro descarrilado en la puerta de la cocina.

Cuando al fin me metí en la cama esa noche, había aceptado convertirme en madre de una niña que llegaría al día siguiente. Esa mañana llegó una cuna de madera que pertenecía a Ambrosia y pilas de vestidos blancos, mantas, cofias y prendas estampadas de algodón para cuando el bebé creciera. Tuve que buscar un espacio para todo y envié a las sirvientas a hacer recados; perdí los nervios cuando me preguntaron adónde quería que fueran. Antes de que acabara la tarde, con la casa en silencio y sin vida, resonó una vez más la aldaba y vi a Ambrosia en la entrada con una criatura suave y rosa en los brazos, como uno de los conejos despellejados de Maria. Cuando me la dio, la tomé con brazos rígidos y le miré las pestañas, delicadas como hilos de seda, y la diminuta nariz. Era del mismo tamaño que una bolsa de harina y sentí el enorme peso de cómo había cambiado mi vida de forma irrevocable, cómo pasaba de orden a caos.

—¿Cómo voy a llamarla? —pregunté en el vestíbulo oscuro.

—¿Qué tal Marianne, como mamá?

Negué con la cabeza. No había sido un nombre afortunado. Me acordé del distintivo que había dejado su madre, la B de Bess y la C de...

—¿Charlotte? —sugerí.

—Charlotte Callard. —Ambrosia sonrió—. Espléndido.

Creo que pensó que Charlotte sería la clave de mi éxito, o tal vez el final de la persona en la que me había convertido. La decepcionaría en ambos aspectos.

El doctor Mead escuchó mi historia en silencio, la mandíbula tensa y palpitante, sin dejar de mirarme en ningún momento. Nos conocíamos desde hacía muchos años, pero ignoraba muchas cosas sobre mí: el asesinato de mis padres, las infidelidades de Daniel y que yo no había dado a luz a un bebé, pero él me había dejado uno desde más allá de la tumba.

Cuando terminé, la luz del día recaía en los tejados de las casas lejanas. Estaba en silencio, tocándose los labios, marcado por la preocupación de un modo que conocía y que anhelaba incluso al verlo, por miedo a no volver a experimentarlo. No pude soportar que no dijera nada.

—¿Soy despreciable? —pregunté.

Tenía el ceño fruncido. Esperaba una respuesta inmediata, pero no la obtuve.

—No —respondió un instante después.

—¿Me considera egoísta?

De nuevo contestó que no, pero suspiró profundamente y alcanzó uno de los juguetes de Charlotte, un trompo que estaba tirado en el suelo. Su rostro mostró una comprensión profunda, la explicación al afecto templado que siempre había mostrado a Charlotte y por qué no la subía a mis rodillas como las madres de los retratos. Me miró al fin y me hizo una pregunta muy sencilla que no esperaba.

—¿Por qué no me lo contó?

Abrí y cerré la boca; miré detrás de él hacia el papel pintado de rayas.

—Supongo que creía que me consideraría débil —murmuré tras un breve silencio.

—¿Débil por qué?

—Un fracaso. El objetivo de una mujer es convertirse en esposa y el objetivo de una esposa es convertirse en madre. ¿Qué mujer desearía criar a una hija que no es propia?

—Pero hay niños en todo Londres, en todo el país, educados por mujeres que no son sus madres. Los hombres vuelven a casarse cuando sus esposas fallecen, los parientes se ocupan de los hijos. Algunas mujeres lo hacen muy bien, otras no tanto, pero usted y Charlotte son madre e hija en todos los aspectos excepto el de la sangre.

—Charlotte era ilegítima, Daniel y yo estábamos casados. Comprenderá por qué lo hice así: ella no podía saber que no era mía. Ambrosia lo sabía, claro, y las sirvientas lo habrán adivinado porque un día llegó el bebé y yo no esperaba ninguno. Pero si se lo hubiera contado a alguien más, a pesar de no tener mucha gente a quien contárselo, podría haberse enterado Charlotte.

—Entiendo por qué no se lo contó a ella. Pero siento ahora que he sido engañado, no una, sino dos veces.

—¿Dos veces?

—Por usted y por Eliza... Bess, sea cual fuere su nombre. Me dijo que su nombre era Bess, al principio. Después dijo que era falso, que se lo había inventado por vergüenza. Le creí. Simpaticé con ella.

—No me compare con ella. Le mintió por su propio beneficio, ha llevado a cabo un cruel engaño con los dos. Más que eso, ha sido deshonesta una y otra vez, día tras día. ¿Cómo puede compararnos?

Tenía los ojos vidriosos, derrotados.

—Ojalá hubiera sido honesta, pero, por supuesto, tenía que embaucarme. ¡Imagine que hubiera acudido a mí para decirme que tenía usted a su hija! La habría tratado de loca. —Se pasó los nudillos por la boca—. Y ahora me siento del todo responsable por haberla invitado a su casa y a su vida. Pero también siento pena por ella.

—¿Cómo puede decir eso? Me ha robado a mi hija.

—¡Ella podría decir lo mismo de usted!

No había duda en la dureza de su voz. Se disculpó de inmediato y creo que fue sincero, pero ya era tarde; lo había dicho y no podía retirarlo.

—Por supuesto —continuó—, esto es mucho más complejo que culparla de robo, pues es la madre de la niña.

Le lancé una mirada dura.

—No sé qué quiere decir.

—Las cortes no van a procesar a una mujer que ha robado a su propia hija.

—Claro que sí —repliqué—. Yo la he criado, alimentado, vestido. Le he enseñado sus lecciones y la he cuidado cuando estaba enferma. Tengo más derecho a tenerla. No soy la prostituta que la abandonó en un orfanato lleno de enfermedad.

Puso mala cara al escuchar mis palabras.

—Además —añadí—, aparte de su palabra, no hay pruebas de que la niña le pertenezca a ella.

Se quedó mirándome.

—¿Engañaría al juez y la llamaría mentirosa?

—No lo había pensado.

—Pues piénselo ahora, Alexandra, porque el robo de una niña es un asunto serio. ¿La mandaría a la horca?

Me quedé callada, con la sensación de que estaba probándome, observándome detenidamente en busca de mi reacción. Una sombra le cruzó el rostro y asintió antes de levantarse.

—Iré a preguntar al guarda si hay noticias —dijo y salió de la habitación sin mirarme.

Desde ese día, había cierta frialdad entre nosotros, como una capa de hielo sobre esta pesadilla, y no sabía qué era peor, si el dolor o la vergüenza.

Encontré a Charlotte sola en su dormitorio, tumbada bocabajo y lloraba como si tuviera el corazón roto. Estaba desvestida de cintura para arriba, llevaba unos pantalones de chico ajados y parecía salida de una alcantarilla, lo que, supuse, era verdad. Me arrodillé al lado de la cama.

—No llores —le dije—. Ya estás en casa. ¿Por qué lloras?

Se puso a llorar más fuerte. ¿Dónde estaba Agnes? Me puse de cuclillas, sin saber cómo consolarla. Me moví por la habitación, encendiendo velas y deseando que hubiera alguien más allí, Ambrosia, el doctor Mead. Ellos sabrían qué hacer.

Bess sabría qué hacer.

La cama en la que dormía seguía allí, limpia y confabuladora en la esquina. No podía mirarla.

Un momento después apareció en la puerta Agnes con una bañera de cobre que había colgada en la cocina y un balde con agua caliente. La ayudé a colocarla delante de la chimenea y vació el cubo en la bañera.

—Vamos, señorita Charlotte —la animó—. Métete aquí y te quedarás fresca como la lluvia.

Charlotte lloraba y lloraba, resistiéndose a la sirvienta con voluntad de hierro. Agnes y yo nos miramos con impotencia, como si la otra tuviera una idea mejor para tranquilizarla. Llegó

Maria con una bandeja con bollos de mantequilla y una taza de chocolate, la dejó en la mesita que había junto a la ventana, pero Charlotte no hizo caso. Me acerqué para quitarle los horribles pantalones y ella me apartó, golpeándome con el puño en el rostro.

Me llevé la mano a la cara, impactada, y sentí un arrebato de furia.

—¡Deja de llorar ahora mismo!

Lo hizo durante un segundo, dos a lo sumo, pero había tanto odio en sus ojos que sentí como si me hubieran golpeado de nuevo. Empezó entonces a rugir tan fuerte que se ahogaba y de su pequeño cuerpo desnudo y sucio emergieron unos ruidos primigenios antes de agacharse a vomitar en la moqueta.

¿Quién era esta niña? La chiquilla buena y tranquila que me habían arrebatado estaba completamente cambiada. El pelo que le caía del recogido estaba lleno de nudos y tenía el rostro y el cuello manchados de tierra. Parecía como si se hubiera arrastrado entre el carbón. ¿Por qué parecía que era ella la cautiva y nosotras las ladronas? Ninguna de nosotras sabía qué hacer con ella, pero Agnes se arrodilló a limpiar el contenido de su estómago con el delantal mientras Maria aguardaba pálida junto a la puerta.

—Maria —la llamé con tono tranquilo—, por favor, vaya a Bedford Row, a la casa del doctor Mead, y pídale a su ama de llaves que lo despierte. Dígale que venga de inmediato con un tónico para los nervios y algo que la ayude a dormir.

Maria se quedó con la boca abierta y asintió antes de bajar las escaleras corriendo. Me acerqué a Charlotte como si fuera un perro con rabia y le dije que tenía que bañarse para limpiar de su cuerpo la enfermedad. Ella se apartó de mí y antes de que pudiera agarrarla, pasó junto a mi falda y salió desnuda de la habitación.

—¡Charlotte!

La encontramos justo cuando estaba a punto de escabullirse por el lado de Maria hacia la calle. La cocinera la agarró en el último momento y la arrastró a la casa por las axilas, cerrando la puerta antes de apoyarse en ella.

—Oh, oh —gritó con la mano en el pecho—. Oh, señorita Charlotte.

—Ve a tu habitación —aullé, señalando las escaleras, y ella pasó por mi lado con un chillido estridente y las subió como si estuvieran ardiendo—. Maria, vaya a buscar al doctor Mead, enseguida.

La cocinera resolló y salió de la casa. Con los chillidos insoportables de Charlotte y bastante aterrada por ella, no tuve más elección que ir a por la llave para encerrarla hasta que se calmase. Le indiqué desde el otro lado de la puerta que se bañara ella sola y que se comiera los bollos, y le aclaré que abriría la puerta cuando se calmara.

Esperé hasta que los sonidos de su desesperación se tornaron un lloriqueo exhausto, testarudo. Saqué una silla de mi dormitorio para colocarla junto a su puerta y sentarme a esperar al doctor Mead; temblaba tanto que me castañeteaban los dientes.

Llegó media hora más tarde, a la una y media de la madrugada, y subió las escaleras de tres zancadas. Cuando abrí la puerta del cuarto, Charlotte no se había bañado ni tampoco había comido nada; estaba sentada en la cama con los pantalones puestos, abrazándose las rodillas y temblando violentamente. Esperé fuera mientras el médico la examinaba; se pasó casi una hora con ella en la habitación y le dio un trago de algo. Contemplé por la rendija de la puerta y lo vi con una mano fría y limpia en su frente, esperando a que se durmiera, pero antes de hacerlo, Charlotte habló desde la almohada.

—¿Dónde está mamá? —Fueron las primeras palabras que pronunció desde que había llegado a casa.

—Justo ahí fuera —murmuró él—. Puedes verla por la mañana. Está muy contenta de tenerte en casa.

—Ella no. Mi mamá de verdad. Quiero a mi mamá. —Las lágrimas regresaron, silenciosas esta vez, y también lloré yo.

Me limpié los ojos y un minuto o dos más tarde, el doctor Mead sopló la vela y cerró la puerta. Me encontró en la silla, fuera. Tenía mucho frío y me sugirió que bajáramos a la cocina para beber algo caliente. Me dio un tónico para que yo también durmiera y me dejó el frasco en la mano.

—Se encontrará mejor por la mañana. Estará muy aliviada —susurró, con el *tic-tac* del reloj de pie de fondo.

—Sí.

Maria y Agnes se tomaron un jerez para celebrar su regreso, entrechocando los vasos felices, pero yo sacudí la cabeza cuando me ofrecieron la botella. Ansiaba poder sentir el mismo alivio, como si el asunto no distara mucho de encontrar un collar perdido en el fondo del armario. Ellas no habían visto cómo se había apartado Charlotte de mí, como si fuera el mismísimo demonio.

20

No estaba mejor por la mañana. Agnes me trajo el desayuno a la cama y le pregunté si había ido a la habitación de Charlotte.

—Está de mal humor —fue su respuesta—. Esperaba que ese tónico que le dio el doctor le durara toda la semana, pero está despierta.

—¿Está enferma?

—Ha dejado de llorar, pero tiene una calentura que no me gusta. He abierto la ventana para que entre aire, pero entonces parecía que tenía frío y la he tapado hasta la barbilla con la manta.

—Puede que tenga fiebre, no me sorprendería por cómo la han arrastrado por toda clase de suciedad en las calles. El doctor Mead trabaja hoy, pero ha dicho que vendrá más tarde.

Agnes asintió y de pronto pareció precavida.

—¿Es todo?

—Es que… —comenzó con inseguridad—, la niña no para de preguntar por su mamá.

—Iré en cuanto termine de comer.

Agnes asintió, fingimos las dos que se refería a mí. Me concentré en el desayuno y ella se fue, cerrando la puerta con cuidado al salir. Charlotte estaba al otro lado del pasillo, podía apartarme la bandeja del regazo, ponerme una bata y llegar a su habitación en unos segundos. Sin embargo, me quedé con la mirada vacía mientras el café y los huevos se enfriaban.

Estaba vistiéndome cuando sonó la aldaba y oí una voz masculina y la de Agnes. Las voces se tornaron urgentes y firmes, y oí el sonido de la puerta al cerrarse; no, era un portazo. Un instante después empezó un escándalo fuera de la casa: un hombre gritaba en la calle. Supuse que había venido un mendigo o un borracho, a veces pasaban granjeros por Devonshire Street ebrios tras una noche de diversión en la ciudad, pero no eran las ocho de la mañana aún. Me tiré de las mangas y bajé al salón para echar un vistazo.

El hermano pelirrojo de Bess estaba aullando obscenidades junto a la casa. Me había olvidado por completo de él y de pronto recordé su presencia en esta misma habitación la noche anterior. Me vio en la ventana y su furia aumentó.

—Eh, estirada —bramó—. ¡Quiero mi dinero!

Su voz atravesó el cristal como un cuchillo caliente en un bloque de mantequilla. Tenía un morado en el ojo que no estaba allí la noche anterior y un corte en el labio. Se había metido en una pelea en las horas entre su visita y su regreso. Comprendí, con gran interés, que no tenía miedo de él. La idea de que irrumpiera en mi casa o me amenazara no me daba escalofríos. Si entraba a la fuerza, lo mataría con cualquier cosa que tuviera a mano: un atizador, un cuchillo, una botella. Sentí una profunda calma y eché la cortina.

—¡Ramera! —chilló—. Deme mi dinero. Teníamos un trato. Cien libras y es suya. Ya la tiene, ¿verdad? Quiero mis cien libras, ¿me ha oído?

Se produjo un breve silencio y luego algo duro golpeó el cristal de la ventana, seguido de inmediato por un altercado, sonaba como si alguien lo hubiera apresado. Ned, así se llamaba. Cómo me había cambiado la mente en estos últimos días, como si la ansiedad y el miedo de los últimos treinta años hubieran desaparecido, como cuando te quitabas un par de botas tras un largo día caminando. Y no había sucedido por la vuelta de Charlotte, sino por su desaparición. En cierto modo, este trauma había cauterizado el otro, sanándolo de un modo que no esperaba que fuese posible.

Ned volvió un rato después, aporreando la aldaba, y luego fue a la parte de atrás, saltó por encima del muro e hizo lo mismo en la puerta de la cocina. Maria lo ahuyentó con un cuchillo de carnicero, como un personaje en una comedia. Vi cómo blandía el cuchillo en su dirección, gritándole para que se alejara. Fui a la habitación de Charlotte. Esperaba encontrarla en un estado similar a cuando llegó, desolada e hipando, pero más dócil, tal vez, por el brebaje del doctor Mead. Esta Charlotte estaba peor. Estaba vacía, con una mirada desesperanzada y un profundo desinterés en su entorno, sobre todo en mí. Había una silla de tamaño infantil delante de su cama y me acomodé allí, plegando la falda con cierta dificultad.

—¿Te encuentras mejor? —pregunté.

Estaba pálida, con sombras violáceas debajo de los ojos, que tenía fijos en medio de la habitación, como si estuviera observando algo particularmente aburrido. Me moví y la silla crujió.

—Me alegro mucho de que te encontrara el señor Bloor. Nos has tenido muy preocupadas.

Silencio, ya ni siquiera había ruido en la calle. Ningún hombre empapado en ginebra gritando obscenidades. ¿Habría oído a Ned? ¿Lo conocería? Era un hombre aterrador. Tal vez sí lo conocía y la había asustado. Puede que le hubiera hecho algo terrible: reñirle o pegarle, o peor. Traté de recordar si el doctor Mead había examinado cada milímetro de sus marcas y moratones. Pero había heridas que no se veían, que sangraban internamente, ¿las había buscado? Me dijo que no quería hablar del lugar donde había estado o qué había visto allí, y empezaron a aparecer ante mí horrores potenciales, como si viera imágenes en una publicación:

Charlotte abandonada en una buhardilla helada sin comida; Charlotte en la obligación de pedir dinero en las calles; Charlotte sentada en un rincón mientras Bess y un amante sin rostro discutían o fornicaban delante de ella.

—¿Te... te ha hecho daño alguien?

Bien podría estar dormida si sus ojos no estuvieran abiertos.

—¿Había un hombre? ¿Te ha asustado alguien?

Tenía los brazos debajo de la manta. Agnes estaba en lo cierto: había una capa de sudor en su frente y tenía el cuero cabelludo mojado.

—¿Quieres jugar a algo? —Miré a mi alrededor en busca de una distracción, pero todos los libros, publicaciones y juguetes estaban guardados—. ¿O tal vez una lección?

Si no respondía en inglés, dudaba que lo hiciera en francés. Suspiré, abatida. ¿Por qué, después de seis años, no me parecía más natural? Cuando era un bebé regordete no me rechazaba, y anhelé esos días sencillos, cuando la ama de leche me la traía. Pensaba que cuidar de un bebé me volvería maternal, me metería a la fuerza en la maternidad como un perro al que lanzaban al río y se ponía a nadar. La facilidad con la que Bess había atendido a Charlotte, la indulgencia que Ambrosia confería a sus hijos, incluso las madres en la iglesia, que existían en tándem con sus hijos; eran todas como pares de ruedas de un carruaje que se movían juntas, al unísono. Sabía que yo nunca sería como ellas, ni aunque Charlotte viviera conmigo el resto de su vida.

—Me gustaría que hablaras, Charlotte.

Silencio.

—Charlotte.

»Charlotte.

»Por el amor de Dios, ¡mírame!

Entonces me fijé en algo: tenía el puño apretado, como si estuviera agarrando algo.

—¿Qué tienes en la mano?

Lo apretó todavía más. Fue la única señal de que me había oído.

—Charlotte, ¿qué tienes en la mano?

No sabía por qué me importaba tanto, por qué el único impulso de tocarla no provenía del sentimentalismo, sino de la sospecha. Le abrí los dedos, aunque se resistió e hizo un ruido similar a una protesta, un quejido, que abrió una grieta en mi interior, pero no me detuvo. Cayó una moneda en la cama. No sabía qué estaba esperando, pero no era eso; una carta, tal vez, o un objeto sentimental. La moneda era de bronce, del tamaño de una corona, pero me lancé hacia ella antes de que la alcanzara Charlotte y le aparté la mano caliente. No era una moneda, sino una entrada para los jardines Ranelagh.

—¿Por qué tienes esto?

Se había quedado muda de nuevo, pero esta vez era un silencio hostil: sus ojos negros ardían de furia.

Me levanté para salir y me guardé la moneda en el bolsillo.

—Te odio.

Tenía una mano en el pomo y me detuve. Me estaba mirando con un odio más evidente e intenso del que nunca podría esperar de una niña.

—¿Disculpa?

—Te odio. Odio estar aquí. Quiero a mi mamá.

Pensé en darle una bofetada, en sacarla a rastras de la cama estrecha y golpearle las piernas o las palmas de las manos. Nunca antes lo había hecho, nunca había tenido la necesidad, pero ahora un veneno nació en mí y me hormiguearon los dedos, me ardía el cuello. La última vez que lo sentí fue el día que los ataqué en el salón y desde entonces había permanecido dormido, hasta ahora. No importaba qué tuviera en la mano, solo que tenía que atizar. Dejé que el veneno alzara su estúpida cabeza y mirara a su alrededor, me mantuve muy quieta; cuando comprendí que era el miedo el que había despertado la emoción —sí, igual que la vez anterior, pero no el miedo de sentir la vida amenazada—, bostezó y volvió a acurrucarse, durmiéndose de nuevo.

Cerré la puerta y la dejé allí.

Su grito me despertó esa noche. El sonido del llanto se propagó por toda la superficie de mi sueño y me sacó de él. Me quedé tumbada en la oscuridad, oyéndola, queriendo ir con ella, pero su desprecio por mí era como un muro de fuego al otro lado de la puerta. Oí pasos encima de mí, que luego bajaban las escaleras. Agnes, la dulce y confiada Agnes, entró murmurando a la habitación de Charlotte y por un momento el llanto se escapó a la casa. Salí de la cama y esperé en la puerta de mi dormitorio a que Agnes saliera. La oí consolando a la niña y los sollozos rotos y guturales de Charlotte.

—Mamá —gritaba, una y otra vez. Los gritos cesaron gradualmente, Agnes la arrulló y calmó. Pasaron cinco minutos, luego diez y entonces se abrió la puerta.

—Agnes.

La mujer gritó como un cachorro golpeado.

—¡Ah, señora! Me ha asustado.

—¿Por qué sigue llorando?

Su cofia blanca se bamboleó en la oscuridad.

—¿Cree que le ha sucedido algo mientras estaba fuera?

—No lo sé, señora —susurró.

—No es la misma niña.

Agnes no dijo nada.

—¿Le ha contado algo sobre dónde ha estado?

—No, señora.

Esperé. El reloj sonaba en el vestíbulo. El doctor Mead volvió después de cenar con una pequeña caja de frascos que repiqueteaban mientras los subía escaleras arriba, como cuando Agnes me traía el decantador al dormitorio. Con desolación, me pregunté si Charlotte sería ahora como yo.

El invierno no daba muestras de cederle el paso a la primavera y la mañana siguiente amaneció fría y gris. La condición de Charlotte empeoró. La asoló una fiebre, que empapaba el camisón y las sábanas, y ella se marchitaba en el colchón con la ventana abierta. Yo estaba muy nerviosa por dejar que entrara la contaminación, pero Agnes decía que el aire fresco era lo único eficaz para la fiebre y empezó a aplicarle cataplasmas en el pecho y paños húmedos en la frente. Ya había enfermado antes, pero solo una o dos veces, contagiada por Maria, que sufría resfriados. Esta vez era diferente, como si el dolor y la infelicidad se hubieran cuajado en su interior y hubieran mutado allí. El doctor Mead lo llamó conmoción. Yo me sentaba a su lado en la diminuta silla, o en el rellano, fuera de la habitación, con el periódico.

Poco antes de mediodía, fui a buscar algo del salón y me olvidé al instante de qué era, porque, para mi sorpresa, había un hombre sentado en mi sillón.

No lo conocía, pero algo me decía que lo había visto antes. Parecía cómodo, con un tobillo apoyado en la rodilla, pasándose un papel de una mano a la otra. Tendría veintidós o veintitrés años, el pelo oscuro y unas cejas negras y serias. Fruncía el ceño, pero no era un gesto amenazante, sino más bien de atención, curiosidad tal vez; casi parecía un estudiante resolviendo una ecuación. Me quedé parada en la puerta, pero antes de poder abrir la boca, levantó una mano para saludar.

—Señora Callard —dijo—. Justo la persona que quería ver. Tiene una bonita choza. —Tomé aliento para gritar, pero él prosiguió—: Ya sé que es hábil con un atizador, así que antes de que

vacíe sus pulmones, voy a sincerarme con usted. No estoy arma-
do. —Me enseñó el abrigo, que estaba vacío.

—¿Quién diablos es usted? —Mi voz sonaba más confiada de
lo que me sentía yo—. ¿Cómo ha entrado en mi casa?

Hizo un gesto de superioridad.

—He tardado un minuto. Esas cerraduras en las ventanas que
tiene ceden ante cualquiera que tenga una palanca. Deberían ser
resistentes, yo las cambiaría si fuera usted. —Lo dijo como si nada
y me quedé boquiabierta, horrorizada.

—¿Qué quiere? Deje que adivine, es otro conocido de Bess.

—¿Otro?

—O de Ned.

El semblante juguetón desapareció de su rostro y me lanzó
una mirada dura.

—No, de él no.

—¿Quién es entonces?

—Un amigo de Bess.

—¿De qué le conozco?

—Soy una luz, un chico de la antorcha, así que a menos que
vea en la oscuridad, dudo de que me conozca.

—Ha estado antes aquí. Ahí fuera, le he visto.

Enarcó una ceja oscura.

—No se le escapa nada.

—¿Por qué ha venido?

—Tengo una propuesta.

—Si busca dinero...

—No. —Habló con dureza y me quedé callada—. Por favor.
—Me hizo un gesto para que me sentara frente a él y, despacio,
con piernas temblorosas, crucé la habitación para tomar asiento
en la silla. Reparé en lo absurdo de la situación: trataba esta casa
como si fuera suya y yo su invitada. Me sentía completamente
impotente. Desplacé la mirada por la habitación; el atizador estaba en su sitio y había un jarrón de porcelana en la mesa, a nuestro lado. Pero seguro que él era más rápido.

Vio que miraba a mi alrededor.

—Prometo que no voy a hacerle nada.

La idea de que hubiera abierto una ventana y se hubiera colado dentro... Era como si hubiera visto mis pesadillas y hubiera venido a Devonshire Street para usarlas en mi contra.

—Escuche, señora C. —dijo con cordialidad, relajándose en el sillón. Tenía las uñas muy sucias y olía a tabaco, igual que Daniel—. Tiene razones para querer quedarse a la niña, lo entiendo. De verdad. Ha sido suya todos estos años y ha cuidado de ella de una forma espléndida. ¡Cómo brilla! Es como una castaña fresca. Y puedo verla a usted en ella. Tengo que decir que la imaginaba a usted diferente. —Con vergüenza, me ruboricé—. Y que haya dejado libre a Bess y no la haya enviado al trullo... Bess adora a esa niña. La idolatra. No tiene motivos para vivir sin ella.

Tragué saliva. Me picaba la nariz y las lágrimas amenazaban en los ojos.

—¿Cómo está? La pequeña —me preguntó.

—No está bien. Ha contraído una fiebre. No sé dónde la han llevado Bess y usted, pero llegó aquí sucia y temblorosa, tan histérica que aún no se ha recuperado.

—Eso es porque el hermano de Bess la delató.

—¿Ned?

—Yo tengo otro nombre para él. Muchos, en realidad. —Se examinó las uñas—. Imagino que ha hecho un trato con usted.

No era una pregunta. Volví a ruborizarme y me sentí avergonzada, después indignada.

—Acudió a mí la noche que fue rescatada y me dijo que sabía dónde estaría. No le he pagado.

—¿Y va a hacerlo?

—No he tomado una decisión. No siento remordimiento al estafar a un ladrón.

En su rostro apareció una leve sonrisa.

—Ni usted ni yo, señora C.

—¿Cómo se llama?

—Lyle.

—¿Tengo que creerle? Bess vino con un nombre falso, no veo motivos para que usted no haga lo mismo.

—Me llamo Lyle Kozak. Bueno, mi nombre real es Zoran, pero me llaman Lyle, es más inglés. Solo mi viejo *majke* me llama así.

—¿Y dice que es amigo de Bess?

—Bess, Eliza, Ebenezer, como sea que la llamen últimamente. Sí, la conozco.

—Al menos uno de los dos la conoce —dije—. Queda bastante claro que yo no la conocía. ¿Dónde está?

—Pasando desapercibida. De eso he venido a hablarle: desea el placer de su compañía.

Me quedé mirándolo.

—Pero sabe que no sale usted a la calle, así que, naturalmente, no ha sugerido un mesón de Clerkenwell. Ni tampoco va a invitarla a su casa a tomar el té. Estará hoy en la capilla del hospital de niños expósitos a las tres en punto y desea sinceramente verla allí.

—Ah, pues ya puede decirle, señor Kozak, que no tengo intención de ir y que me sorprende que espere una reconciliación cuando me ha engañado de ese modo. Me ha robado a mi hija, si recuerda bien.

—Robó a su hija.

—Como ya he dicho, no voy a ir. Y si vuelve a entrar en mi casa, encontrará al guarda a su espalda.

—Ah, ¿a cuál? Los conozco a todos. —Le brillaban los ojos. Era enervante, una conversación con él era como un deporte de raquetas.

—Ha olvidado que contraté a un cazarrecompensas. Puedo volver a solicitar al señor Bloor sus servicios, tiene contacto con los jueces.

—¡Ja! ¿El Capitán Deslustrado? No podría ni atrapar un resfriado. Podría haber contratado a un mendigo ciego. Además, él no la encontró, ¿verdad? Fue el gallina de su hermano quien la delató.

—¿Me está diciendo que no estaban confabulados?

—¿De verdad cree que la devolvería después de todos los problemas que supuso llevársela?

—Entonces su hermano la traicionó. Seguro que es lo que merece.

—La ha dejado sin nada. E incluso sin nada, es diez veces la mujer que es usted.

Me invadió el miedo y la furia.

—No sabe absolutamente nada de mí, señor Kozak. Puedo cambiar de opinión, ¿sabe? Una sola palabra al juez y estoy segura de que encontrarán un hueco en Newgate para una ladrona de niños.

—Sea usted más cuidadosa con sus intimidaciones, señora Callard —dijo con tono pausado y una expresión malévola—. Ustedes, los burgueses, no tienen ni idea. Se sientan en salones y entierran sus cabezas en cojines, pues la prisión no tiene nada que ver con ustedes. Leen sobre el tema en los periódicos, pero es solo una historia. Una idea. Yo puedo decirle cómo es de verdad, cómo sería para Bess. Bien, para empezar, ella no tiene dinero y las prisiones son un negocio. Quieren sacar beneficios. No va a ir usted a una posada a pedir la cena y una habitación si no tiene dinero, la echarían de allí, ¿verdad? Nuestra amiga Bess tendría que pagar para entrar en prisión. —Empezó a contar con los dedos—. Está la cama y la pensión completa, comida y bebida, ah, y si no quiere cadenas que le dejen la piel en carne viva, le cobran por el placer de quitarlas. Ella no puede permitirse nada de eso, así que, como el resto de desgraciados que están en ese lugar lleno de enfermedad, tendría que comer ratas y ratones con quien compartiese celda. Ya ve, es una sentencia de muerte, una más cruel y menos digna que la suya en Tyburn.

»Puede que no sea la plaga lo que se la lleve —continuó, con tono simpático de nuevo, mientras yo escuchaba en silencio, horrorizada—. Reconozco que puede desesperar antes de cumplir una semana allí, y tal vez se contagie del sudor inglés. O... no sé, dudo de que esos sacos que les dan para dormir hayan sido limpiados después de la plaga, por lo que puede enfermar y estar muerta para la hora del té. Y todo porque su esposo la trató como a una duquesa. —Estampó la mano en la mesa, haciendo que me estremeciera—. No suena bien, ¿verdad? Sé que él falleció, que en paz descanse, pero no tiene sentido que Charlotte sea huérfana si puede evitarse. ¿No está de acuerdo?

Me temblaba la voz al hablar.

—Ojalá hubiera acudido a mí en un principio, me hubiera contado que era...

Lyle soltó una carcajada.

—¿Le habría dado a la niña? Disculpe, señora, ¿le importa devolverme a mi hija, a quien ha estado cuidando estos últimos años? Gracias por su generosidad, nos vamos ya. ¿Cómo no se le ocurrió? Si hubiera llamado a su puerta no la habría echado de aquí, estoy seguro de que la habría invitado a tomar té y pastel.

Cerré los ojos.

—No soy un monstruo. Sea lo que fuere lo que piensa de mí, no soy cruel. No la habría echado de aquí.

—¿Echarla? Ni siquiera habría salido usted a la puerta.

La verdad de sus palabras me dejó muda. Entonces se abrió la puerta del salón y ambos nos sobresaltamos. Agnes gritó al vernos.

—Agnes —dije con tono calmado—, el señor Kozak ya se va. —Me volví hacia él—. Que tenga buen día.

Me quedé sentada. Él se quedó mirándome y se levantó. Dejó el pisapapeles de cristal en la mesa.

—A las tres en punto —indicó.

Me puse la capa y volví a quitármela. Fui a ver a Charlotte, que primero se había negado a tomar el desayuno y luego el té que le había llevado Agnes en una taza humeante.

Desde que había regresado, solo veía a Bess en ella. No había nada de Daniel, con su pelo rubio y liso, sus ojos cambiantes. Ella era enteramente Bess. También en sus modos: inquisitiva y testaruda, y astuta como un zorro. Había puesto la tostada de esa mañana hacia abajo en la cama y se había ido a la de Bess, que hasta ahora estaba pulcramente hecha. Aguardó a presenciar mi reacción, pero yo no hice nada.

—Quiero a mi mamá —dijo al verme, y, como no respondí, alcanzó el platillo que había en la banqueta junto a la cama y lo arrojó a la pared, donde se rompió—. ¡Quiero a mi mamá! —gritó.

La miré con una mueca y recogí los pedazos de porcelana con las manos. Estaba muy cansada. Salí de la habitación, volví a encerrarla allí y sentí la necesidad de acurrucarme en la moqueta y dormir una semana entera. Le había bajado la fiebre, pero ¿cuánto tiempo estaría así? Era obstinada y estaba muy enfadada; sabía exactamente cómo podían madurar esas dos cosas y convertirse en algo intenso y más poderoso. Recordé la llave girando en mi habitación en la casa de mi tía Cassandra durante los años posteriores a la muerte de mis padres, cuando llevaba a cabo una de mis rabietas, como las llamaba ella. Ahora yo era la que sostenía la llave. Me parecía sorprendente cómo se repetía la historia, a pesar de que hiciera todo cuanto había en mi poder para procurarlo de otro modo.

Toda mi vida he mantenido a Charlotte sana y salva, lejos del dolor y la pena. Al conocer solo a unas pocas personas y no ir a ninguna parte, no tenía nada y a nadie a quien añorar. Mis padres me habían acariciado y acicalado, me habían mimado como a un perrito faldero. Yo conocía a docenas de sirvientes, y bailes, y a otros niños de casas grandes como la nuestra, y estaba del todo desprovista de lo necesario para sobrellevar lo que me sucedió.

No quería tener hijos, pero a la que tuve la crie para que fuera tranquila, inteligente y desinteresada. Y, a pesar de todo o precisamente por ello, se comportaba igual que yo en los meses y años tras la muerte de mis padres: violenta, incontrolable, llena de rabia. Estos recipientes femeninos que habitábamos: ¿por qué nadie esperaba que contuviesen sentimientos no femeninos? ¿Por qué nosotras no podíamos mostrarnos furiosas y altivas y totalmente alteradas por el dolor? ¿Por qué teníamos que aceptar las cartas que nos habían repartido?

Oí el reloj dando las dos en el vestíbulo y me esforcé por arrastrarme del pasado al presente. Pero tal vez nunca podríamos hacerlo por completo. Tal vez siempre estaríamos hechas de ambos tiempos, que encajaban a la perfección, como un pequeño corazón dentado.

La capilla era un lugar diferente un día entre semana. No esperaba encontrarla abierta, pero aguardaba tentadora y apacible, como la primera página de un libro nuevo o un baño agradable. Entré por el pequeño vestíbulo y sentí que su magnificencia me empequeñecía. Tomé un libro de cantos del estante que había en un lateral, como si pudiera engañar a cualquiera que observara desde un balcón para que pensara que había venido a rezar un miércoles por la tarde. Había una persona más en la capilla, sentada en el extremo, junto al púlpito. Habían encerado recientemente el suelo y existía una gran distancia resplandeciente entre nosotras. La luz del día entraba por las ventanas altas y, sin la congregación de trescientas o cuatrocientas personas, me permití mirar a mi alrededor y fijarme en el rosetón de yeso del techo, delicado como un pastel glaseado, y en las balaustradas de madera del balcón. Los bancos eran magníficos regazos de madera que esperaban pacientemente cuerpos, oraciones.

La otra persona no se movió y mantuvo la cabeza agachada. Despacio, me acerqué con el libro de cantos en las manos enguantadas; los zapatos chirriaban en el suelo de cera. Había venido caminando todo el trayecto. Por Devonshire Street hasta Great Ormond Street, pasando junto a la casa del difunto Richard Mead, luego a la izquierda, donde unas caballerizas, establos y huertos marcaban el borde de Londres antes de dar paso a los campos. No le había dicho a nadie dónde iba o con quién iba a encontrarme, había salido en silencio de la casa y había cerrado la puerta antes de meterme la llave en el bolsillo.

Bess levantó la mirada antes de que llegara junto a ella. Llevaba una capa marrón lisa ajustada al cuello y tenía la cabeza desnuda. Miró brevemente detrás de mí, a la altura de mi cintura, antes de mirarme a los ojos.

—Pensaba que no vendría —dijo.

—¿Por qué pensaba eso?

—Porque… —Bajó la mirada—. Porque no estoy segura de si yo hubiera venido de ser usted.

—Usted no es yo —afirmé. Tomé asiento en el banco junto al de ella, a su izquierda. Ella volvió la cabeza ligeramente, no me miró a los ojos. Llevaba un pequeño lazo rosa atado al cuello.

Guardamos silencio un instante.

—¿No la acompaña nadie? —me preguntó—. ¿El doctor Mead?

—Estoy sola.

Podía ver cómo se preparaba para preguntar lo que de verdad quería saber, y esperé.

—¿No se lo ha contado al juez?

—No. El señor Bloor era un empleado privado, no un agente de la ley. Si piensa que hay alguien esperándola al otro lado de la puerta de la capilla, le aseguro que no es así.

Asintió.

—Mi hermano me delató, ¿lo sabía? Claro que sí. Sé que acudió a usted. Al final me lo ha robado todo. —Tiró de un hilo suelto de su capa—. De pequeños estábamos muy unidos. Abe, mi padre, decía que Ned y yo éramos uña y carne. Resulta que él solo ha pensado en sí mismo todo el tiempo.

—No le he pagado. No voy a hacerlo. Su amigo, el señor Kozak, el chico de la antorcha...

—¿Lyle? —Le cambió la voz y el tono se volvió cálido y afectuoso.

—Nunca he conocido a nadie como él. Es muy leal a usted.

—Se quedó impresionado, ¿sabe? Me dijo que era usted como una tigresa.

—¿Yo? —Sentí una punzada de orgullo.

Entonces se volvió y posó una mano blanca en el respaldo del banco, pero seguía sin mirarme a los ojos.

—¿Cómo está Charlotte? Lyle me dijo que tenía fiebre.

—Está descansando. El doctor Mead la ha estado atendiendo. Dice que sufre una conmoción.

Estábamos evitando el tema, el núcleo del asunto, esperando a ver quién lo abordaba primero. Bajó de nuevo la cabeza y se le escapó un mechón de pelo oscuro del lazo, que le cayó en la mejilla. El sonido de las voces de los niños fuera entraba por las altas ventanas; en los jardines de la entrada, los niños del hospital estaban ocupados haciendo cuerdas, rodeados de bobinas de cordel del color de la paja. Las chicas no estaban a la vista, probablemente estuvieran con las agujas en las habitaciones.

—Supongo que quiere saberlo —terminé diciendo—. ¿Cómo me enteré de la existencia de Charlotte?

Asintió.

—Me lo contó mi hermana.

Me miró con dureza.

—No sabía que tenía una hermana.

—La habría conocido si no se hubiera marchado a pasar el invierno al norte. Pero entonces el engaño habría terminado, claro. Suele venir a mi casa una o dos veces por semana. Se llama Ambrosia. Ella la vio en el hospital de niños expósitos aquella noche, y varios meses antes, en una taberna de la ciudad con mi marido.

Vi que la oreja se le teñía de rojo. Estaba callada, pero entonces habló:

—Creo que me acuerdo de ella. Había una mujer mirándome de forma extraña aquella noche. Me pareció raro, pero supongo que todo el mundo nos miraba raro. Tenía una pluma azul en el pelo.

—Suena propio de Ambrosia.

Otro silencio.

—Quiero que sepa... —dijo tras un momento—. Quiero que me crea cuando le digo que no sabía que estaba casado.

—La creo.

Tal vez esperaba más resistencia; hundió los hombros, como si exhalara un profundo suspiro.

—No quiero que piense que estaba enamorada de él.

—¿Por qué?

—Porque... porque no lo estaba. Solo lo había visto una vez antes. Y luego... —Tragó saliva—. Después de aquella noche no volví a verlo más.

—No me importa. —Era cierto.

—¿Y cómo se enteró de mi nombre?

—De nuevo Ambrosia. La siguió en su carruaje.

Hizo un movimiento y reparé en que era una carcajada involuntaria.

—Debería de haber notado que un carruaje grande me seguía. Debió de actuar rápido para ir a recogerla al día siguiente.

—Así fue. Acudió a mí aquella noche, justo después de seguirla. Al principio no sabía si creerla, aunque sabía que Daniel salía con mujeres, así que no fue ninguna sorpresa. Pero que me contara que tenía una hija... una niña viva... Cuando me contó cuál era el distintivo, supe que era cierto porque yo tenía la otra mitad.

Bess sonrió.

—Es como Charlotte, ¿no? La mitad mía y la otra mitad de usted. Eso me recuerda… —comenzó, rebuscando bajo la capa. Sacó algo en el puño cerrado. Me lo tendió y lo soltó en mi guante—. Quería devolverle esto.

Era mi mitad, con una D tallada a mano por Daniel.

—No debí tomarla —dijo.

Cerré la palma y la apreté.

—Señora Callard…

—Por favor, deje que hable —dije con dificultad. Sentía que me estaba emocionando y traté de contenerme—. Yo nunca he querido ser madre. Fue el destino quien me dio una hija, no Dios.

Estaba muy quieta y sus ojos oscuros, los ojos de Charlotte, estaban serios.

—Leí en alguna parte que ser un buen padre significa preparar a tu hijo para cuando te deje y vuele en el mundo. —Tragué saliva y apreté el corazón, sintiendo cómo se me retorcía el mío propio. Las lágrimas me ardían en los ojos—. No puedo decir que haya sido una buena madre. Pero creo… creo que está lista para volar.

Fuera de la cancela, me saqué el mapa doblado del bolsillo del pecho. El papel tembló en mis manos y tracé la ruta con un dedo, mirando el camino vacío que tenía delante. Era una tarde fría y soleada con algunas nubes en el cielo y los campos estaban salpicados de vacas. De pie en el camino lleno de polvo, con el verde extendiéndose a cada lado, tuve una sensación muy extraña: me sentía expuesta y anónima al mismo tiempo. Seguí el muro de piedra hacia el sur, pasando de nuevo junto a los huertos y establos, donde los peones caminaban sobre adoquines con sillas de montar y cepillos, sin fijarse en mí. Me quedé en el punto de la carretera en el que mi carruaje giraba a la derecha cada domingo, dirigiéndose al oeste. Yo giré a la izquierda y caminé por una calle estrecha de casas pequeñas —donde la carretera era lo bastante amplia para un carro, pero no para un carruaje—, que daba a una carretera más grande junto a una capilla modesta. Había varias personas allí: nodrizas con cofia y sus niños y cocheros con equipajes. Un barrendero se detuvo un momento y se apoyó en la escoba para recuperar el aliento. Nadie me prestaba atención mientras me movía hacia el sur, a una plaza grande y verde con árboles. Por la izquierda se acercaba un carruaje con sus caballos y me pegué a un árbol cuando las ruedas pasaron por mi lado: cerré los ojos un segundo. Sostenía con fuerza el mapa en la mano enguantada y volví a sacarlo para echar un vistazo. Las casas de la plaza eran como la mía, pero con balcones de hierro en la primera planta y tres ventanas en las plantas superiores en lugar de las dos más grandes que tenía la mía. Caminé hacia el sudeste y crucé una carretera para ver mejor las puertas numeradas. La que buscaba era verde, con un diseño de ladrillo blanco alrededor. Encima de la puerta había un cristal con forma de dos bastones cruzados en el centro.

Subí los escalones y llamé a la puerta, que se abrió unos segundos después. La cara que apareció estaba demasiado sorprendida para decir nada.

—Buenas tardes, doctor Mead —lo saludé, pasando por su lado para entrar. Cerré la puerta con cuidado. El vestíbulo estaba tenuemente iluminado y tranquilo; fuera pasó otro carruaje con un caballo y más lejos ladró un perro. El doctor estaba en mangas de camisa y tenía una mancha de tinta en el cuello, donde se había ajustado la camisa. Olía a lana y a jabón, y a otra cosa que no compartía con ningún otro hombre: su piel, tal vez.

—Señora Callard. —Su voz era susurrada, como si no se atreviera a respirar. A los pies de las escaleras había un reloj—. ¿Qué hace aquí?

Me quité los guantes y llevé una mano a su mejilla, que tenía cálida.

—No diga nada.

—¿Es Charlotte? ¿Está...?

Acerqué mis labios a los suyos y lo besé, luego moví la boca a su oreja.

—Usted y yo de mármol —dije—. Todo lo demás de polvo.

21

BESS
Abril, 1754

Fuimos directos a Bloomsbury desde la iglesia de St. Giles.
No tardamos mucho, pues estaba a menos de un kilómetro
de donde vivía Lyle, en Seven Dials, aunque parecía haber
un mundo de distancia. Su familia había venido a la boda: tantas
hermanas y hermanos como pudo encontrar cuando llegamos,
desparramados por la calle, y su madre, una mujer menuda y ancha como una muñeca de madera, con los ojos amables y las cejas pobladas de Lyle. Su padre estaba en su sastrería y Abe en el
mercado, pero los dos ofrecieron sus bendiciones. Abe me había
dado esa mañana como regalo de boda un pañuelo de encaje —
que no sabía que conservaba— de mamá con sus iniciales, M. B.
Fue un servicio rápido, alegre, con dos bancos de Kozac que su-
surraban en una mezcla de eslavo e inglés y a quienes la madre
acallaba de vez en cuando. Keziah y William vinieron con los niños y se sentaron orgullosos en el otro lado del pasillo; mi amiga
me había regalado un vestido nuevo con el que casarme, el más

bonito que había visto nunca, de un tono azul pálido, con un bonete y un lazo a juego. Uno de los hermanos de Lyle, Tomasz, esperaba fuera con el poni y el carro que habíamos traído, y cuando salimos lo encontramos montando a un puñado de niños sucios en el animal por la calle. Besamos a todos los Kozak uno por uno y la madre de Lyle me pellizcó la mejilla y me dijo algo en eslavo. Lyle le dio las gracias y la besó en la frente. Moses y Jonas corrían con los niños mientras Keziah me apretaba las manos y me deseaba buena suerte, y William me dio un abrazo paternal y le estrechó la mano a Lyle. Después fuimos al norte, bajo la ligera llovizna de la mañana.

La semana anterior habíamos trasladado nuestras cosas a la campiña de Fulham, donde Lyle había firmado un contrato de arrendamiento de tres terrenos para cultivar vegetales: guisantes, nabos, chirivías y zanahorias, de los que había dos o tres cosechas al año, y maíz y cebada entre medias. Había una pequeña casa de campo incluida en el arrendamiento: dos habitaciones con suelo de tierra y una chimenea grande; un poni gordo y el carro viejo y desvencijado. No podía creerme el silencio que había allí, que caía como una cortina en el campo. Estaba a unos seis kilómetros y medio de Covent Garden, pero bien podrían ser cuatrocientos. Aunque no echaba de menos Londres. No había sido un drama marcharnos, ya estábamos cansados de vender camarones y luz.

Nos detuvimos en el número trece y una cara pálida desapareció en la ventana de la primera planta. La puerta negra y brillante se abrió antes de que llamáramos y Charlotte salió disparada, lanzándose hacia nosotros como un cachorrito con enaguas. Lyle la subió a sus hombros y ella balanceó las botas con alegría. Había un gran número de baúles en el vestíbulo y la mujer del vestido rojo de la pintura nos miraba desde la pared mientras dos figuras salían de las sombras: Alexandra y una mujer que no conocía, que era como Alexandra, pero más corpulenta, con un rostro agradable que tenía una sonrisa permanente.

—Ella es mi hermana, Ambrosia —la presentó Alexandra—. Ambrosia, ellos son Bess Bright y Lyle Kozak.

—En realidad es Bess Kozak —la corregí y Alexandra enarcó las cejas y sonrió cuando le enseñé el anillo dorado y delgado del dedo—. Venimos de la iglesia de St. Giles.

Miró a Lyle con admiración, y también a Ambrosia, que guiñó un ojo.

—Al menos ya sabe lo que le espera después —me dijo. Nos echamos a reír, todos menos Alexandra, que parecía tan impactada que nos hizo reír más fuerte.

Charlotte me dio un golpe en el bonete desde los hombros de Lyle.

—¿De qué os reís? —preguntó, y volvimos a estallar—. ¡Lyle! Maria me ha dicho que puedo darle una manzana al caballo. ¿Me llevas a la cocina?

—A sus órdenes, señorita —aceptó Lyle—. ¡Cuidado con la cabeza!

Se fue con ella a galope por la casa. Nos quedamos mirándolos, solas las tres.

—Así que usted es la infame Bess —comentó Ambrosia—. La conocería con solo mirarla.

—Y yo no la conozco a usted.

Entonces caí en algo, que pensé cuando me reuní con Alexandra en la capilla del hospital de niños expósitos, cuando decidimos no lastimar más a Charlotte. Una tarde, a la semana siguiente, como hombres ideando planes militares, pasamos horas en la salita de Alexandra diseñando el aspecto que debía de tener la vida de Charlotte. Alexandra tomó una pluma, tinta y papel del escritorio y yo le dije que tendría que confiar en ella porque no sabía leer. Entonces soltó la pluma. Mientras hablábamos, me contó su pasado y por qué había reaccionado con tanto miedo y violencia aquella tarde cuando volvimos de los jardines. Me sentí muy culpable y avergonzada. Pensaba que sabía cómo era, pero no la conocía en absoluto. Era raro verla de forma tan íntima, casi como a una igual. Pensé que era fría e insensible cuando la conocí, con su espalda recta y sus modales serios. También me pareció hermosa, pero esa palabra era demasiado femenina y me traía a la mente mujeres rollizas y sonrisas soñadoras. Si Alexandra fuera una pintura, sería un barco sobre olas rompientes.

—Ambrosia, hay algo que me inquieta desde que me enteré de que fue usted quien me vio. ¿Cómo se enteró de mi nombre?

—Fui a la calle donde vivía y le pregunté a una persona.

—¿Qué aspecto tenía?

Frunció el ceño.

—Si no recuerdo mal, una mujer me vio desde una ventana y salió. Era corpulenta, muy corriente, aunque no la vi muy bien porque estaba oscuro. Creo que llevaba una escoba.

Me reí. Por supuesto, Nancy Benson, que se dedicaba a hacer escobas, estaría encantada de ver a una mujer refinada como Ambrosia en nuestra calle, preguntando por mí. Seguramente supo que tenía que ver con el bebé, que había nacido aquella mañana. Me habría oído durante el parto; no me sorprendería enterarme de que había puesto una silla en la puerta para oírlo todo, de principio a fin.

Alexandra y yo nos miramos.

—¿Qué ha sido de Ned? —preguntó con tono amable.

Mi buen humor desapareció y noté que se me desinflaba el corazón.

—Lo arrestaron hace dos semanas por robar a un orfebre. El próximo mes lo trasladarán a las colonias. Ahora está en la prisión de Fleet, no muy lejos de casa.

Su rostro era muy serio.

—No sé si lamento oírlo.

—Yo tampoco —respondí en voz baja, aunque sí lo lamentaba, al menos por el antiguo Ned, que solía jugar a las marionetas detrás de la cortina roja. También por la antigua Bess. Pero no por esta.

El doctor Mead bajó con cautela las escaleras con lo último que quedaba, el periquito de Charlotte en su jaula, piando de forma irritable. Lo dejó en el suelo al lado de la tortuga, que estaba en una caja de frutas rellena de paja. Charlotte volvió con Lyle y una manzana roja brillante; los seguía María. Me pasó un pastel envuelto en un paño como ofrenda de paz; dudé de que me hubiera perdonado de verdad por haber robado de su alacena la noche que huimos. Le di las gracias y los dos hombres empezaron a cargar todo en el carro.

—La mayoría de mis libros están ahí —me dijo Charlotte—. Pero no he podido meterlos todos. Y mi ropa más bonita se queda aquí para ir a la iglesia porque mamá me ha dicho que es demasiado buena para Fulham.

Alexandra se ruborizó; yo sonreí y dije que me parecía muy acertado. Y entonces llegó el momento de la despedida.

Alexandra se arrodilló delante de Charlotte —su falda de seda azul susurró suavemente— y todos nos quedamos callados. Charlotte se sacó algo del bolsillo del vestido: un dibujo que había hecho de un hombre con tricornio y un abrigo elegante con botones y zapatos de hebillas, y una mujer con una falda larga y un abrigo bonito. Ella no llevaba sombrero, como Alexandra, y en sus labios se adivinaba una sonrisa. Entre los dos había un corazón con una grieta dentada en medio.

—Eres tú y el doctor Mead —explicó.

—Es muy bonito —apreció Alexandra—. Tienes talento para el dibujo, nunca he podido enseñarte.

Apareció Agnes y le puso un abrigo de lana a Charlotte —aunque era abril, aún no hacía calor—, y le ató un sombrero de paja con un lazo azul debajo de la barbilla. Llevaba puesto un vestido del color del maíz y medias blancas, parecía casi una niña de campo.

—Me escribirás, ¿no? —le preguntó Alexandra—. Me aseguraré de tener siempre monedas para el muchacho del correo y estaré esperándolo en la puerta todos los días por si tiene algo para mí.

—¿Viene el chico del correo desde Fulham?

—Viene de todas partes.

—¿Cuánto tiempo tardará en llegar hasta aquí?

—Llegará el mismo día si se lo pides con amabilidad al cochero.

Asintió.

—Tienes que contarme con detalle dónde vives. Quiero saberlo todo. Quiero saber cuántas flores tienes en tu jardín, qué ves desde la ventana y cómo es el interior de tu casa. Quiero saber cómo son los platos en los que comes y qué comes, y cuantas veces te cepillas el pelo antes de ir a dormir.

—¡Eso es demasiado para que me acuerde!

—Entonces escribe lo que recuerdes. Y te veré cada dos semanas, te quedarás el viernes y el sábado aquí e iremos a la iglesia por la mañana.

—¿Y tomaremos naranjas y crema? —preguntó ella y todos sonreímos.

—Tomaremos naranjas y crema.

—¿Y estará aquí el doctor Mead?

—Estará aquí, sí. ¿Te has acordado de tu libro de francés?

Charlotte asintió.

—Va a enseñarme —dije yo—. ¿Verdad, Charlotte?

—*Oui* —respondió y todos nos reímos de nuevo.

Estaba deseando salir ya, y puede que Alexandra se diera cuenta porque se acercó a mí y me dejó una bolsa de seda con monedas en la mano.

—Para este mes. Considérelo un regalo de bodas.

Le di las gracias, miré a Lyle y él me guiñó un ojo y asintió. Nos acercamos formando un pequeño rebaño a la puerta y los hombres cargaron el último baúl en el carro y cubrieron la jaula del periquito con un paño. Charlotte se puso la tortuga en el regazo y esta levantó la cabeza, como si estuviera mirando su vieja casa por última vez, antes de esconderse en el caparazón. Al fin estábamos listos. Alcé la mirada a la ventana donde habíamos dormido, y a la del salón, donde había visto a Alexandra esperar nerviosa todas estas semanas. La miré a ella, de pie entre Ambrosia y el doctor Mead en la puerta, y nos sonreímos como hacía la gente que había atravesado algo muy importante y había emergido por el otro lado. La lluvia caía suave en el carro y Charlotte estaba bajo mi brazo, debajo de la cubierta de lona. Nos encontrábamos de espaldas a Lyle, que tomó las riendas. Nos despedimos con la mano y ellos hicieron lo mismo; Agnes y Maria miraban y sonreían entre ellos.

—¡Adiós! —gritó Charlotte moviendo la mano con fuerza.

Alexandra tomaba la mano del doctor Mead y se despedía con la otra. Tenía la cara llena de lágrimas, iluminada por el miedo y el amor y el orgullo.

—¿Estamos preparados? —pregunté y Charlotte gritó que sí.

Lyle chasqueó la lengua y el carro comenzó a avanzar. Bajamos por Devonshire Street hacia el río, contra la marea.

Agradecimientos

M i más sincero agradecimiento a Sophie Ormond, Margaret Stead, Jennie Rothwell, Francesca Russell, Clare Kelly, Ellen Turner, Stephen Dumughn, Felice McKeown, Sahina Bibi, Nico Poilblanc, Stuart Finglass, Vincent Kelleher, Alexandra Allden, Kate Parkin, Sarah Clayton, Jennie Harwood, Jeff Jamieson, Alan Scollan, Robyn Haque y Katie Lumsden. Hace dos años no conocía vuestros nombres, pero sois todos estrellas brillantes que habéis iluminado mi vida. Y, por supuesto, gracias a Juliet Mushens, que es la señora del universo.

Carta de la autora

Querido lector:

Espero que hayas disfrutado leyendo *La huérfana roba-*
da. Si quieres recibir más información sobre esta y mi primera novela, *Las malditas*, tal vez te interese unirte a mi
club de lectores. No te preocupes, no te compromete a
nada, no hay ninguna trampa y no voy a ceder tus datos
a terceras partes. Recibirás actualizaciones mías sobre mis
libros, y también ofertas, noticias de publicaciones ¡e incluso algún regalo ocasional! Puedes eliminar tu suscrip-
ción en cualquier momento. Para registrarte, solo tienes
que visitar www.staceyhalls.com.

Otra forma de ponerte en contacto conmigo es por la
cuenta de Twitter @Stacey_Halls. Espero saber de ti y que
sigas leyendo y disfrutando de mis libros.

Gracias por tu apoyo.
Stacey

El museo Foundling

E l hospital de niños expósitos fue fundado en 1739 por el filántropo Thomas Coram con el fin de cuidar de los bebés cuyos padres no podían hacerse cargo de ellos.

Si quieres saber más de la historia del hospital de niños expósitos, puedes visitar el museo Foundling en Londres. Para más información, visita www.foundlingmuseum.org.uk

MATERIAL PARA GRUPOS DE LECTURA

Preguntas para grupos de lectura

1. El hospital de niños expósitos fue fundado para bebés en riesgo de abandono. ¿Qué motivos crees que podría haber para que un progenitor no tuviera más opción que ceder el cuidado de su hijo en la década de 1740 y 1750?

2. Bess y Alexandra han vivido muchos años sin sus madres, ¿cuán diferentes crees que habrían sido sus vidas si estas hubieran seguido vivas?

3. *La huérfana robada* es sobre todo un libro sobre la maternidad, pero ¿qué opinas de la relación de Bess con su padre?

4. Daniel Callard es un personaje importante, aunque permanece ausente buena parte del libro. ¿Qué te parecen los sentimientos de las protagonistas hacia él? ¿Hasta qué punto puede culpársele por las dificultades de las vidas de ambas mujeres?

5. El destino juega un papel fundamental en toda la novela e impulsa la narrativa, pero ¿hasta qué punto crees que Bess y Alexandra son dueñas de su propio destino? ¿Son personajes pasivos o activos?

6. ¿Qué te parece más crucial a la hora de criar a un hijo: el amor o el dinero? ¿Crees que esta pregunta podría responderse de forma distinta por gente del siglo XVIII?

7. Bess y Alexandra proceden de grupos sociales totalmente diferentes. ¿Cómo crees que afecta su clase y su estatus económico en ellas como personajes?

8. ¿Quién ha sido tu personaje secundario preferido y por qué?

9. Bess está constantemente pensando en el futuro mientras que Alexandra pasa buena parte de la historia reviviendo su pasado. ¿Cómo usa la autora el tiempo y los recuerdos en esta novela?

10. ¿Cómo afecta a la historia el marco del Londres georgiano? ¿Te parece significativo que Bess termine su historia mudándose a una zona más rural?